ま文庫

ピスタチオ

梨木香歩

筑摩書房

目次

ピスタチオ

一

棚《たな》、という名は翠《みどり》が自分でつけたペンネームだ。仕事でたまたま編集者といた喫茶店の壁に、ターナーの複製画が架かっていた。原稿の話をしながら、その絵がちらちらと視界に入ってきた。何か明確でないものを明確でないままに描こうとしていた人だったな、とぼんやり思っていると、昔の知人の特徴が思い出されていくように、その画風が次第に脳裏に蘇ってきた。そういえば、昔会社勤めをしていた頃、休みをとってこの画家の絵を集めた美術館に通ったこともあったのだった。大気とか、気象とか、そうだ、「緑」をまるで描かない人だった、と思い出す。それからこの画家の人生でも、若い頃から晩年まで、画風が変わっていったことも。ええと、確か彼がこのタイプの絵を描いていたときは……。当時は自分のなかで常識のようなことだったのに、いとも簡単に忘れてしまえる。いや、忘れていたのではない、自分の頭の中の棚の、意識のサーチライトが最近照らしていなかったところに、彼は入っているのだ。忘れられていた場所。自分が忘れていた場所。そういう棚。

この原稿、次の号から載せますが、本名のままでいいですか。突然そう訊かれて、いえ、それなら、タァナァ、としてください、と思わず答えた。タ・ナ？　片仮名で？　咄嗟に、いえ、漢字の、棚、と、自分でも思いもかけない言葉がついて出た。棚。編集者はちょっと戸惑ったようだった。名前って分かってもらえるかなあ。せめて名字を付けるとか、しませんか。そうですね、ちょっと考えてみます。少し譲歩してそう言ってはみたものの、やはり、棚、で通すことにした。家に帰って、頭の中で、棚、という名前を何度か転がしてみたが、違和感がなかったからだ。思いつきで思わず口にした言葉だったが、口にした瞬間、すでにその即物的な響きが気に入っていた。次の日電話でそう告げて、以来、仕事関係の人々からほとんど、棚さんと呼ばれている。今ではその名で呼ばれる方がしっくりくる。山本翠という名には、生まれてからこれまでの、何かねちゃねちゃしたものがまとわりついている気がする。棚、と呼ばれるたびに、まだ何も入っていない棚を前にしているような、小さな爽快感が感じられた。

棚の仕事は誌面上などで「ライター」と肩書きされるものだ。昔は出版社に勤めていたが、作りたい本も作れないような状況が長く続き、それだけならまだしも、やがて決して作りたくないような本の制作にも加担しなくてはならなくなり、それがストレスになって、辞めてしまった。その後アフリカへ行き、数ヶ月をケニアのナイロビで過ごした。

それもまた（ペンネームの名付け同様）、思えばずいぶん衝動的な行動だった。性分に合わない会社勤めで、鬱屈してしまった自分を解放させたかったのだろう、と今は思う。アフリカへ行きたい、と思い立ち、男友達がそこでアフリカンアートの買い付けの仕事をしていたことを思い出し、連絡を取り、準備を整え、出国した。「アフリカ」という言葉が、棚の中で記号的に作用して、心も体も逃げ場を求めるようにそちらに動いたのだ。

現実の「アフリカ」は、記号的な「アフリカ」とは明らかに違っていた。が、無分別な決断ではあったが、思いがけない仕方で、結果的には自分のニーズを満たしていたのだと、これも後になってからは思った。現地では、以前の仕事仲間から頼まれて、スポーツ選手のインタビューや新しいスタイルのレストラン、ホテルを取材した文章を日本の雑誌に送ったりして過ごした。しばらくして具体的な生活の面で何かと相談に乗ってくれていたその男友達が、ＨＩＶに感染していることが分かった。感染経路は明らかでない。彼が明らかにしない。が、莫大な治療費を払い（当時、ケニアの人々にとっては）、新薬も入手したので、とりあえずすぐには命の危険はなかった。その見通しもついた頃、父親が死んだという知らせを機に日本へ帰ってきた。そのまま再び日本で暮らし始め、現在に至っている。母親が一人になる、というのが表向きの理由だったが、そんなことは当の母親にも棚にもさして重要なことではなかった。

棚が帰る気になったのは、父の葬式で一時帰国したときの久しぶりの日本の空気に、思いもかけず自分の肌がほっと息をつくのを感じたからだった。砂漠でオアシスに辿り着いた旅人のように。ケニアの乾いた空気が好きで、日本の湿度は自分には合わないのだと思っていたのに。どこか何かが、無理を強いられるようになってきていたのかもしれない。無意識にはそれが予感できていたのだろう、帰国したままになってもいいように、ケニアを出国する際、最低限の始末はすませていた。

日本に帰ってからも文章書きの仕事は続いていた。それも長く続いていた。そのうち署名入りの原稿を書く機会も出てきて、ペンネームの必要が生まれたのだった。気がつけばもうすぐ四十だ。結婚はしなかったが定期的に会うパートナーはいた。これも比較的長く続いていた。子どもはいなかったが日本に帰ってからずっと犬を飼っている。これも比較的長く飼っている。気がつけば十一歳だ。つまり、日本に帰国してから十一年だ。イエローカードの期限もとっくに切れていた。アフリカは遠くなっていた。

棚の父は亡くなる前、自宅を取り壊してマンションを建てていた。三階建てで、一階を自分たちの住居に、二階から上を賃貸用に設計した。二階には二世帯、三階は四世帯が入るように作られている。三階は単身者用である。棚は帰国したときたまたま空いていた二階の公園側の一室を、当然のように自分用にした。日本を出る前、まだ以前の自宅があった頃、棚の部屋は二階のその辺りだったのである。

当然のように、というのは、つまり何の迷いもなかった、ということなのだが、そのことを今になってときどき不審に思う。経済的では、確かにある。けれどそれよりももっと、何か強烈な、磁力のようなものがあのとき働いたような気がする。窓から見える風景に執着があったのか、それとも風景の方が幼い頃から棚を取り込んでしまっていたのか。とにかく棚が空間のその場所を占めることに母親は異議を唱えなかった。一階には棚が寄生するのに十分な部屋数があったが、母親も一人暮らしの気軽さを満喫しているところだったのだろう、無理に降りて来いとは言わなかった。

それでも二階に娘がいる、という事実は――たとえ数週間顔を合わせないこともあるにせよ――安心感を与えるものらしかった。これは棚が偶然、ベランダの窓を開けてぼんやりしているとき、階下で同じように窓を開けて友人に電話していた母親のおしゃべりから知った。

飼い犬は、ケニアから帰って来たばかりの頃、何か野生の感じが恋しくなり、ちょうど友人の家で生まれた数匹の子犬のうちの一匹をもらってきた。生まれたてをすぐ引き取ったわけではない。母乳を飲ませ、この世で生きていくための免疫をつけさせなければならないので、しばらくは母犬の手元で育てなければならないのだと言われた。五十日間、というのがその目安らしかった。現世「仕様」にするために、五十日間。それまでは外へも出さない。死んだ者の霊があの世に行くのに四十九日かかるということだったから、まあ多少の誤差はあるにしても、同じ数量の荷がくっついたり離れたりしているわけなのかもしれない、と、そのとき父親の四十九日の法要を終えたばかりだった棚は思った。

生まれたと聞いて見に行くと、目の開かないモグラのようにこころもとない、とにかく何か温かく湿っているものがバスタオルのなかに並んでいた。

ケニアは乾いたところだったが、例外的に湿った印象を与えるのが、こういう——人間にしろ動物にしろ——赤ん坊だった。赤ん坊にはコバエがたかる。水分を求めてたかるのだ。特に目の部分にはよくたかっていた。この世の動きに慣れないので、簡単にハエを追うことができないのだ。同じ理由で病人にもよくたかっていた。

雨季になれば雨季の、乾季になれば乾季の、特有の風が、遠くサバンナの空気を運んできた。

棚は朝起きると紅茶を淹《い》れ、テレビの衛星放送のニュースを聞き流しながら新聞に目を通す。それから最新の天気図を頭に描くために、ラジオをつける。今日はひどく発達した低気圧が本州を横切っていくらしい。そしてこれも強い高気圧が、大陸の方に居座っている。前線が通過するのだ。道理で今日は朝から頭痛がしていた。これは今のうちに薬を飲んでおかないと後で厄介なことになって数日寝付く羽目になる、全身に「発達する」タイプの頭痛だ。けれど今の段階で、薬でブロックしておけば何とかごまかしがきく。棚は引き出しから頭痛薬を取り出し、早く散歩に行こうとさっきから眼で合図を送っているマースを、もうちょっとね、となだめた。

前線が通過するときの体の感覚は頭痛だけではなかった。異様に意識が覚醒して、原稿が何枚も進むことがあるし(ただしこれが全部使いものになるとは限らない)、代謝が極端に落ちているのか、寝込んで数日何も食べないのに体重は全く落ちない、という死人のような状況になることもあった。いずれにしてもろくなことにはならないのに、棚は前線が通過していくことそれ自体は好きだった。小さいころから気象の変化には興味があった上に、空の広いケニアに滞在して、大気の状況に自分の体がダイレクトに反応することに、文字通り他人事ではない興味を覚えたのだった。

あの頃、風に流れる雲が、地上のあらゆる物へと同じように自分の上にも影を落とし、移動していくのがよく分かった。そしてまた次の雲が通過していくのも。その微妙な温度変化や風の質の変化が、草にも土にも自分にも、すべて「平等に」起こっていることに恍惚となり、このまま溶けてしまいそうだと思った瞬間、自分が何かの一部であることが分かった。自分は、何か、ではなく、何か、の部分なのだと。部分であるからには全体とのバランスのなかに生きればいい。

どういう気圧がどういう変化を自分の体に引き起こすのか。どういう全体に自分という部分が組み込まれようとしているのか。自分はそれになじめるのか異物として弾き飛ばされるのか。気象情報は棚にとって、何にもまして関心のあるニュースだった。だからラジオを聴いた後もテレビの画像でもう一度チェックする。だか

まだ青空が見えている。棚はマースを連れて公園を歩きながら、時折空の様子を確認する。どのくらいの強さの気圧の谷を引き連れた、どういう種類の前線が通過するとき、自分の体はこうなるという、その因果関係のバリエーションをはっきりとらえたいというのが、棚の最近では最も強い願望なのだが、いかんせん手持ちの情報がまだ少な過ぎた。体の変化を見極める前に、その悪化の予感に臆してしまってすぐに薬を飲んでしまうのがいけない、と思う。けれどこの世に流れている、目に見えない大波小波を漕ぎ分けて、うまく自分の生活を軌道に乗せたいという目的ゆえの願望であるのに、寝込んで仕事ができなくなり、生活に支障をきたすようになったら元も子もないわけだし。この辺りが棚のディレンマの中核である。

この公園は中央の池とそれを取り囲む周囲の木立とで構成されている。木立はカシ類やエノキ、ケヤキが多い。武蔵野の木立だ。棚のマンションを出た正面に、いくつかある公園の入口の一つがあり——それはその数ある入口のなかでももっとも人目につかないものだったが——そこから林を抜けると、池の入り江と言っていい場所に出る。池の

たいていの場所には落下防止の柵が設けられているが、その辺り一帯は波打ち際と言ってもいいような——もっとも波ができるほど月の引力の影響を受けるにはあまりにも小さい池であったけれど、あるいは、いや、考えれば受けていないわけがなかった、と柵は改めて思う——エリアで、柵は設けられていないばかりか、泳ぎ疲れたカモが上陸して休んだりしている。

カモは、今の時期、晩秋に渡って来たオナガガモが圧倒的で、それに混じってキンクロハジロや、定住組のカルガモがいつも見られる顔である。ときどきホシハジロやハシビロガモ、オシドリも見られる。カワセミはそれよりも頻繁《ひんぱん》に見ることができる。柵はマースのための犬バッグにいつも小さい双眼鏡を入れている。マースは目の前をカモが歩いていっても別に騒ぐことはない。もともとは水猟犬のはずなのだから、血が騒ぐこともあろうと思うのだが、初めて散歩に出たときに多少興奮したぐらいで、そのとき強く叱ったらもう反応しなくなった。むしろ猫の方に興味があるようで、傍によってにおいをかごうとしては鼻を引っかかれている。

マースは雌犬で、そのうち子どもを産むようなこともあるかもと、避妊手術もせずにこの歳まで来てしまった。いくつかあった「結婚話」も、棚の方が断ってしまっていた。別に彼女の恋路を邪魔したわけではない。マースときたら、雄犬に言い寄られても歯をむき出して撃退するばかりで、興味は人間にしかないようなのだった。明らかに雄犬よりも、その飼い主の方にしっぽを振っているのである。彼女の好みは恰幅《かっぷく》のいい中年以上の男性だった。そういう「タイプ」が向こうからやってくると、明らかにそわそわして、かまってくれないかしら、私のこと、というモードに入っているのが棚には分かる。恰幅の良さは群れのリーダーとしての魅力なのだろうか。棚にはそういう趣味はなかったはずなのに、マースのせいで、そういう男性が向こうから来ると、あ、ほらほら、と囁くようになり、つまりは意識するようになってしまった。

そんなこんなで気がつけば十一年たった。もう子どもは無理だ。子どもどころか、一度も番《つが》うことなく老いていくマースを見ていると、これもまた自分の責任のような気がしてくる。棚のパートナーの鐘二《しょうじ》は来るたびそのことでふびんがり、棚を責めるが、そのつど、これはいかんともしがたい運命だったのだ、と言い返す。「相手がいない」ことがまるで当然不幸であるかのような鐘二の考えも不愉快だった。彼女はもっと幾通りもの「幸せ」を感じて生きてきたはず、と棚は信じていた。オールド・ミスのばあさん。ときどき母親がそうマースを呼ぶことも癇《かん》に障る。止めてよ、そんな言い方、と真剣に怒ってみせる。胸が痛む。これがマースの生き方で、誰に同情されることもないのだ、と分かってはいても、もし飼い主が自分でなかったら、彼女には違う道があったのかもしれないとも思う。自分が前線の移動や気圧の変化に影響を受けながら生きてきたように、同じ部屋で過ごすマースも、ずっと棚という「星」の影響を受けてきた「惑星」なのかもしれなかった。

小一時間池の周囲を回って、帰ってくると、犬の散歩の後始末をし、それから仕事にかかる。

昼過ぎ、棚はふと何か不思議な気配を感じて窓の外を見、その異様さに目が釘付けになる。風景の輪郭が、すべてぼんやりしている。それも赤っぽい靄《もや》がかかったかのように。まるで乾季のアフリカだ。置いてきた過去が、海を渡り、山脈を越えて、ようやく棚を見つけたようだった。

通過する寒冷前線に伴う低気圧は九八〇ヘクトパスカル。日本海の向こう、大陸からそれに近づいてくる形の高気圧が一〇四二ヘクトパスカルだから、その落差、ただではすまないだろうと、棚は怖いもの見たさと、身構えるような軽い緊張感を持ってこの朝からの時間を過ごしていた。だが、この異様な空の色を見たとき、棚の気分はそういう好奇心のレベルを超えた、荒々しいといってもいいような悦びに変わった。

遠くからゴーッという音がし、それがあっというまに近づいて大きくなり、辺りを呑み込み、公園の木々が突風に悲鳴を上げた。それからは間断なく「ゴーッ」が続いている。

来たのだ。

風の強さを体で実感しようと、棚はフランス窓を押し開け、ベランダに出た。その瞬間、窓の一方が激しく外壁に叩きつけられた。慌てて窓を閉めようとするが、風の力が強くてなかなかうまくいかない。髪が顔にまとわりつき、強風で鼻からの息もうまくできない。生ぬるく、妙に熱っぽい風だ。亜熱帯の湿度を感じる。今、自分に吹き付けているのは、遠くそういう地方の海に出自をもつ空気なのだろう。棚は目を閉じ、手のひらを上向きにしてそれをとらえようとする。が、もちろんそれは一瞬のデモンストレーションのようなもので、すぐに室内に逃げ戻り、力任せに内側から窓を閉めた。とたんに世界が静かになった。這々《ほうほう》の体《てい》で、という言葉が棚の脳裏に浮かぶ。

数メートルほど離れたところで、立ち上がったマースが、何ごと？　という顔をして棚を見ていた。

――外、すごい風よ。見る？

棚は窓をもう一度、少しだけ開けて、マースを誘う。マースはやってきて、外光でそこだけ少し明度の高い窓の開口部分に鼻づらを上げ、くんくんと、空気のにおいを嗅《か》いでいる。マースは本を読むようににおいを嗅ぐ。空気に見知らぬ土地の気配が入っているのだろう。棚が読書するときと同じように、あらゆる情報を摂取しようとしているのに違いない。それを思うといつも気が済むまで嗅がせてやりたいと思うのだが、今日は吹き込む空気に混じるものがいつもより不穏な気がする。芽吹いたばかりの柔らかい葉をつけた小枝、ほころびようとしている冬芽、痛々しいばかりの、まだ開ききってもいない赤く小さな葉……等々。

——はい、これでおしまい。

そう言って窓を閉める。マースはちょっと目を伏せて、考え込んでいるような表情をしていたが、やがて腰をおろし、床から十センチほどの高さにある窓の敷居に鼻づらを載せた。

夕方、散歩に出ると、風はすでに南風から北風に代わっていた。数時間前と打って変わって、思わず首をすくめるほど寒かった。前線がすっかり通過したのだ。強力なシベリア育ちの高気圧に押されて。容赦なく吹きつけているこの乾いた冷たい北風は、山脈の向こう、未だ半分凍ったロシアの大地の生まれに違いない。

なんて一日だろう、と棚は突風に目をつむりながら思った。これからだんだんこうやって、地球規模の風に翻弄されるような毎日が続く時代に入っていくのだろうか。

池の面が激しく波立っていた。池の隅に置いてあるボートの一群が、普段からは考えられないほど忙しげに上下していた。カモたちは池の端に寄っている。最初の南風で北帰行を考えたカモも、これでまた気が変わったことだろう。何羽かはすでに飛び立っているかもしれない。茨城辺りの沼地で一時避難をして様子を見ているかもしれない。

それにしても、マースはどうしたことだろう、と、視線を池から地面に腰をおろしているマースに移しながら、棚は不審に思う。以前なら一回の散歩で二、三回ほどしかしない排尿を、今日はもう十回以上している。ほぼ五十メートルおきにしゃがむ。そして便秘気味でもある。確かに最近はここまでではなくても、頻繁にしゃがみ込むことが多かった。一回の尿量はほんの少しなので、何か彼女の中でマーキングが必要な事態が起こっているのかもしれない、と今までは漠然と考えていたのだった。春先でもあるし、いろんな調整が必要なのだろう、もう少し様子を見てみよう、と再び慎重に考える。

夕方、いつものように鐘二から電話がかかってきた。

――今日はすごい春一番だったね。

――そっちも？　毎年こうだっけ？　まあ、毎年こう言っているような気もするけど。

――いや、今年はすごいよ。いつもは、風が強いと思ったら、あれが春一番だったんだな、っていう程度だけど。

温暖化による異常気象が、あちこちで通常見られない現象を引き起こしている。今回もそれと無縁ではないだろう。そのことは、もうわざわざ口に出して指摘するほどの目新しさすら失っていた。口に出しても焦燥感がつのり、ついで無力感が追い打ちをかけてくる。棚も、それが食い止められるものであれば、たいていのことはやっただろうが、それとは別の次元で、こういう終末的な事態に立ち会えることを、棚のどこか――おそらく鐘二がうすうすは知っていて、あまり立ち入らない部分――が快哉《かいさい》を叫んでいた。

――空気がすごい色だった。しばらく雨が降らなかったから、乾燥した土ぼこりが舞い上がっていたのね。最初、黄砂かな、と思ったけど、そういう色じゃないし。

――三時ごろに前線が通過して、それからすぐ、温度が十度も下がったらしいよ。まあ、その前の気温が異様に上がっていたんだけど。十八度だって。

どうも鐘二は夕刊を見ながらしゃべっているらしい。

――三月のこの時期にね。あ、マース、だめじゃない。

マースが自分のエリアで粗相をしたようだ。こんなことは以前にはなかった、と棚は気が重くなる。

――マースがちょっとおかしいのよ。

――歳のせいかな。一度病院に連れて行ったら。

――そうね。じゃ、ちょっと、後始末しないといけないから。

マースの寝床のある周囲には、ペット用の敷物が敷いてある。だが彼女は今まで室内でそういうトラブルを起こしたことがなかったので、その敷物もそれほど威力を発揮することはなかった。今回初めて役に立ったのである。

マースはすっかり気を落として、見るも気の毒なほど落ち込んでいる。揃えた手の上に顎《あご》を置き、上目づかいにこちらを見てはため息をつき、目を伏せる。自分のやったことが許せないのだろう。いいよ、そんなに気にしなくても。棚は雑巾で拭きとりながらマースの頭を撫でてやる。排尿のポーズを取ったわりには、量は少ない。外であんなに出そうとしてきたのだから、出入のバランスを考えると当然なのだが。

簡単に夕食を終えると、いつものようにテレビでナショナル・ジオグラフィック・チャンネルを見る。「この美しい島を、何としてでも保護していこうという決意を新たにした」と、最後の場面をレポーターが決然とした口調で締めくくる。違和感を覚える。この番組にはときどきこうやって使命感が上滑りしていく感じがある。また、「らしい」なあ、と思う。

密猟や環境破壊などで動物たちを絶滅に追い詰めていくのも、保護運動にやっきになるのも両方人間だ。そして両方のタイプに共通しているのは自分たちが動物の命を「何とかできる」と思っている点だ。棚自身、知人友人の関係で、いくつかの「保護運動」に関わる羽目になっていたし、そういう自分の中にも確かに、コントロールできる、したい、と無意識のうちに思ってしまう部分がある。そこには、動物と生きることが生活の一部になっている、例えば部族民が、昔から動物に対して感じていたような自然な「畏れ」や「親しみ」はない。そういう心性を、未開のものとしてどこかで蔑《さげす》み軽んじるメカニズムの中で、或いはファナティックに尊重する極端さの中で、現代人はいやおうなく生きている。

だから、仕方がないのだ、食い物にするか保護にまわるか、どちらかの側に身を置かなくては。そもそもそういうことに関わらずに高みの見物を決め込むことの方が、結局もっと不遜《ふそん》ではないか、と自分に言い聞かせたりする。だがときどきうんざりする。この、全体の、なりゆきに。

ヨーロッパ人が最初にアフリカと出会ったとき、もっと互いの深いレベルで働いている何かを補完し合うような形の接触の仕方があったはずなのに、結局それはなされなかった。

ヨーロッパでなく、アフリカでもない場所で――けれどアジアでもさらになく――そういう「畏れ」と「親しみ」を湛えた国、しかもある種の「秩序の中に」ある、そういう国の存在を――実在するわけはないが――棚は時折夢想する。そのうちそういう国の物語を書きたいという衝動が、棚の身の裡のどこかにくすぶり始めた。

棚は基本的にクライアントの要望を受けて文章を書くのが仕事で、創作には手をつけたことはない。だからもちろん、そんな仕事の依頼が来ているわけではない。発注された、急ぎの仕事を優先はしているが、さあ、この衝動をどうしたものだろう、と、ときどきぼんやり思いあぐねる。作家、という職業はどこかうさんくさい。同じ「もの書き」ではあるが、棚は「創作」という分野に自分が足を踏み入れるなどということは、可能性としてすら考えたことがなかった。家賃の心配のない今の暮らしでは、生活するに困らないほどの収入は何とか確保できているのだ。この上、自分の生活と精神状態を複雑にするつもりはさらさらない。

——困ったなあ。

声に出して呟いて、マースと目が合う。マースは慌てて眼を伏せる。あんたのことじゃないのよ、と言って聞かせる。

しかし、マースのことで事実、非常に困った事態が、その晩に起こった。棚がそれに気づいたのは、早朝のことだった。寝室のドアを開けた途端、目の前の廊下にマースがうずくまっていた。

——マース！

思わず声を上げた。マースの居場所はリビングルームで、それは犬を飼うことにしたと大家に（つまり棚の母親に）宣言したときからの、大家との取り決めだった。別に律儀に守る必要もなかったのかもしれないが、室内犬としての訓練を受けてきたマースは、今までリビングを出てうろうろしたことなどなかった。棚の声にマースは飛び起きて、慌てて小走りでリビングに戻った。棚はマースのいた辺りの絨毯の色がわずかに濃くなっているのに気づいた。そして、昔必要があるかもと買い込んで、結局使わなかった吸水加工の「ペット用シート」を脱衣場のクローゼットから取り出し、絨毯《じゅうたん》のその部分に押し当てた。何度か押し当て、それから絞った雑巾で丹念に拭き、さらに消毒・抗菌作用のある消臭スプレーを噴射した。

こういうことが、都会で「野生」とつきあうということなのか。いやいや、悠長にそんな自嘲をしている場合ではない、と棚は本気で心配になる。マースはどうしたのだろう。夜中に尿意を催し、とにかく少しでも「外」に近いところへ行こうとしたのだろうか。

リビングに戻ったマースに目をやると、彼女はしょんぼりとして、一回りも二回りも小さくなったように見えた。大いそぎで着替えてマースを外へ連れ出した。

昨日の大荒れの天気がうそのように空は晴れ、本格的な芽吹きを待つケヤキやムクノキの、骨張った枝々の間から陽が差している。常緑樹であるツバキやカシの葉にも、光が照り返って瑞々しい。が、今朝の棚は、そんな朝のさわやかな光景を楽しむどころではなかった。

マースの排尿の頻度が、もう、五十メートルどころではなく数メートルになっていた。

排便も、こちらがつらくなるほど足をふるわせてがんばるのだが、まるで出てこない。尿にうっすらと血が混じっている。年二回の月経周期には少し早いとはいえ、そういうことが関係している可能性もあった。

——あら、どうしたの、マースちゃん。

犬の散歩仲間の一人、佐藤さんが、心配そうに声を掛ける。寄ってきた彼女のパグ犬を、マースは唸り声をあげて威嚇し、次に激しく吠えて撃退した。このパグ犬はいつもマースのおしりの辺りをクンクンと嗅ぐのが習いだった。マースのしっぽでバサバサぶたれてもへこたれない。そういう「情の濃い」挨拶も、今までのマースなら寛大に無視するはずだった。佐藤さんは、まあ、とショックを受けたようすだった。

——ごめんなさいねえ。ケンちゃん。

棚は傷心のパグ犬、ケンちゃんに謝る。それから佐藤さんに、

——ひどい便秘なんです。

と言い訳をし、同情した佐藤さんから「便秘のときに食べさせれば改善するかもしれない」食物あれこれの情報を得る。が、この一連のマースの様子で、もう限界だ、病院へ行こう、と棚は覚悟を決めていた。

帰宅するとすぐ行きつけの動物病院へ電話する。すぐにでも連れてきてくれ、という

ことになり、棚はマースを車に乗せた。

待合室では、もうマースは排尿のポーズすら取らず、だらだらと血液混じりの、透明の液体を流した。棚は親身な受付の女性に謝りながら、彼女の差し出す吸水シートをもらい、処置に大わらわだった。診察室に入ると、女医はすぐにマースがひどく痩せていることを指摘した。そういえば、痩せてきたとは思っていたが、この犬種はたいてい太り過ぎだということもどこかで聞いていたので、身のこなしが軽くなって、生まれつき弱い彼女の足腰に負担がかからず、かえってよかった、くらいに思っていたのだった。

――レントゲンを撮って、それから超音波でもおなかの具合を見てみますね。貧血を起こしている可能性もあるから血液検査も。

獣医は、大山という名の、棚より少し年上の思慮深い女性だった。マースは病院が嫌いなのだが、この大山のことはとても好きらしかった。だからここへ来ることは、マースには葛藤があるらしく、いつも思い詰めた複雑な顔をする。

――さあ、行こうね、マース。

看護助手に促され、マースは少し嫌がったが、すぐに諦め、不承不承検査室へ向かった。

検査結果が出るまで小一時間かかるので、その間外へ出ていらしてもかまいません、と言われ、棚は近くの古本屋に行くことにした。動物病院の並びで右に三軒目に、ときどき行く、棚の好きな品揃えをしている古本屋がある。入るとまず、入口に近いところの本棚から背表紙を眺めていく。前回来たときと、それほど目新しい入れ替えがあったわけではないが、ある一冊の本に目が釘付けになった。アフリカの民話を採集したものだった。その著者の名前に見覚えがあった。

二

一度口にしたら、何となくもう一度呟いてしまう名だ、と棚は改めて思った。片山海里《かたやまかいり》と最初に会ったのは、ナイロビの病院だった。当時入院していた棚の男友達、三原《みはら》の病室に、彼は日本語の本を持ってやってきた。三原が入院前、自分で連絡して片山に頼んでいたのだった。二人は昔、アフリカのどこかの国で出会って、知り合いになったらしかった。棚と片山はそのときが初対面だった。アフリカの部族を回ってフィールド・リサーチをやっている社会学者と聞いていた。

アフリカの大地の、非の打ちどころのない、堂々とした完璧さに比べれば、ナイロビなんて町はそこに出来たかさぶたのようなものだ。せっかくアフリカにいながら、ずっとナイロビに留まっているなんてあまりにもったいない、と、黒い肌の看護師たちがせわしなく行き来する廊下の隅で、少し上気しながら棚に話したことが印象に残っている。

日本からアフリカへ渡ってきた日本人には、自分も含め、そのほとんどがそれぞれの存在自体どう表出していいものか、一様に戸惑っているところがあって、極端に影が薄くなるか、ちょっと熱に浮かされたようになるか、どちらかになってしまう、と棚はその頃考えていた。地球上で一番古い出自を持つ、この上なく毅然とした大地のオーラに、自分を載せていく、その手段が見つからないのだ。全てが跳ね返される気がして、日本にいた頃の自分の「在り方」などまるで通用しない。見かけは似たような中国人、韓国人がそれなりに「馴染《なじ》んで」いっているのを見ると、日本人とアフリカのこの水と油のような関係は、むしろ、日本人がある種のことに敏感すぎるからではないかと思い出した。

ある種のこと——あらかじめ土地と交わす生の密約書のようなもの——がきちんとなされていない、ということに無意識が引っかかって、本来の生のリズムが取り戻せない、もしくは逆に、やり方が分からないままにむきになって土地の秘密に挑戦していく、その結果、母国では決して外に見せなかった、どこか桁《けた》外れのふるまいをする……。

それで片山と話したとき、一見「熱に浮かされている」ようだけれど、何か少し違う、と漠然とだが不思議に思った。

三原の退院後、三人で車に乗り、片山の言う「貧弱な」ナイロビを抜けだし、「ブルーとゴールド」のアフリカを確かめに行ったこともあった。

そうか、片山海里は本を出していたのか。

その本を手に取り、ぱらぱらとめくり、それから他の棚も念入りに見た後、結局その本だけレジに持って行った。

三原はあのとき、何か外科的な足の治療のために入院していたのだった。もちろん、入院はＨＩＶの「慢性疾患患者」という背景があってのことだったのだが。三原のＨＩＶはまだ活性化していなかったが、そのうち免疫システムに文字通り致命的なダメージを及ぼすであろう事態が来ることを考えると、様々なリスクに晒されるアフリカを去り、早々に日本へ帰国した方がいい、というのが周囲の統一見解だった。が、三原はそれを聞こうとはしなかった。三原があのとき自分から片山と連絡を取ったのは、片山がそういう「周囲」とは異なった人間だったからだろう。

片山海里は完全な治癒ということのない三原の病についてどう思っていたのか。考えてみれば、そのことに一言も触れなかったというのもおかしなことだった。敢えて触れない、というような類のデリカシーの持ち主とも思えなかった。

病院の待合室に戻ると、飼い主の膝に抱かれた不安そうなトイプードルや足元のケージからこちらを覗いている眉間にしわを寄せたチワワ等と次々目が合い、そのたびこちらに敵意のないところを（微笑んで）見せ、次に飼い主たちと目礼を交わし、という手順を踏んだ後、ベンチに座った。そしてようやく今買ったばかりの本をバッグから取り出そうとしたとき、診察室のドアが開いて名前を呼ばれた。返事をし、立ちあがって中へ入ると、すでに室内のモニターにはレントゲン写真と超音波画像の写真がセットされていた。マースはいない。

――子宮に何か、こんなに大きなものができています。

女医の大山は写真のその部分を指しながら言った。

――それが膀胱《ぼうこう》と腸を圧迫している状態です。この状況では膀胱にはほんの少ししか尿がたまらないので、少しでもたまったらすぐに排出しなければならないんです。

大山は淡々と言いつつ、言外に気の毒に思っているニュアンスを滲ませた。なるほど、という思いと、マースを不憫に思う気持ちが、棚の中で同時に湧き起こった。

――悪性のものでしょうか。

――調べてみないとなんとも言えませんが、悪性のものではないと思います。去年ごろからわりに排尿が頻繁になり始めたとおっしゃっていましたね。

――ええ、今ほどではありませんでしたけど。何なのでしょう、いったい。その、大きくなっていったもの、というのは。何か、育っていた、ということですか。

――うーん。

女医は言葉を探していたが、

――まあ、ゴミ、みたいなもの、でしょうか。

血液の成分はどれもぎりぎりでまだ正常値の範囲内だった。それをチェックしながら、

――できるだけはやく手術で取り除くのが望ましいですが……。

――お願いします。

と棚は答えた。高齢のマースにかかる手術のリスクも脳裏をよぎったが、もうここまでになっては是非もない。

大山はうなずき、

――これだけ大きなものになると輸血の準備も必要だし、大学附属動物病院クラスの設備が必要です。さしあたってこの近くでは、L大学、M大学、N大学が可能ですが、どこも順番待ちで一週間以上はかかるかもしれない。調べてみましょう。

そう言って、診察室を出、隣で電話をかけている気配が伝わってきた。しばらくして戻って来ると、

――L大が一週間、M大が十日、N大が五日、かかるそうです……。

そう言って考え込んでいる。あの状態で、少なくとも五日も待たなければならないのか。トータルの出血はかなりの量になるだろうし、体力だって相当消耗するだろう。手術を受けられるほどのエネルギーが温存できるのか。

――ご家族にどちらかの大学関係者があれば、内部優先で早くしてもらえる可能性が

あるんですが……。

大山のその呟きとも質問ともとれる言葉に、棚は少しためらった後、

――L大学に、連れ合いが勤めています。

と言った。鐘二はL大学に所属していた。大山の顔がパッと明るくなり、

――じゃあ、その方から附属動物病院の方へ、連絡していただけませんか。

棚はゆっくりと、

――頼んでみます。

と応えた。何か後ろめたいものがある。命がかかっているとはいえ、普段なら取らないだろう「スキップ」だ。十日きちんと順番通り待とうとしているペットたちの中にだって、命が懸かっている犬猫もいるだろう……。

いったんそれで様子を見ることになり、マースが奥からしっぽを振りながら連れられてきた。棚を見つけると、その視線を掬い取るようにして体はドアへ向かう。帰ろうよ、早く、と言っているのだ。

会計を済ませ、外に出る。幹線道路に面している、とはいえ両側に植えられた丈高いケヤキの街路樹で、騒々しさは緩和されていた。横断歩道を渡って神社の参道脇を行けば、すぐに住宅街に入る。マースは相変わらず、しばらく歩いてはしゃがみこむ。

それを見ながら、マースはいったい子宮で何を育てていたのだろう、と棚はぼんやり

思った。

犬用のおもちゃとして、同じ犬型をした小さなぬいぐるみが売られている。それを誰かからマースに、と、もらったことがあった。音も出ないのにどうやって遊ぶのだろうか、と、最初棚は不思議だった。が、マースは気に入って、一目見るなりそれを銜《くわ》えて自分の寝床に持って行き、ペロペロ舐めたり、また銜え直しては自分の移動する先々に持って行ったりしていた。案の定、鐘二は可哀そうがって、子どもが欲しいのだ、と決めつけたが、予防注射のとき医者にこのことを話すと、単に脳内にインプットされた子育て機能が刺激され、働いているだけのことで、体が想像妊娠の状態になる可能性があるので、そういうおもちゃはこっそり取り上げて始末した方がいい、と言われた。これだけ執着しているものを取り上げるのも可哀そうだったが——何か使命を持って責任ある仕事に従事しているような、マースのかいがいしい素振りも新鮮で微笑ましくすらあったし——マースが食事に夢中になっている間にこっそりと取り去った。なければないで、あっさりしたもので、あれはどこへやったのだ、と必死で探すようすなど微塵もなく、それがなくなったことにすら気づかないようだった。むしろ、自分でもストップのきかない事態に終止符が打たれてほっとしているように思えた。ぬいぐるみがあったときは、棚と目を合わすゆとりもないほど、ぬいぐるみのことに神経をとがらせ、根拠のない焦燥感に振り回されていたように見えたものだったが、それがなくなると、途端にだった。

のんびりと、自分自身を取り戻したようにすら見えた。

あれはいつのことだったか。始末したものと思って棚自身はすっかり忘れていたが、もしかしたら、マースの「失われた子ども」は、あの時点でマースの子宮に取り込まれてしまっていたのか。それならマースが安心したように見えたとしても、うなずける話

――附属動物病院か。なら農学部だね。でも動物病院には知り合いはいないなあ。

鐘二は棚からの電話に、そう言ってしばらく口ごもった後、

――けど、まあ、ちょっと訊いてみるよ。

低い声だった。嫌がっているのでもなく、喜んでいるのでもなかった。一面識もない相手に、職場が同じという立場を利用して、便宜を図るように頼んでくれというのだから、気も重くなるだろう、と棚は申し訳なく思った。

――ごめんなさいね。こんなこと……。

と言って、棚は後に続く言葉を呑み込んだ。

――こんなこと？　何？

――いえ、何でもない。嫌でしょう、こんなこと。

――仕方がないさ。君は間違っていないよ。ペットとはいえ家族同様の存在の命にか

かわることだから、自分の持ち札すべて使おうっていうのは、人間として当然のことさ。じゃあ、ちょっと待ってて。また電話する。

持ち札、か。電話を切った後、棚は心の中で呟いた。さっき、棚が言い淀んだ言葉、こんなこと、という言葉のあとで続くはずの言葉は、「フェアじゃないわね」だった。

フェアなんて概念は、白色人種が発明した、彼ら同士の間でのみ有効なカードのようなものさ。そう棚に言ったのは、誰だったか、今では定かではない。けれど私たちが他人と共存していこうとするとき、理想として掲げるべき言葉の一つには違いないでしょう、と若かった棚は言い返した。まだアフリカへ行く前のことだ。

「フェアじゃない」

それは、アフリカ滞在中、ずっと棚の中でくすぶっていた感情だった。見聞きするさまざまな理不尽は、突き詰めてこの一言に収斂されていく。

「けれどその、アンフェアネスそのものが、多様性を生み出しているんだ」。この言葉を言ったのが誰だったかは覚えている。片山海里だ。そのときは、それを「多様性」と呼ぶ学者のいやらしさを感じたものだったが。

そういうことを思い返していると、すぐに電話がかかってきた。鐘二だった。

——受付に電話したら、すぐに院長の教授に回してくれて、明日朝一番に彼に見てもらうことになった。だから、朝、準備してマースを連れてきて。

そう言って、行き方を説明し始めた。さっきとは打って変わって晴れ晴れとした声だった。棚は礼を言い、フェアネス問題は一時棚上げにして、すぐに大山のところへ電話した。

——ああ、中村先生に診てもらえるんですか。それは良かった。

院長は大山の知り合いらしかった。

——とりあえずの診察ということで、すぐに手術というわけではないらしいんですけれど。

——それはそうでしょうね。明日の朝一番だったら、急がないと。こちらで撮った分のレントゲン写真や超音波の映像写真など、今日中に取りに来られますか。

大山は気づかわしげに訊いた。

——だいじょうぶです、じゃ、今から行きます。

そう答えて、棚は受話器をおろした。

マースの様子を見る。ペット用敷物の上には吸水シートを何枚も広げておいた。シートとシートの間はセロテープでつないである。すでにあちこちに「印」らしきものがついている。マースはすっかり疲れたように両手を前に投げ出して顎を床につけている。

——ちょっと行ってくるからね。

棚は彼女に声をかけ、バッグを取って階下へ向かう。ガレージの隅から自転車を出して、暗くなった道路へ乗り出す。

歩いているときより、遥かに速い速度で流れていく空気の中に、沈丁花《じんちょうげ》の香りが一筋、混じっているのに棚は気づいた。

……たぶん、その角を曲がって次の四つ角に出る手前の家の、玄関先の沈丁花だ。ずいぶん遠い距離を漂って来ることだ。

そう思ってから、ふと、

……漂って来るのではなくて、現れる。どこか遠くにある場所の、気配の内圧のようなものがあまりに高くなって、伏流水が突然滲み出るように、思いもかけない別の場所に何かが現れる……「失われたマースの子ども」が、もしかしたら彼女の子宮に現れたように。

そんな、何かのビジョンとも、予言ともつかない、強いて言えばインスピレーションとでもいうべき「感じ」がふっと閃光のように頭の中を走った。「感じ」は、棚には幼い頃から突然やってくる、彼女のアイデンティティの中核をなす、といっていい「感覚」である。最近はこれが起きると自動的に、これまで何度も辿った頭の中の小道のコースに入り込んでしまっている。この小道がどこへ続くのか、棚には見当が付いているが、積極的にそこへ行こうという気にはまだなれない。

……ある「場所」に突然、男の子が現れる——としたら、それは、捨て子。硬くて冷たい石畳の上。ある「場所」——もしかしたらどこかにかつて「在り得た」場所。

危ない。目の前、鼻の先を、スピードを出した車が横切って行った。バス通りに出たのに、棚はうっかり左右の確認をしなかった。大きくため息をついた。気を取り直して、もう一度ペダルを踏み込む。

昼間は満員だった動物病院の待合室も、さすがにもう、患犬は濃い焦げ茶のミニチュア・ダックスフント一匹しかおらず、その飼い主は勤め帰りのOLといった疲れた風情の女性だった。入ってきた棚に目を合わせようともしない。棚は受付の女性に会釈し、

——写真、受け取りに来ました。

と言って、ベンチにも座らず立ったまま待った。すぐに大山が出てきて、大きな封筒に入れた写真一式を渡してくれた。

——よかったですね、早く決まって。

大山は素直に喜んでくれている。棚は少し複雑な心境ながらも、別にここは自分の「違和感」を吐露するようなところではないので、

——ええ、まあ。

と、微笑む。

――早朝、車で行かれるんでしょう、L大。だったら、○○街道より、△△通りの方がいいですよ。

学会や研修会でよく行くそうだった。礼を言って、また自転車で帰途に就く。

幹線道路から住宅地の方へ入ると、いつものことだが空気の位相の違いを感じる。鎮守の森や公園の木々のせいだろう。どこからか、早春に時折ある、妙に湿度の高い、なまめかしいような風が流れてきた。

公園の入口まで来ると、ふと、自転車を降りて、その中の小道を突っ切って家まで帰ろうと思い立った。

公園内の街灯は、なんとか足元が見えるほどの光量を、つつましく辺りに投げかけている。池の縁では、オナガガモたちが羽の間に頭をうずめて休んでいる。ざっと見たところ、その数は以前より少なくなっているようだ。すでに相当数、北へ帰ったのだろう。棚はしばらく足を止め、つい一、二メートル先にいる、信じられないほど無防備な群れに見入った。大部分が寝入っているその群れのあちこちで、おっとっと、というように突然動き始めるカモがいる。反対側の岸辺の街灯も、暗いながらそれなりに池の面に光を投げかけていた。野生の世界で、夜がこれほど明るいことはまずないだろう。カモの夜の生態だって影響を受けずにはおられまい。宵っ張りのカモも出てくるだろう。現に何羽かは人工の明かりのもと、群れから少し離れて水面採食している。近隣住民の寝静まった真夜中に、こっそりコンビニに集う若者のグループ、というところだろうか。

おっと、マースだ。棚はまた歩き始めた。その先で、池辺から離れる坂道へと曲がる。足元にはヒキガエルが現れ、棚の押している自転車のタイヤが後ろに迫っているのもかまわず、悠々と道を横切っていく。

ここしばらく棚の頭の中はマースのことで占領されていたが、それでも眼は無情なカメラ同様、わずかな自然の変化も撮り逃すまいとしている。

いつからだろう、こんな習癖は。物書きを生業とするようになってから、というようなものではないと、ふと棚は思った。物心ついたときはすでにこうだったような気がする。

池は周囲の地形からすると窪んだ位置にある。幹線道路から池に向かうところで下り坂となり、今、こうして池から遠ざかろうとすると、上り坂になる。棚のマンションはその坂の上にある。

湧き水が自然と溜まって池となった――この坂を上るたび、棚は足の裏からそれを実感した。

自転車を自転車置き場に置き、マンションの中に入ると、このひとときの寄り道が、後ろめたいものにも必要な息抜きだったようにも思われてきた。棚はマースを抱えている自分の現実が、またひしひしと戻ってくるのを感じた。

マースは憔悴《しょうすい》していた。棚には明らかに顔色が悪く感じられ——犬の顔色など、普通は分からないのだろうが——気が気ではない。それでも物憂げながら、棚が近寄るとしっぽを振り、すり寄ろうとする。可哀そうに、と、棚は頬ずりする。それがすむと、マースはまたしゃがみこむ。ケージの周りには無数の「印」がついている。血のにおいが辺りに立ち込めて、自分自身の精神的な消耗が加速していくのを感じる。

バケツと雑巾をとりに洗面所へ向かう。

三

翌朝、棚は車の後部にシートを敷いてマースを乗せ、出発した。道は思ったほど混んではおらず、一時間ほどで目的地の大学構内に入ることができた。地図を見ながら、速度を落として駐車場を探し、車を停める。

マースが床で粗相《そそう》したらすぐに処置できるように、バッグから拭き取り用パッドを取り出し、左手で持った。右手にはリードと犬用散歩バッグ、肩には財布一式が入った人間用ショルダーバッグ、それだけもって建物の中に入る。入ってすぐが一階の受付窓口で、そこで予約をしてある旨伝え、それから指示に従ってエレベーターで二階へ上がる。扉が開いて、出たところはすぐに待合室になっており、人間の病院のそれと同じようなベンチの並びになっていた。すでにさまざまな種類の犬や、ケージに入った猫が、飼い主に連れられて診察を待っている。前方の天井近く、テレビまで付いている。テレビの斜め下方には、一階の受付よりもっと本格的な受付カウンターがあり、そこで階下でやったと同じように名前を名乗り、今度は持ってきた書類や映像写真も渡した。お名前をお呼びしますので、それまでお待ちください、と言われ、とりあえず壁の近くに座る。棚は改めて拭き取り用パッドを握り直す。ともかくなんとかここまで連れてきた。思わず大きくため息が出る。気を取り直して辺りに目を遣った。午前中ののんびりしたテレビ番組などに見入る余裕はない。棚のすぐ側の壁に本棚があり、動物関係の雑誌や本が並んでいる。その横に、張り紙がある。見るとどうやら、献血犬募集の張り紙であった。棚は興味を覚える。人間同様、手術もあり、輸血も必要なのだから、当たり前と言えば当たり前だった。今更のようにそれに気づいた。思わず身を乗り出す。字面を追う。

「輸血が必要なワンちゃんのために、健康なワンちゃんのドナー登録をお願いしています」

メリットとしては、

「献血の前に無料で血液検査、レントゲン検査、身体検査等、健康診断を行います。感謝の気持ちとして、ドッグフード等を進呈します」

ドッグフードは試供品だろう、と思わず微笑む。

「血液の安定供給のため、年二回の定期献血を実施します。この趣旨に賛同してくださるワンちゃんは……」

趣旨に賛同するのは、まあ、「ワンちゃん」ではなく、飼い主だろう、と、棚は再び心の中で茶々を入れる。「ワンちゃん」の連呼にも引っかかるものがある。

しかし、献血犬とは、思いもよらない存在だった。野生の動物では考えられない。棚はそう思って呆れる自分と、自分の犬が、その「献血犬」にお世話になるかもしれないのに、と、その「呆《あき》れ」をたしなめようとする自分が拮抗して、結局この問題を棚上げにしようとする力を感じている。

自分の犬を、献血犬にしようと決意する人は、何か個人的な動機がある人が大部分だろう。以前飼っていた犬が出血多量がもとで命を落とした、とか、他の犬に献血してもらって助かったので、今度はこちらが、とか。それはそれで敬意を払うべき行為なのだが……。

同じ犬とはいえ、アフリカの町にうろつく痩せ犬は、献血という言葉が内包する、こういう文化的システムから完全に外れている。生物の本来的なあり方で言えば、その方がはるかに「自然」なのだろう。体の機能が維持できなくなったら死ぬ、それだけのシンプルな原則に従って、エイズ患者は死んでいき、痩せ犬も死んでいく。

しかし三原は生きながらえ、こうやってマースも、たぶん助かっていくだろう。文化的というよりも、経済的な理由で。

棚は目を閉じた。

生きものは、自分の身が置かれた状況の中で、最善を探りながら生きていく。そう言えば聞こえがいい。要するに、当事者になって初めて建前に隠蔽《いんぺい》されていた本性が現れる、俗な言葉で言えばぼろが出る。

自分は、三原を、本当のところはどう見ていたのだろう、と、ふと思った。

そこで診察室のドアが開き、棚の名字が呼ばれた。慌てて、はい、と返事をして立ち上がり、これもつられて慌てて立ち上がったマースを促し、中へ入る。まだ学生のような助手が軽く会釈する。棚も会釈を返し、もうすでにこちらの状況は把握しているだろうけれど、と思いつつも、症状を簡単に説明する。はいはい、と、彼はマースを診察台の上に乗せようとしゃがみこむ。そのときマースから排出された、薄い血液混じりの液体が床に散って、棚が恐縮すると、ああ、だいじょうぶですから、と奥から雑巾を持ってきて始末する。棚も手持ちのパッドで手伝う。その間こちらに背を向けて、プロジェクターで昨日撮った画像を見ていた、教授と思しき年配の男性が振り返り、立ち上がるとマースに近づき、触診を始めた。マースの足が、ガタガタ震えていた。教授はマースに緊張を解くように話しかけながら、棚に向かって、

――もっと詳しい検査をしなければなりませんが……。

と言う。します、ではない。そのことに後になって棚は気づいた。だが、このときは何も考えずに、

――お願いします。

と応えた。教授は頷き、

――麻酔をかけて行いますから、承諾書にサインしてください。これから数時間かかりますので、どこか近くにいてください。こちらから連絡できるところで……。どこかありますか。

鐘二のマンションがこの近くだった。

――ええ。

と、棚は答え、助手が、

――では、これにサインと、連絡が取れるところの電話番号を書いてください。

と、用紙を渡した。それから、マースを引っ張っていこうとするのだが、マースはなかなか奥へ行こうとしない。助手はこういう事態に慣れているのだろう、よし、と掛け声を掛けて、マースを抱きかかえ、奥へ連れ去って行った。よろしくお願いします、と

棚は頭を下げ、診察室を出た。それから用紙に鐘二のマンションの電話番号を書き込み、受付に提出すると、外へ出て、車に乗り込んだ。

鐘二のマンションは、そこから歩いて十五分ほどだ。歩いてもよかったのだが、後から来る患者のため、車を出しておこうと思った。大学の構内なので、ゆっくりと車を走らせる。門を出て、車の流れが途絶えたところで道路に入る。それから右折を二回ほど続けると、鐘二のマンションの敷地内に入る。

今日、寄るかもしれない、ということはすでに伝えてあった。それにしても、がらんとした部屋だ、と、リビングに入って改めて棚は思う。いつもなら、夕食でも簡単に準備しておくのだが、今日の棚にはゆとりがなかった。ベッドに横になるともう動く気がしなかった。そのまま うつらうつらして、数時間があっという間に経ったらしい。

電話の音で目がさめ、慌てて出ると、さっきの助手からだった。

――検査が終わりましたので、来てください。

はい、と返事をして、また車を出した。

診察室に戻ると、教授がＣＴの結果を説明した。「瘤《りゅう》」は骨盤の奥まで複雑に入り込んでいる、手術の結果、へたをすると歩行に困難を伴う事態もないとは言えない、と言う。

――手術をしなかったとしたら、どうなりますか。

棚はふと、訊いてみた。費用がいくらかかると、この医者ははっきりとは言わないが、きっと高額に違いない。棚は払うつもりでいるが、しかしこれが「妥当」な選択なのか。まだ棚の中でははっきり結論が出ていなかった。たとえ「妥当」でなくても、今の自分はきっとその「妥当ではない」方を選ぶ、とも覚悟している。だが、手術せずに、自然死を待つ、というのが、選択肢の一つとして挙げられてもおかしくはないはず、と思ったのだった。すべてが当たり前のように運んでいくのはおかしい。

教授は、おや？　というように、改めて棚を見、

——これが自然に小さくなる、ということはまず考えられません。排尿も排便もどんどん難しくなっていくでしょう。

棚はその先を待った。そして、どういう経過をたどって死に至るのか。このままだと確実に死にます、そういう類の言葉を、棚は待っていたのだ。しかし、教授はそれ以上言わなかった。「死」という言葉は注意深く避けられ、聞き手である飼い主の想像とセンスにゆだねられた。飼い主は「自分の判断で、高額の手術費を払う」ことに同意する。棚はそれ以上追及するのを諦め、ではお願いします、と呟くように言い、続けて、

——でも、五日後なんですね。

マースは横でまた血液混じりの液体を排出している。

——こんな状況で、五日、待つんですか。

──手術日が、その曜日と決まっているので……。

きっと、学生のような経験のないものが執刀するのだろう、実習の一環として。それは仕方がない、大学病院というのはそういう場所なのだから、と棚は諦めた。しかし、この状態で、何の手当てもなされずにマースは放り出されるのだろうか。

──オムツ、とか、した方がいいですか。

せめて、そういうものをするときの、医科的な注意事項とかないものか。しかし、教授は、素っ気なく、

──必要と思われればそうしてください。

と、返事をしただけで、棚に背を向けて奥へ入った。

血のにおいにくらくらしながら、一日中マースの粗相の始末をしなければならない。仕事どころではない。その神経が消耗する状態で、体力が消耗していくマースを見ながら、手だてもなく五日間を過ごさなければならない、そのことには何の想像も及ばないのだろうか、と、棚は不快だった。助手が間を取り持つように、マースの粗相の始末をし、

──当日は、何も食べさせずに来てください。それからこの書類にサインをお願いします。

書類は、この手術で犬にかかるリスクのこと等が書かれていた。こういうことが起き

る可能性はあると、ちゃんと明示したからな、と念押しされている気分になる。

――受付に書類を出して、それから一階で今日の分の精算をしてください。

言われたように、受付に書類を出し、階下へ急ぐ。急がないと、またマースが子宮から血液混じりの液体を排出してしまう。棚はそう思い、マースのリードを引くが、マースはうまく歩けない。リノリウムの床のせいかと思い、どうしたの、と声をかけるが、まるで狂牛病にかかった牛のように足が震えている。しまいには今まで見たことのない格好でひっくり返った。

待合室の客たちが皆注目して、あら、あんなに急がせたらかわいそう、という声が聞こえてくる。

診察室から助手が出てきて、その様子を見ている。黙ってじっと見ているので、きっとそんなに危ない状況でもないのだろう、と判断して、なだめなだめ、マースを立ち上がらせる。

このときマースにはまだ体に麻酔が残っていたのだ。そして助手はその様子を確認しに出て来たのだ、と、棚はあとから合点がいったが、それならそれで、そう説明してくれればよさそうなものを、とも、思った。

エレベーターで下へ降り、すぐにでも外へ出たがるマースのリードを片手で押さえながら、受付に声を掛ける。受付の係は愛想よくコンピューターの画面に向かい、プリントした明細書を差し出す。九万二千六百三十円。持ち合わせがなかったので、クレジット・カードで払う。改めて明細を見てみる。画像診断料がずばぬけて高い。犬に、CTをかける……いいのだろうか、これで、という鬱屈した思いと、この、全体の成り行きが棚の眉間に皺を作る。治療のためとはいえ、今日やってきて、マースを楽にしてやるどころか、かえってつらい目にあわせた。おまけに看護する自分自身も何の示唆も得られなかった。けれど「自分の判断」で、この検査は行われたのだ。獣医は確かに無理強いはしていない。

こうなったら、一番いいオムツを、ふんだんに買おう、と、棚は腹立ちまぎれに思った。少しでもマースに居心地のいい思いをさせてやろう。自分の気持ちの納まりようのため、とは分かっていたが、してあげられるのはそれしかない。そしてその勢いのまま、二十分ほど高速に乗って自分のマンション最寄りのインターチェンジより一つ先のインターで降りると、そのまま車を郊外のショッピングセンターまで走らせた。この辺りでは棚が知っている中で一番、犬猫用品の揃っている店だった。

四

マースにオムツをさせるというアイディアが、今まで棚の脳裏に浮かばなかったわけではなかった。しかし犬猫にオムツだなんて、という抵抗感がそれを実行に移させなかったのだ。あまりにも自然から遠すぎる。

だが本当は、獣医の方からそれを言い出してくれ、自分がしぶしぶ従う、という形を内心望んでいたのではないか。しかし事態はどうもそういう方向へ行きそうもなかったので、仕方なく、自分から言い出すはめになった、それで自分にそれを言わせた獣医に腹を立てている――意地悪く言えばそうも言える、と棚は考え、しかしすぐ、ああ、だめだ、ここまで見境なく攻撃的になっては、と小さく頭を振った。

どこで何をまちがえたのか。野生に触れていたくてマースを飼った、それが棚自身の生き方にも繫がる「ペットを飼う」ことの大義名分だった。犬猫をまるで子どもの代用のように扱う、そういうカテゴリーの人種に、棚は自分を入れたくなかったのだ。だからCTだのオムツだのにこんなにこだわっている。まるで禁忌に触れるかのように。なぜそれを禁忌とするのか。マースの「いなくなった子ども」は、本当はどこにいるのか。これは、どういう入れ子構造になっているのか。

内心の葛藤とは別に、棚の体はどんどん現実を歩いていく。老犬の介護用品の売り場を丹念に見、結局パンツタイプの（人間用とほとんど変わらない）ものと、それから生理ナプキンを大きくしたような、専用のパッドをつけるT字帯のセットの二種類を購入した。まっすぐ駐車場に戻り、車の窓から棚を認めて眼を細めるマースに向かって頷《うなず》いて見せ、車のドアを開け、荷物を入れ、運転席に座り、エンジンをかける。軽い疲労感に、さあ、これでできるだけのことはやった、という昂った気分が流し込まれ、家路に就くエネルギーが産み出されていく。大学構内でマースを車に乗せてから、二時間近くが経っていた。

マンションの駐車場に着き、車から降ろすとすぐに、マースはその場でしゃがみこんだ。我慢していたのだ。荷物を片手にリードを持ち、部屋まで上がる。部屋に入って自分の定位置に辿り着くと、マースはまるで三半規管に細工をしたマウスのように、肛門の方へ顔を向け、ぐるぐると円を描きながら同じ場所を回り始めた。ベランダに出しても、同じようにして、気が違ったように回り続ける。そのうち落ち着くだろう、落ち着いてくれ、と部屋の片づけをしながら祈るように見ていたが、気がつけば一時間ほど経っている。帰ってから一度も座って休んでいない。検査で乱暴に扱われたのだ、それで内側の見えないところに傷ができたのだ、と直感した。麻酔が切れて痛みがはっきりと現れてきたのだろう。

途端に湧き上がる怒りを抑えて、電話機に直行する。渡された連絡用の名刺を見ながら動物病院にダイヤルする。受付が出て、先ほどの助手を呼び出す。棚は、できるだけ冷静に、帰ってからのマースの状況を述べる。助手は最初、心配症の飼い主対応用のマ

ニュアル通りと思しき受け応えをしていたが、埒が明かないと思った棚が、

——つまり、検査のときに何か傷ができるような事態になったのではないかとお訊きしているのです。

と、少し語気を強めていったので、マニュアルはクレーム対応用に変わったのだろう、教授に代わります、と電話口から去る。しばらくして、教授が出てきた。

——帰ってから、ずっと、なんです。検査中に、何か傷ができるような事態があったのでは、と心配になったので。

単刀直入に言う。

——それは……。そういうことがなかったとは言えません。

学生のやることだから、そういうこともあるだろう。だがどういうことがあったのか、知りたい。しかしそれを言いたがらない相手から無理に聞き出したところで、今さら起こった事態は変わらない。それなら、と棚は瞬間に気持ちを切り替え、

——どう対処したらいいんでしょう。

と、素直に教えを乞う。教授は最初から変わらない口調とトーンで、

——どうしても気になるようだったら、ご近所のかかりつけの獣医さんのところに連れていって下さい。

棚は、自分の心が急速にこの獣医から遠ざかるのを感じた。

――わかりました。

と、応えて、それから二言三言、事務的に言葉を続け、受話器を置いた。もう、何も期待するまい、と諦める。それからはたと、そうだ、オムツだ、と思いつき、買ってきてそのままにしておいた袋から、T字帯を取り出し、説明書にあるとおりパッドをセットして、ふらふらになっているマースに装着した。滑稽な姿だったが、心配していたように、マースはすぐにそれを引き剝がそうとはしなかった。それどころか、動きが途端に緩やかになり、憑き物が落ちたように横になった。棚はようやくほっとする。患部が固定されたことで、当人の身になってみなければ分からない、何かが改善されたのだろう。

それにしても、あのとき、あの病院の建物を出るときの、マースの足もとのおぼつかなさは、と思い出す。

無様にひっくりかえったマースを、そして慌てる棚を、何の声をかけるでもなしに、あの「医療関係者たち」は、ただ「観察」していたのだった。もしかしたらかけた麻酔の量と、それが及ぼした結果の確認のためだったのかもしれない。助手も教授も、普通に付き合えば、人間らしい人なのだということは分かっている。しかし、何かが、あの場でははっきりと抜け落ちていた。人間相手の病院でも同じ類の現象が起こっているのだろうが、犬猫相手だと、それが露骨になる。それでことの本質がはっきりする。それは、処置を施す対象を、モノとして見てしまう、ということだ、と、棚はその夜、電話で鐘二にこぼした。

――まあ、それは今に始まったことではないよ。研究職にある人間は、よほど意識しないと単眼的になってしまう。けれど、失敗だったな、そんなとこ、紹介したのは。結局手術がそれほど早くなるってわけでもなかったんだし。

鐘二は苦々しげに言った。

棚が要求しているのは、もっと患者の側に寄り添ってほしい、という、まあ、向こうからしてみたら甘えのようなものだ。（特に犬猫相手では）それは本質からは外れている、過剰なサービスなのだろう。適切な医療を提供すること、そして専門職養成機関としての機能をその中に組み込むこと。何より研究機関としてデータを集める必要もある。その順位が、人間相手のときより容易に逆転するのかもしれない。ましてやそれ以外の、「親身になる」サービスは、地元のかかりつけで十分。もしくは「ワンちゃん」の連呼だけで。患者との間に妙なアタッチメントをつけることはかえって、ややこしくなる。

棚は、そういうことを鐘二に言ってもらい、そこから自分が反駁《はんばく》する会話の展開で、自分自身にある種の納得、この件に関する知見のようなものを得て落ち着きたかったのだが、鐘二は鐘二で、棚とマースに申し訳なかった、という違う意味での「当事者」になっていた。だから、棚は自分で「事態の客観視」をしてみせなければならなくなった。

――まあ、それはなんとも言えない。最後まで見てみないと。他ではもっとましだったかどうかなんて、結局分からないんだから。

そう言って、なだめる。鐘二と、棚自身を。

こういう、そのときどちらかゆとりのある方が「親」になって相手を落ち着かせる、という暗黙の了解が、棚と鐘二の間のパートナーシップで、今までは概《おおむ》ねそのバランスが取れていたのだが、二人とも歳をとるにつれ、それが危うくなっていた。

――アフリカの伝統的な医療っていうのはさあ。

突然、鐘二が、そういうことを言い出したので、棚は驚いた。

――そういう西洋近代医療の流れと正反対で、面白いね。

――なんで、また、急に。そういうときは、ところで、とかの接続詞が間に欲しいわね。

棚は、こう言ってから、自分がマースのことで神経がカリカリしている、と改めて気づいた。鐘二は無頓着《むとんちゃく》に、

――いや、たまたま精霊憑依《ひょうい》の本を読んでて。呪医の話なんだけど、彼らは薬草やなんかのアドヴァイスもするけど、病をおこさせている悪霊を自分に呼び込んだり、患者に招霊したりして、どんどん内面に入り込んでいくんだ。あれは、徹底して当事者の病を引き受ける、というか、自他の区別をなくす方向に突き進むわけだろう。棚の今の話

を聞いていたら、そういえば、近代医療って言うのは、逆に徹底して患者を客観視、モノとして観察、相手の事情に巻き込まれない、という方向へ邁進《まいしん》してきたんだなあ、と思って。最近はちょっとそれも変わりつつあるようだけど、基本的には絶対変わらないだろう、だってそうじゃなきゃさ……。

そうじゃなきゃ、医学の進歩は望めない。棚は、鐘二が端折《はしお》った言葉を頭の中で言ってみた。相手の事情に巻き込まれない、というのは、今日のあの教授の姿勢そのままだった。「気になるのだったら近くのかかりつけの医者へ」というのは、とりあえず差し迫った危険はない、と判断した、ということだろう。優秀な研究者には違いないけれど、と思いつつ、棚は、

——私も最近、アフリカの民話の本、買ったの。まだ読んでないけど。三原君の友達が書いたの。

三原は棚と鐘二の共通の友人だった。三人とも学生時代の仏像研究のサークル仲間だった。地方の珍しい仏像を見に旅行をしたり、月に一回仏師のところへ通ってそれぞれ彫刻したりもしていた。三原がそれからアフリカンアートにのめりこんでいったのは、思えば自然ななりゆきだった。彼には蒐集《しゅうしゅう》癖があって、惚れ込めば道端の地蔵でもそのまま持っていきかねないところがあった（それをしなかったのは、道徳的な理由からではなく、あまりにも重い、という物理的な理由だったようだが）。彼が「惚れ込む」

対象には、良くも悪くも霊的な、と思われるような力が漲《みなぎ》っていた。棚には禍々《まがまが》しい、と感じられる種類の力も、そのまま彼を引き付ける吸引力になるらしかった。

――三原の友人って、もしかして、片山海里？

――え？　知ってたの？

棚は驚いたあまり、素っ頓狂な声を出した。

――会ったことがあるんだ。随分前に、彼の論文を引用させてもらったことがあって、そのときに連絡をしたんだ。

――そんなこと、聞いてなかったなあ。

鐘二が今まで片山海里の話をしたことはなかったし、棚もそれは同様だった。

――で、そのとき、彼が現地の部族を回っていたとき変な日本人に会って、って話になって、それが三原だって分かったときは、ほんと、驚いたよ。

――それ、三原君、知ってるの？

棚と鐘二の関係を知っている三原が、そのことを知ったら棚に伝えないわけがない。棚はそう思ったが、

――知ってたと思うよ。……いやどうだったかな。

と鐘二は心許ない。

――そもそも三原君がアフリカンアートにのめりこんだのは、あなたにも責任がある

ことよ。

骨董店で偶然出合ったアフリカの祭祀用の仮面が、三原にとってのすべての始まりだった。その店を三原に紹介したのが鐘二だったのだ。今の三原の病を考えれば、そこで彼の運命が決定されたといってもおかしくはない。棚はそのことを責めたのではなかったが、鐘二はそう受け取ったらしく、返事がなかった。棚は鐘二の誤解に気づいた。慌てて、

——私は、彼の病気についてあなたに責任がある、と言ったんではないのよ。

——……それは分かってるよ。

鐘二は低い声で応えた。棚は更に、

——彼は昔から全く変わっていない。惹かれた対象のためならどこまでも訪ねていく。昔も今も彼の生き方が続いている、その中で起こったことよ。それにアフリカに行った人間が皆、ＨＩＶに感染するわけではないし。

と重ねたが、あまり効果はなかった。

——もしかしたら一生エイズは発症しないかもしれないし。

今もまだ、ほとんど健常人と同じ生活が出来ていると聞いていた。医療費はかかるだろうが、実家が裕福なので援けてもらえるだろう。

——……どこで感染したのか、まったく。

鐘二はそれだけ、ため息とともに呟いた。

――さあ。

棚は一度も、そのことを三原に訊いたことがない。それはごく個人的な領域のことだと思っていた。三原の方が話す気になればいつでもその機会はあっただろう。だが彼は話さなかった。どうしてこうなったか、ではなく、どう対処するか、が問題なのだ、現在進行形で動いている現実の中では。棚は、そうそう、とその自分の現実に戻り、マースにつけたオムツが有効だったことを伝えた。

――そりゃよかった。

鐘二はやっと、ほっとしたような声を出した。

――最初からつければよかったんだ。

――でも、なかなか思い切れないものなのよ、いっしょにいると。

今日はもう疲れたからこのまま寝るわ、と棚は言い、互いに電話を切ったものの、ふと鐘二が読んでいたという精霊憑依の本が気になり、今置いた受話器をもう一度取り、再び電話をかけた。鐘二は、

――はいはい、久しぶりだね。

と出てきた。こういう言い方はそもそも棚の癖だった。が、それには構わず、

――さっき言ってた精霊憑依の本、誰が書いてるの。

――だから片山海里だよ。

――それ、言わなかったじゃない。

――あれ、そうだっけ。言ったつもりになってた。

――ううん、言ってない。

――そうか。ともかく、彼のフィールドワークの集大成だよ。

その言い方が少し気になり、

――集大成、って、彼はこれからもあるんだから。

――え？

と言って鐘二はしばらく黙り、

――翠は知らなかったのか。三原から聞いているとばかり思っていた。

鐘二が、棚、でなく翠と彼女を呼ぶのは久しぶりだった。棚のペンネームを面白がり、君らしい、と言って彼も編集者たちと同じように棚と呼び慣わすようになっていた。

――片山海里は死んだよ。

――え？

耳から入った鐘二の言葉が一瞬散り散りになり、普段使っているはずの、言葉を処理する脳内の経路とは違った経路でその意味を抽出した。少なくともそういう感覚を棚に与えた。時間がかかった。

――……あの。

――うん、亡くなったんだ。

鐘二は人の生き死にを取り扱うにふさわしい丁重さで、ゆっくりと言った。

――……あら、そう。

棚も低い声で返した。読みさしにして、いつか続きを読むつもりでいた大部の本が、何かで失われ永久に読めなくなったと知ったときのような、奇妙な衝撃だった。人間関係の濃度が、本来もっと悲しむべきはずの、そのあるべき濃さにならなかった、と棚の中の何かの計測器がエラー音を鳴らしている。そう、彼を知る機会がもっとあったはずだった。事態の進み行きがおかしい。

――これ、すごく面白い本だよ。今度、持っていくよ。

鐘二は死者への手向けのように本を褒めた。

――……うん、ありがとう。でも、何で死んだの？

――それが、どうもよく分からないんだ。亡くなったのは日本に帰ってかららしいんだけど、病名は僕も知らない。どうもミイラ取りがミイラになった、ということのような気もする。彼は、現地で呪医の修行もしてたらしいんだよ、この本によると。

――え？　だって、私が会ったときは彼の勤めている大学の、十ヶ月のサバティカルだったのよ。そんなこと言ってなかったし、そんな暇なかったと思うけどなあ。

――そのあと、彼、長期休暇を取ってもう一回行ってるんだ、アフリカ。

――それ、私が日本へ帰ってからのことね……。

その後、何か熱に浮かされたかのように、片山海里のことを少ししゃべって、それからまた電話を切った。あの民話の本を読もう、と思い、探したが、不思議なことにどこにもなかった。マースが最初の検査をしてもらっている間、近所の古本屋でそれを見つけ、買い、バッグに入れたと思っていたが、そういえばそれから一度も手に取っていない。しかし買ったことは記憶にある。マースのことに翻弄され、読む暇がないだけのことだと漠然と思っていた。が、もしかしたらその本を、ずっと見ていないのではないか。どこかに忘れて来たか？　あの病院に？　それが一番ありうることだった。明日にでも電話して確認しようと思い、最後にマースのオムツを換える。パッドの位置がうまく定まっていなかったと見え、あちこちに粗相しているのに気づいた。その後始末をしたあと、棚はようやくベッドに入った。

それにしても片山海里はアフリカで何をしていたのだろう。オムツのおかげで帰宅した当初ほどではないが、それでも落ち着かないマースの様子も気がかりだ。疲れているはずなのになかなか寝付かれない。

窓の向こう、公園の林を降りた場所にある池から、オナガガモたちの声が複数響いた。

Phuuu!
Phooyee!

地形の関係もあるのだろうが、深夜から明け方にかけて、池周辺の物音はよく響いた。鳥たちの発する警戒音の類いは特に。夢うつつの中でそれを聞くこともしばしばだった。鳥が何かに襲われているのだろうか、と全身を耳のようにして聞いたこともあった。そういうとき、棚はベッドの中で、自分の体が緊張しているのが分かった。まるで彼らの群れの一員のようだ、と自分に呆れたことも。しかし今日のこの声は、警戒音とは違った。これは、渡りを促す声だ。棚の中の何かが、それに応えようとしている。目を閉じ、口を引き結んでやり過ごす。

五

翌朝、起きるとすぐ、重い気分でマースの様子をうかがいに行く。マースは棚の顔を見るなり、外へ行きたそうなそぶりをした。オムツは奇跡的に着いたままだ。棚はこの幸運にホッとし、そのまま台所に入った。湯を沸かすセッティングをすると、

洗面所に行き、その後寝室へ戻り手早く身支度を整え、台所に戻って沸いた湯で紅茶を淹れ、それを一口飲んで、

――行こうか。

と、マースに声をかけた。マースは玄関へ向けて走った。やはり目つきにゆとりがない。切羽詰《せつぱ》まっている、という体の内部事情が、外部に滲《し》み出ている。マンションの玄関を出たところでオムツを外し、ビニール袋に入れて自転車の荷台に置いた。帰ったらまたこれを着けて館内に入るつもりである。

――あら、どうしたの、早いわね、マース。

母が、庭木に水をやっていた。そういえば、この時間帯には母はいつもそうするのだった、と棚は思い出した。

――調子が悪いの。ちょっと子宮に問題があって、手術しなくちゃならなくなったの。

母は一瞬手を止めて、上から下まで、という感じでじっとマースを見た。このスキャンするような視線は相変わらずだ、と、棚は、自分が見られているわけではないのに、居心地の悪さを感じた。この視線で、過去、母は棚の身の上に起こったプライベートなことを読みとってきたのだった。

――だいぶつらそうね。

母は同情深く言った。

——お小水、洩《も》らしちゃった？

——……ええ。

と、棚は白状した。それから、

——でも、ちゃんと始末しているし、大丈夫、それは。

——いいのよ、そんなときは。で、手術したら何とかなるの？

母は癌を考えているのだろう。きっとそれが母の周囲の身近な話題なのだ、と棚は思いつつ、

——できものはあるんだけど、良性なの、大丈夫。ただ、介護がちょっとね、大変。

——いい機会だから熟達してちょうだいね、なんて言わないから安心して。

母はそう言って、棚の目を見ずにマースの頭を撫ぜた。言っているではないか、と棚は思ったが、

——じゃ、ちょっと散歩に行ってくる。

と言って、その場を離れた。

介護、という言葉には、母や母の友人たちの世代には、思わず耳をそばだててしまうような、ホットでデリケートな響きがあるのだろう。そんな話題を持ち出されたことはないが、おそらく鐘二の両親にも。

籍に入ってくれ、と彼の両親に言われたことがあった。きちんと、という言葉を使わ

れたこともある。今でもきっと、そう思っていることだろう。鐘二には兄がいて、磬一《けいいち》という。この磬一は独身である。せめて相手のいる鐘二には、世間並の形を整えてほしいのだろう。だが、それを鐘二や棚に強く要求する、というふうではなかった。自分たちの希望としては、できたら、という言い方であり、態度であった。そのときは、僕は翠に普通の「女房」になってほしくないんだよ、という鐘二の一言で終わり、その話題が蒸し返されることはなかった。

以後数年に一回は彼の実家に泊まりがけで行く。彼の両親が上京してきたときは、棚の母の領分、つまりマンション一階部分の客間に泊まることもある。

池の周辺のカモ類は、明らかに数が減っていた。やはり昨夜、第一便の渡りが決行されたのだろう。

マースは前日と変わらず、数メートルおきにしゃがみ込むという動作を繰り返している。憑かれたような彼女の行動が、棚の脳の中の非常事態スイッチを押し続けている。

これではいけない、と棚は目を閉じる。このまま巻き込まれ続けたら、そのうち冷静な判断ができなくなる。池の畔《ほとり》にあるベンチに座る。マースのリードを短くしてすぐ目の前の杭にかける。

池の真上を、まるでトビのようにホバリングしている鳥がいる。ワシタカか何か、と思っていたがどうもカラスらしい。池の上に上昇気流が発生していて、それを面白がっているのだろう。ある程度上昇したら、大回りして下降し、また凧のように羽を広げた、上昇スタイルに入る。明らかにそれを楽しんでいた。リフトに乗っている感覚なのだろう。

この辺り一帯の生きもので、一番「生」を優雅に楽しんでいるのはカラスだ、と棚は常々思っていた。決まった時間帯に、たとえば繁華街のゴミ捨て場に行けば、労せずして贅沢な餌が手に入る。餌探しに生活のすべてを費やす必要がない。あまった時間で彼らの文化度はどんどん洗練されてゆく。けれど彼らの野性がそれで弱まるとも思えない。猫だってそうだ。

棚は、一ヶ月ほど前、このベンチの周辺で猫のハンティングを目撃したのを思い出した。

週末だった。普段はそれほど賑わいもしない公園だが、週末になるとさすがに人出が多くなる。ベンチには中年の男性が腰かけ、ゆったりと背もたれに体を預け、ぼんやりと池を見ていた。そのベンチの後ろから周遊路を隔てた林の縁に猫がいた。棚が思わず立ち止まったのは、その猫が尋常でない緊張感を漂わせて、じっとベンチの方を見つめていたからである。猫は、前傾姿勢どころではない、膝を可能な限り曲げ、地面すれすれ、匍匐《ほふく》前進と言っていいような体勢をとっていた。まるでサバンナのチーターのようだと思った。顔はまっすぐ前を向いたまま、視線をベンチ方向にしっかり固定し動かない。確か土曜の夕方で、のんびりと散歩する人も多かった。そのゆっくりとくつろぎながら行き交う人々の足元を器用に縫って進み、かつ視線だけは微動だにさせない。辺りの空気とはあまりにも違う緊迫感の塊が、そろそろとベンチの方へ近づく、ベンチを通り過ぎる。そのベンチの中年男性が、突然、おうっと小さく叫び、それから猫にうなずく。足元の思わぬところに猫がいたことに最初びっくりし、つぎにその猫の迫力に、何か重大な仕事が進行中なのだと察し、敬意を表したという様だった。猫は水辺ぎりぎりに進む。いよいよはっきりした。水辺近くに浮かんでいるカモの群れを狙っているのだ。

その頃、池の柵にはビニールコーティングされた新聞の記事がかけられていた。読むと、カモに餌をやる人がいるせいで、肥満のカモが続出、猫にも簡単に狩られ、素手でも捕まえられる、これだけ太っては渡りも懸念されている、と書いてあった。

なるほど、猫がカモを襲うこともあるのだ。だが今回は無理だ、と柵は思った。なぜなら今、カモはみな水上に浮かんでいる。一番近いところにいるカモでも陸から数十センチは離れている。猫は真剣そのものだ。けれど、飛びかかったとしてもそれからどうするのか。勝算は全くない。水に落ちたらそれまでだろう。あまりにもリスクが高すぎる。

棚とそのベンチの男性が、息を詰めるようにしてじっと見つめる中、猫はぐっと大きく背を伸ばし、群れめがけて飛びかかるポーズをとった。後ろ足はまだ岸辺に着いている。途端にカモたちは大慌て、大騒ぎでその場を遠ざかった。だが、すぐに、なんだ、驚かせやがって、というふうに、あちこち、大きく伸び上がり羽ばたきして威嚇のポーズを取るカモの個体が現れた。

ほとんどがオナガガモの群れだが、岸辺から離れた所にいたマガモが、真っ先にそのポーズをとり、それからすっと岸のそばまでやってきて、猫から数十センチのところまで来て首をのばし、猫を挑発する。一番遠いところまで逃げたのは、カルガモ。自分が驚きのあまりそんなにも遠くまで逃げた、ということに何か恥ずかしさのようなものと、その反動の怒りが湧き上がってくるのか、グビーグビーと激しく声を上げていた。猫はまだ諦めきれないらしく、その場から去ろうとしない。

屈辱とかプライドとか威張りたい欲求とか、生きものはそんなものでもできている。そういうものをなだめたりおさめたりする工夫として、怒鳴ったり泣いたり皮肉を言ったりというわざを数々試みてみるのだろう。それは人間も他の生きものも同じだ、と棚はそのとき思った。

それから数日後、まだ比較的調子が良かったマースと、やはりこの近くを散歩中、突然彼女が立ち止まって地面に鼻づらを近づけ、動こうとしなくなったことがあった。見ると、数枚の羽と、小枝のような物体が散らばっている。それが鳥の骨だと気づくのに数秒かかった。時間が経過したものなら、空気に晒されて白く乾いていただろう。それは、両端が少しぷっくりと膨らみ、半透明で、生々しい艶《つや》があった。誘うような色っぽさだ、と棚は少し、感動した。マースが気を惹かれるのも無理はない。あるいは、他の部位は、どこかに運んでしまっていたのかもしれない。カラスが協力したのかもしれない。

成功したのだ、ついに、と、棚はどちらの側に立つともなくそう思った。

このベンチの周辺は、そういうドラマが繰り広げられたところでもあった。鳥の骨は犬にはよくないとされているので、そのときは執心するマースを無理やり引っ張ってこの場を離れたものだった。

あの頃のマースには、犬としての健全さのようなものがあった、と棚は、行き交う周囲の犬たちに関心を持つこともなく、数秒ごとに地面にしゃがんでいるマースを見ながら思った。手術でそれが取り戻せるのだろうか。それとも、たとえば二度と立ち上がれないような事態になるのだろうか。

マンションの前まで帰り着くと、母がまだ植木の手入れをしていた。棚とマースに気づき、

――あら、お帰りなさい。

――ただいま。

棚はそのまま自転車置き場に行き、マースにオムツを着けようと、自転車の荷台に置いたはずのビニール袋を探した。が、それが見当たらない。

――あそこにビニール袋、あったでしょ。

棚は母が見えるところまで戻り、声をかけた。

――あの中に、マースのオムツが入ってたんだけど。

思いもかけないことに、母は噴き出した。

――なんだ、あれ、オムツだったの。

棚はむっとする。

――そうよ、廊下やロビーで粗相したら悪いと思ってここまでオムツを外さずに来たんじゃないの。

――なんだ、ゴミだと思ったのよ。ちょっと待って。

母はゴミ置き場の方へ行くと、すぐにビニール袋を手に帰って来た。

——オムツなんて使ってるんだ。

——その方が、部屋が汚れなくて、大家としてもいいでしょう。

母は、何を想像したのかまた噴き出して、その笑いは容易に止まりそうもなかった。

この人とは、いつもどこか感じるところがずれる、と棚は思いつつ、黙ってビニール袋からオムツを取り出し、マースに装着した。

六

手術の日は、朝から何も食べさせずに連れてくるように、と言われていた。棚はその日、仕事の打ち合わせが入っていたので、前日から泊まっていた鐘二が、マースを車に乗せ、手術の行われる大学附属動物病院へ連れていくことになった。でも、大急ぎで移動すれば私、何とか大丈夫なのよ、と言う棚に、

——僕が連れていくよ。同じ大学構内だし、この日は十時からだから。君も、ちょっとゆっくりしなさい。少し、おかしいよ。目の下に隈が出来てるよ。

そう言われると、何か、とり憑かれたようなこの数日の疲労が改めて自覚されてくる。

——じゃあ、お願いするわね。

早朝、マースを連れて玄関から出る鐘二にそう言うと、なんだかいっぺんに脱力して

しまい、駐車場まで行って彼らを見送る元気も、もう棚にはなかった。

天の助けかと思われたオムツも、二日目の朝にはマースが（ほとほと嫌気がさしたのか夜の間に）食いちぎったと見え、辺り一面、小さな球形のビーズのような、半透明のゼリー状になった高分子ポリマーが散乱していた。後片付けと、手術前に胃の中に異物が残っていては大変というので、レントゲンを受けにかかりつけの動物病院まで連れていく騒動に追われ、一日が過ぎた。三日目の朝は有難いことにオムツは着いたままになっていたが、散歩に連れ出そうと階下のフロアに差し掛かったとたん、急いで外へ出ようとするマースの勢いで、許容量を超える水分を吸収していたと思われるそれが散りぢりになり、結局二日目の朝と同じ状況が場所を変えて起こっただけのことになった。しかも他の住人も利用する場所だったので、大急ぎで片付けねばならず、前日以上に消耗する出来事となった。

鐘二がマースを連れて出て行ったあと、ベッドに入って少しだけ休むつもりが、深々と寝てしまった。夢うつつの中で、どこか、中国の路地裏の二階家で寝ているような気分になっていた。高さのある真鍮《しんちゅう》の寝台で寝ている。縦長のフランス窓が全開になっていて、カーテンが揺れている。起き上がってそこから外を覗くと、下は凹凸のある細い石畳がくねくねと続いていて、その両側に民家が並んでいる。

電話の音にハッとして、気づけば昼近かった。電話は鐘二からで、留守番電話に録音されていた。マースは無事に送り届けた、もうそろそろ手術が始まると思う、夕方、その結果を聞きに行くのは僕がやっておく、三日間は入院だから、三日後、引き取りに行くように、ということだった。

「中国の路地裏の二階家の夢」の原因は、上の階に住む中国人の弾く胡弓《こきゅう》だった。彼は中国の弦楽器の教師をしているらしく、胡弓だけではなく他の楽器もときどき生徒に教えていた。そうと聞いたわけではないのだが、それらしい声と、音がしていた。棚とは二、三度、無言で会釈しあったことがある程度でほとんど会話もなかったが、彼の弾く胡弓の音色は異国情緒にあふれ、いつも棚を不思議な気分にさせた。本人は痩せぎすで、いつも黒っぽい服装をしているというぐらいの印象しかないのだが、音色は遥かに饒舌で繊細、油断をしていると、棚の私生活や感情の襞《ひだ》の隅々《すみずみ》にまで入り込んできていた。

そういう胡弓の音がのんびりとしかし侵入的に響く中、慌てて支度をして、待ち合わせの近所の喫茶店まで急ぐ。棚のマンションから二ブロックほど離れた通りに面して、大きなクスノキがテラスに覆いかぶさるようにして住宅街の中に立っている、そのテラスのある家が喫茶店になっていた。犬の同伴も許されていたので、散歩の途中しばしばここでお茶を飲む。そういうことからもここしばらくは遠ざかっていた。

——お久しぶりですね。

入ってきた棚に、オーナーの登美子《とみこ》がカウンターの奥から声をかけた。

――ほんと、お久しぶりです。

――あら、マースちゃんは？

話し出せば消耗の予想される顚末《てんまつ》――しかもまだ終わってもいない――だったので、棚は一瞬、話そうか、いつか話すにしろ今日のところはごまかそうか迷ったが、奥を見てまだ相手が来ていないのを確認すると、覚悟を決めた。

――実は、今日、ちょうど今頃、手術しているはずなんです。

――え？

驚く登美子に、棚は今日までのことをかいつまんで話した。

――まあ、それはご心配ねえ。かわいそうに。マースちゃん、ずっと独身だったのでしょう。

――ええ。そういう犬は、年取ってから子宮にトラブルを持ちやすいから、早めに手術で取っておくほうがいい、っていうのはよく聞いていたんですけど。

「独身」という言葉を持ち出した登美子に、やんわりと先手を打っておく。

――子どもを持つっていうことに未練があって、なかなか思い切れなくて、ぐずぐずしているうちに……。

棚は、登美子が相槌を打つのも忘れて、何か過剰に共感を湛えた瞳で棚の顔をじっと見つめているのに気づき、慌てて、

——あの、マースのことですけど。

念のため、と、冗談めかして確認すると、登美子は彼女特有の半分冗談、半分本気、という器用なうなずき方をしてみせた。

——……分かってます。

——なら、いいんですけど。

二人で、小さく笑った。

この喫茶店は登美子が離婚後、実家を改造して開いたものだ。登美子は棚の、中学、高校、大学の先輩に当たる。だが歳が六つ離れていたので、当時はほとんど面識がなかった。この事実は、棚がこの喫茶店に通うようになってから偶然知ったものだった。

ほどなく待ち合わせしていた編集者の河瀬《かわせ》が現れ、棚と河瀬が注文した紅茶を運ぶと、登美子はいったん奥へ引っ込んだ。


河瀬は上がってきたゲラの疑問点をいくつか棚に質し、それが終わると、実は新しく立ち上げた旅雑誌の企画で、アフリカへ行く話があるのだが、と切り出した。ふうん、おもしろそう。アフリカはどこの国ですか、と訊くと、企画書を渡しながら、実はウガンダなのだと言う。予想もしていなかった国なので、はあ、と気の抜けた返事をして企画書を受け取り、このときはそれで終わった。アフリカは、棚もしばらくいたことがあるし、片山海里のこともあったので、最近気になっていたところだった。

河瀬が帰った後、その場に残った棚は、紅茶のカップを片付けに来た登美子に、今度の仕事、アフリカらしいんです、と伝えた。アフリカと言えば、と登美子は、

——しばらく前に、店に忘れ物があったんですけど。あれ、棚さんのじゃありません？

そう言って、カウンターの奥へ入って、

——これなんですけど。

と、一冊の本を手にして戻ってきた。棚はそれを見て思わず叫ぶようにして言った。

——確かに私が探していたものだけど、でもそんなはずはないわ。

それは片山海里の書いた『アフリカの民話』だった。

——だって、私しばらくここに来ていませんでしたもの。そうでしょう？

——でも、その本、テラスの鉢の横にあって、私が頻繁には掃除しないところだったから、いつそれがそこに置かれたのか、わからないの。ここに来るお客さまで、こういうものを好みそうなのは、棚さんだろうって、目星をつけていたんですが……。

登美子はちょっと困った様子に見えた。

棚も混乱していた。確かに、買った覚えはあるものの、その所在が分からなくなっていた。別の人物が偶然この本を入手してここで読んでそのまま忘れていったということ

も、可能性として全くないわけではないが、こんな本がそれほど売れているとは思えない。

「テラスの鉢の横」は、棚が一人で来るときの定席にしている椅子の横にある。ふと本を置いてもおかしくはない場所だったから、登美子がそう思ったのも無理はない。

——何だか、何が起こってるんだかよく分からないんですけど、とりあえずこの本、預からせていただけますか。もし、持ち主が現れたら、すぐお返ししますから。

登美子は、どうぞ、とうなずきながら、

——でも、やっぱり私はそれ、棚さんのだと思いますよ。

と言った。

——それはそうと、アフリカはどちらへ？

ああ、と急に現実に引き戻され、

——ウガンダ、らしいんですけど。

——ウガンダ？

登美子の声が急に深くなる。ひと頃内戦の悲惨さが頻繁に報道された国だったから、その印象が強いのだろう、と棚は思ったが、

——知人がNGOの関係で向こうに行っています。

——え？　まあ、そうなんですか。

――ウガンダは、棚さんのいらしたケニアの隣の国でもあるでしょう。

――そうですね。あの頃、行ったことはありませんでしたけど。

――お気をつけて行ってらっしゃい。

――いえ、まだ行くかどうか分からないんですが。

行くことになりますよ、きっと、という、謎めいた登美子の微笑みに送られて、喫茶店を出た。

帰ってから企画書を読んでいると、だんだん、登美子の言葉が現実味を帯びたものになってきた。

ウガンダはアフリカのもっとも内奥にある国の一つである。それだけに大地が何度も繰り返し繰り返し収斂を重ねたような丹念さで、民族間の軋轢《あつれき》が寄せ集まってきているような場所だった。だが、そこは同時に、「アフリカの真珠」と呼ばれたほどの美しさを持つ国でもあった。人は大地に何をしてきたのか。大地は人に何をしてきたのか。そのウガンダの今を取材する。企画書に書かれていたのはそういう内容だった。それから登美子から預かってきた（つもりでいる）『アフリカの民話』をパラパラとめくると、採話された土地名として「ウガンダ○部」というものが多いのに気づいた。ウガンダは、ケニアのさらに奥にある土地だ。片山海里があれからそこを訪れていたとしても、おかしくはない。けれど、何だろう、この一致は。

こういうことは棚には比較的よく起こる。棚の周囲を織りなすそれぞれ独立した流れであったはずのものたちが、いっせいに何かの符号のように同じ合図を送ってよこすのだ。だからといって、すべてに意味があるわけではない。何十年も自分を生きてきたのだから、そんなことは分かっていた。そこに必要以上の意味を読み込もうとするのは野暮だ。楽しめばいいのだ、すべてを面白い偶然の一致として。今まではそう思ってきたが、さすがに今回はちょっと、眩暈《めまい》がするような気がして、棚はしばらく目を閉じた。

気を取り直して一緒に入っていた資料に目を通していると、電話がかかってきた。鐘二からだった。マースの手術は時間がかかったが何とか無事に終わった、骨盤の奥に入り込み、どうしても取りきれなかった腫瘍《しゅよう》もあるらしいが、悪性のものではないのでたぶん大丈夫だろうと思う、という説明を受けたとのことだった。

――なんとか輸血もしなくてすんだらしいよ。僕にはいい感じの先生だったけど。

――私も、違うシチュエーションだったらまた別の印象を持ったと思うけど。

人の出会いって、場によって変化する万華鏡のようなものだ、と棚はぼんやり思う。それから何気なく、

――さっき来た仕事、アフリカ関係の取材だったの。資料を読んでいるうちに、引き受ける気になってきたわ。

――……どこ?

――ウガンダ。

――ウガンダ?

鐘二の声が、一瞬悲鳴のように響いた。

――冗談じゃないよ。あんな危ないとこ。だめだ、絶対。

その強圧的な一言に、棚は眉をひそめる。

――止めてほしい、というのはあなたの自由だけれど。それはもちろん、命令ではないわよね。

――命令ではない。意見を述べているんだ。

――考慮に入れます。

――入れてください。……ぜひ。

だが、自分がたぶん、その「意見」を考慮に入れないだろうことを、棚は知っている。棚と鐘二との関係の中ではそれこそが結果的に「正しい」判断なのである。鐘二が愛しているのは、男のために「自分の生き方」を曲げることのない「強い」棚なのだから。鐘二はただ、当座の自分の感情のまま、嘆いて見せているだけなのだ。それを収めてあげるため、編集部から渡された資料をもとに、いかに今は「それほど危険ではない」のか、安心材料を積み上げ、そして、どんなに安全と思われるところを旅行していたって思わぬ事故は起きるもの、日本にいたって、家の中にいたってそれは同じこと、反対にどんな危ないところを旅行したって……云々の、お定まりの運命論を念仏のように唱える、それが棚の、「鐘二のためにできること」で、そういう儀式が数日続いた。

母親に対しては、それは一回で済んだ。母親は、棚が自分で決めたことは必ず実行するのを知っている。反対したり嘆いたりして無駄なエネルギーは費やさない。ただ軽く、「まったくねえ……。どうせ言い出したら聞かないんだから」とため息をつくだけだ。

この仕事は引き受けよう、と、棚の中では決めていたが、まだ先方にそうはっきり伝えたわけではなかった。マースのことに翻弄されていた間、できなかった仕事に没頭していると、三日はあっという間に経ち、気がつけばマースを迎えに行く日になっていた。

七

その日の朝、未明に棚の寝室まで届いたオナガガモの鳴き声は、いつになくもの悲しく響いた。夢うつつでそれを捉えた棚は、それからしばらくその響きから自由になれず、結局起きてしまった。

毎日散歩をさせていたマースがいないこともあって、ここ数日、池に降りてはいないが、もうほとんどが北帰行へと旅立っているに違いない。残ったカモは数えるほどになっているだろう。出発の鬨の声というには、あまりにも覇気がなかった。何の理由でここまで渡りを遅らせていたのか、鳴いたカモ自身はそのまま旅立っていけたのか、それとも今日もまた諦めたのか。もの悲しく聞こえたのは、旅立つ自分が残していく仲間に対して放った声だったせいか、それとも旅立っていく仲間への、残る自分からの声だったせいか。促しと諦め、か、嘆願と諦め、か。

そんなことを考えながら、棚は紅茶を淹れ、マースを動物病院に迎えに行く準備をした。またあの獣医に会うのかと思えば、正直に言って心が躍る、という気分にはなれない。が、それを差し引いても、マースを再びこの家に迎えられるのは有難いことであった。

朝のうちは靄がかかっていたが、陽が高く昇るにつれ、五月晴れ、と呼びたいような青空が広がってきた。五月にはまだ遠いが、気がつけば四月に入っている。棚が階段を降りると、ちょうどどこかからの帰りだったらしく、階上に住む中国人と踊り場ですれ違った。いつもと同じように無言で会釈し合い、そのまま通り過ぎようとしたら、

――あの。

と、後ろから声をかけられた。

――はい。

と、棚が振り返ると、少しかすれた、だが深みのある声で、

――いつもの……。どうなさったのですか。

アクセントは流暢《りゅうちょう》な日本語だったし、言葉足らずではあったが、彼の言わんとしていることは分かった。

――犬、ですね。ちょっと手術して、しばらく入院していたんですが、今日退院するので、これから迎えに行くところなんです。

――……ああ。

と言って、それまで無表情だった顔に、笑顔が浮かんだ。

棚も笑顔でうなずき返し、

――では。

と、その場を去った。親切なことばをかけられたわけでもなかったが、マースを迎えに行く気分に勢いがついたように感じた。

病院に着くと、たった一つだけ空いていた駐車場に車を入れ、受付をすませ、それぞれの事情を抱えた様々な種類の犬や猫やその飼い主たちとともに、待合室で暫《しばら》く同じ時間を過ごした。動物にまつわる会話を小耳にはさみ、また自分も会話に参加したりして、これはこれで重要な情報交換の場であるのだ、と棚はしみじみ思った。

半時間を過ぎたかと思う頃、診察室のドアの一つが開き、名前が呼ばれた。返事をして立ち上がり、入っていくと、例の獣医と助手が、あ、どうも、というように棚に向かって頷いた。先日の電話のせいか、心なし、助手の態度に緊張が走った気がした。棚も、挨拶を返すと、

――お聞きになっているとは思いますが、すべて取り切る、ということはできませんでした。可能な限りやってはみましたが、骨盤の奥まで入り込んでいたので……。それ以上やると、これから先、立てなくなる等の危険性もあるし、この腫瘍はそんなに悪さをするようなものでもないので、諦めました。経過は順調です。

この獣医との間で可能なコミュニケーション・レベルは承知していたので、棚は、必要な情報だけを何とか教えてもらえればそれでいい、という、要求水準をかなり下げた「控え目な姿勢」で、

――食事などで気をつけておくようなことがありますか。

――年相応のものを食べさせていれば、だいじょうぶでしょう。

――あまりカロリーの高くないもの、シニア用のドッグフード、ということですね。

――そうですね。

質問はそこで切り上げるつもりだったのに、棚はつい、

――いったい、何なんでしょう。その、「瘤」というのは。

と訊いた。獣医は反射的に、とも思える気軽さで、

——長い間に要らないものが溜まっていった結果でしょうね。

その、「要らないもの」とは何なのか、を訊いているのだが、彼にはそういう専門的なことを素人に説明する用意がないだろう。すでにこの獣医に怒りと失望を経験していた棚は、すぐに諦めた。その「中身」を知りたい、という棚の欲求が彼には理解できないだろうし、あるいは度を越したものと感じられるかもしれない。またたとえ棚がそれを知ったところで患畜に益があるわけでもない、だからとりたててその説明に時間を割く必要もない、そういうことになるだろう。発見された（生体の維持に）不必要な腫《しゅ》瘤《りゅう》が手術によって大部分取り除かれた。それが事実の全てで、それ以上の説明は通常のサービスを超えるのだろう。棚自身ですらどこかで、そんなことをどこまでも知りたく思う自分を奇異に思ってもいるのだから。

しつこく問いを重ねた場合の彼の反応を、早手回しにこう決めつけることで、棚は自分が自らコミュニケーションを断とうとしているのだ、これは子どもっぽい「拗ね方」だ、と分かってはいたが、それでも強いて理性を発動させる気にはなれなかった。それにここで無理に聞き出したとしても、どうせ分かるのは蛋白質や脂肪等の種類、組成。そんなことを知って何になるのか。

本当に知りたいのは、そんなことではない。知りたいと思う欲求だけが激しくアクセ

ルを踏んでいて、だがその方向が違う。ハンドルを切り直さなければならない。

棚がそんなことを自分に言い聞かせていると、いつの間にか姿を消していた助手が、奥のドアからマースを連れて出てきた。棚に気付いたマースは目尻を下げ、全身で喜びを表し、小躍りしながらすり寄ってきた。棚もマースの首を抱いて、

——がんばったの、そう、がんばったのね。

と、褒める。獣医も微笑みながら、

——抜糸は十日後です。かかりつけのご近所の動物病院で行ってください。

わかりました、と答え、マースを連れて診察室の外へ出た。受付でカルテをもらい、下へ降りて支払いを済ませる。金額にちょっと驚き、またクレジット・カードを使う。

建物を出て、マースを車に乗せる前に大学構内を散歩したが、以前のように何かに取り憑かれたような強迫的な気配はない。確かにしゃがみはするが、頻繁ではない。なんとなく最近の習慣から体がそう動いている、別に必要に迫られてというのではないが、という余裕がマースにはあった。だがまだ、安心はできない、とその首の後ろの辺りを見ながら、漠然と棚は思った。

——よかったわ、ともかくもうあそこへ行かなくてすむ。抜糸は大山先生のところでやってもらえるのだから。

帰宅後、鐘二に電話した際、そのことを伝えた。

——でもね、入院費用や手術費用、検査代が、合わせてすごいことになってた。

と言って、棚は支払った総額を言った。驚いたときの癖で、鐘二の声は一瞬引っ込んで、それからひそめるようにして出てきた。

——……僕の月給とほとんど同じじゃないか。

——保険に入っていればよかったかもしれない。あるのよ、犬のそういう保険。高額な医療費がかかったときのための。

——今からでも入ったら。

——だいじょうぶでしょう、もう。

——そうかな。それはそうと、ウガンダ、やっぱりやめてくれないかな。

——またその話。

棚はここ数日続く同じ話題にさすがに辟易《へきえき》してきて、

——ああ、そうそう、そう言えば、片山海里もウガンダへ行っていたみたいなのよ。民話の本をパラパラと見てたら、採話した場所がウガンダ、っていうのが多くて。

——へえ。ああ、そうだ、僕も言い忘れてたけど、以前言ってた、彼の精霊憑依の本、リビングのソファの横に置いておいたから。君がいないとき鞄から出して、そのまま言うのを忘れてた。そのフィールドワークの場所も、そういえばウガンダが多かったなあ。

棚はちょうどその、「リビングのソファ」に座っていたので、その端の、いつもそのときどき読みかけの本が溜まりやすい一角に目をやった。確かに見慣れない表紙の色が、本の小山の向こうに見えていた。手を伸ばしてそれを取った。思わぬ厚みに手が驚いているのを感じつつ、

——あったわ……。アフリカ・伝統医の記録……これ？　すごく厚いのね。

棚は、そう訊きながら裏表紙を見る。

——そう、それそれ。

——さっきから私、お金の話ばかりしているようだけど、これもまた、一般書では絶対にありえない値段ね。

出版社は、彼のかつて勤務していた大学の出版会になっていた。

——そうでないと採算がとれないいんだろう。五百部も刷らなかったって話だし。必要な人は絶対買うからさ。

——集大成って言ってたけど……。これは何？

論文形式になっているとばかり思っていた棚は、一ページ上下二段で延々と続くそのメモ書きのような内容があまりに意外で、思わず鐘二に問いただす口調になった。

——何って……。だから、呪術医やそれの信奉者を訪ねたフィールドワークの集大成だよ。

――これ……ざっと、百ケースはあるじゃない。

細かく見れば、実際はもっとありそうだった。

――だから、集大成だよ、そうじゃないか。

――百人の呪医を訪ねたってこと?

――そういうことになるね。

それがどういうことなのか、考えただけでも気が遠くなりそうだった。

――精霊憑依というより、精霊信仰ね。でも、彼自身による分類とか、推論とかはほとんどないじゃないの。

――だから、彼としてはまだ本にするつもりはなかったんだろう。論文にする前の、資料整理の段階だったんだろう。ちょっと、前書きを読んでごらん。

言われて、ページの最初から繰る。なるほど、故人を知る人たち数人がそれぞれ追悼文とも読める前書きを書いている。このフィールドワークが何の成果も生まずに埋もれてしまうのはいかにも惜しい、というようなことが。

――……そうね、そう書いてあるわね。でも、何も本にする必要はなかったんじゃないかしら。

――読んでるうちに、その理由が分かるよ、きっと。そしたら、君、もう一度僕に電話してくるよ。

電話を切って、それから小一時間、読むというよりは、ざっと目を通しているうちに、そのあまりの厖大さととりとめのなさに、どうにも我慢が出来なくなり、棚はパソコンに向かった。片山の言う「伝統医」を、棚なりの分類にかけなければ気が済まなくなったのだ。まだ半分も読んではいないが、分類分けという作業をしながらでもなければ、どうにも整理がつかず、読み進められなかった。

①生薬調合師。患者の症状を聞いてそれに合った薬を処方する。薬の知識は父親、祖父母等から。

②霊感生薬調合・生活指導師。夢見・精霊により、生薬の調合をし、患者がなすべきことを指示する。

③霊感手品師。精霊に対する恐怖と畏怖を印象付けるため、手品（？）で、物を動かしたり消したり、しゃべらせたりする。体からいろいろなものを出して見せ、症状の原因を取り出した、とする。他人の呪術から患者を守るためのプロテクションを施す。

④呪医。呪術により人を殺したことがあると自称、または他人から噂されている。犠牲となる供物を捧げる儀式を執り行う。

精霊が関わり始めるのは②からだが、いわゆるウィッチ・ドクター、呪術医と呼ばれるものに分類されるのは③、④だろう。実際の個々の事例では、②以上はそれ「以下」のレベルの段階に自在に行き来し(それぞれがそれ「以上」のレベルへ行くことはない。例えば②が③④に、③が④に行くことはない)、全体的に少しずつ混ざり合っている印象だが、①の、穏当なハーバリストとでも呼ぶべき、精霊に全く関わらない「伝統医」も数多くいる。

記録は、大体その土地名と伝統医の名前、年齢、性別、得意とする治療分野、それから片山海里とその伝統医との一問一答である。

読み始めてすぐ棚が気になったのは、次の記録だった。


〈ダバとは何か〉

〈ダバは状態であり、その状態を引き起こした、そのものでもある〉

〈どういう状態か〉

〈間断なく尿意が起こる。そのため体がだるく、何をする気にもならなくなる。体の中にあるものをすべて排泄したがる〉

〈どうやってその状態が引き起こされるのか〉

〈ダバが体の中に入っているからだ。拳ほどの黒い塊である〉

〈ダバはどうやって体の中に入ってくるのか〉

〈それを願ったものがいる。入れる方法は言えない。私は治療をするだけだ〉
〈どうやって治療するのか〉
〈体中にナイフで少しずつ傷をつけ、薬を擦り込む。するとダバが出てくる〉
〈薬はどうやってつくるのか〉
〈ブッシュに生えているある特定の木の根を乾かし、粉末にする〉

このダバという「症状」と「原因」については、比較的多くの伝統医が言及していた。もちろん棚はマースのことが念頭にあり、この記述がことに引っ掛かったのだが、その治療方法がそれぞれ少しずつ違うということもまた、それぞれの出身部族の地域性を感じさせて興味深かった。

それから片山海里は、伝統医へのインタビューの後に、全員からではないが、土地に伝わる民話を聞き出している。メモ書きのようなものなので、最初棚は、ああ、これが『アフリカの民話』の元型か、と思ったが、どうも違うようだった。時期的に考えても、採集、執筆、出版を済ませた『アフリカの民話』よりだいぶ後になる。

〈ある村に夫婦がいた。夫婦の間には子どもが一人いる。この子どもは手を固く握って生まれてきた。無理やり開けさせると、掌《てのひら》に黒い石がある。その石ごと拳《こぶし》を壺の中に入れれば、その壺は水甕《みずかめ》となり、溢れんばかりの水をたたえた。邪《よこし》まな隣家の男がそれに目をつけ、夫婦を村の外へ誘き出し、子どもの黒い石を盗もうとする。子どもは火がついたように泣く。腹を立て、子どもの手を切り落とす。子どもは死ぬ。帰ってきた夫婦は嘆き悲しむ。隣家の男は黒い石を自分の家の壺に投げ込む。壺からは見る見る水が溢れ出す。が、それが止まらない。あっというまに村は水没し、湖となる。村人はまだ水底にいるが、そのことに気づいていない〉。

〈言葉を話す牛がいた。持ち主はそのことを知らない。その牛を世話している牛飼いが、牛の持ち主にそれを黙っていたからである。その牛があるとき、次の雨でここは川になると言った。牛飼いは牛の持ち主に逃げるように言うが、持ち主は信じない。牛飼いが、牛が言葉を話す、と今まで言わなかったので、持ち主がにわかにはそれを信じられなかったせいである。牛飼いは夜のうちにこっそり牛たちとともに逃げ出す。雨が降り、突然川が現れ、牛の持ち主は流される。牛飼いは、牛三十頭と言葉を話す牛を手に入れる。それから、言葉を話す牛は悪魔の正体を現し、牛飼いをこきつかうようになる。が、あることから牛飼いは悪魔の秘密を知り、立場が逆転する。けれどそれも二転三転しながら話は続いていき、悪魔も牛飼いもへとへとになって別れる〉。

〈技のある笛吹きがいた。この笛吹きが笛を吹くと、死んだ山羊でも牛でも生き返った。笛吹きのいる村では家畜は死なず、増えるばかりだった。噂を聞きつけた王様が笛吹きを宮殿に呼び寄せる。死んだ自分の母親を生き返らせてくれ、と言う。笛吹きは、それは出来ないと言う。王さまは怒って笛吹きを殺し、笛を取り上げて、母親の死骸が曝《さら》してある原野へ行く。自分で吹く。死骸の下から水が溢れ出てきて、死骸は骨ばった魚になり、王さまも魚に変身する〉。

……『アフリカの民話』同様、勧善懲悪《かんぜんちょうあく》とは程遠い、メッセージ性のないストーリーが脈絡もなく続いていく。その「脈絡のなさ」に、棚は次第に惹きつけられていった。

気がつけば、木の葉に水滴が当たる音が間断なく続いている。外は雨が降ってきているらしかった。そういえば低気圧が近づいていたのだった。もう明け方近かった。

棚は立ち上がって台所へ行き、湯を沸かしながら、窓から見える公園の街灯の明かりに雨を確かめようとした。マースの散歩があるので、雨の強度はいつも棚のチェック事項の一つであった。

このまま早めに朝の散歩を済ませた方がいいかもしれない。雨はどんどん強くなるだろうし、今寝たら起きるのは確実に午後だ、と棚は自分の疲れ具合に見当をつける。

台所から、リビングルームで寝ているマースの様子を窺う。前足の上に片頬を載せ、傾いた顔で寝ている。こうしていると分からないが、何かの拍子で手術時に毛を剃られた腹と、ホッチキス（様のもの）で留められた大きな傷跡が見え、そのたびにぎょっとする。だが、さすがに手術後は、あの、それこそ何かに憑依されたかのような排泄欲求は影を潜めているようだった。

さっきもリビングに入ってきた棚を、薄目を開けて見、尻尾で数回床を叩いて挨拶して見せ、また眠りに入った。以前だったら、立ち上がって棚を歓迎したところだ。

歳を取ったのだろう、棚はそう思うが、もしも何かの意志で、「ダバ」に似た類のものがマースに入り込んでいるのだとしたら。毎日毎日、自宅仕事の棚の気分の変化に、あまりにもじっと集中して意識を傾けていたせいで、いつのまにか棚が受け取るはずの「ダバ」を、マースが代わりに受けていたとしたら。人から恨みを買うようなことをした覚えはないが、自分に覚えがないだけで、どこかで誰かに無神経なことをしている可能性は十分ある。そういう「恨み」にそこまでの力があるかどうか、棚にも分からないし、信じているわけでもないのだが、さっきまで読んでいた本が本なので、知らない間にそういう文脈で考えてしまう。何かが、誰かの、身代わりになる、というようなことを。

けれどこの世のことは、何がどう関係して、また関係なく、生起してくるのか分からない。

片山海里のフィールドワークの文脈では、病気や不幸な事故などの原因を、たいてい邪悪な何かの存在の関与とし、それを取り除いて良い結果を得る、幸運を呼び寄せる、ということが一見人生の力学基本ラインであるかのように読める。

しかし、ある伝統医はインタビューで、「ダバ」を他人を呪った者の心の状態、そのものもまた「ダバ」である、と言っていた。「ダバ」が原因であり、症状である、つまり結果でもある、ということは、そもそも因果関係など考えても無駄、ということかもしれない。すべてがほとんど同時に発生してくるものだとしたら。

雨はなかなか止みそうにもない。

やはりマースの散歩を決行しよう、と棚は立ち上がり、マースの傷のことを考え、しばらく使っていなかった犬用のレインコートを物入れから取り出す。

これで雨から傷が守れるだろうか、といぶかりながら、守る、という連想からだろう、片山の伝統医へのインタビューの中で盛んに出てきた、「プロテクションを施す」、という言葉が脳裏をよぎった。

その手法として一番多いのは、体中に小さな傷をつけ、呪文を唱えながらあらかじめ清めの儀式を済ませた灰を擦り込む、というものだったが、依頼人本人がヤギなりニワトリなりを精霊に捧げるという儀式を伝統医が執り行い、精霊に依頼人をプロテクトしてもらう、というものもあった。供え物を自分が大事に思っていればいるほど、それはより強力なプロテクションになりうる——確か、そういう記述もあった。犠牲の代償の大きさを、身代わりとしての値に見積もろうという論理なのだろう。

——プロテクション。

口に出して呟いてみる。片山海里は自身のプロテクションに、失敗したのだろうか。

散歩用のリードを持つ音で、マースはすぐに目を覚まし、尻尾を振り振り寄ってきた。レインコートを着せ、リードをつけ、傘を持って、外へ出る。

普段ならそろそろ世界が白み始めてもいい時刻だったが、雨雲が空を覆っているせいか、まだ街灯の明かりを頼りに歩かねばならない。棚は池の方へ降りていくのをやめ、公園の外周道路を歩いた。池の端が川になって流れ出ているところまで行き着くと、それが思いのほか轟々《ごうごう》と大きな音を立てているのに気づいた。この程度の雨で、この小さな川は今までもこれほど激しい唸りを上げていたのだろうか。そういえば、雨が降っているときは川に近付かないように、と学校から言われていたっけ、と、棚は遠い昔を思い出す。普段は車も通り、人通りもあるので、こんなに音を大きく感じたことがなかったのだろう。

音ばかりすさまじく、暗くてよく見えない、けれどそれだけに幽《かす》かに見える水の激しさに魅かれて、棚は魅入られたように立ち止まった。

見るともなく見ているうちに、ふと、片山海里があの本で書き留めていた民話は、みな、洪水に関するものだった、と気づいた。それから、あ、と思わず声に出した。もしかしたら、と気になることが出てきたのだ。

大急ぎで散歩を済まし、マンションに帰った。マースを犬用タオルで拭き、食事を与え、それから散歩の後始末をすると、片山の著書をもう一度丹念にチェックする。

棚が思ったとおりだった。民話を語っている伝統医も、語っていない伝統医もあるが、語られている民話は、みな、洪水に関するもので、また、それを語っている伝統医は、みな、その前に「ダバ」について証言している人々である。

これはどういうことだろう。片山海里は、「ダバ」について語った伝統医に限って、水に関する民話をせがんだのか。

それとも、自然にこうなったのか。自然になったとしても、片山がこの符合に気付かなかったわけがない。

眠るどころではなくなってきたが、片山が亡くなっている以上、どうにも確かめようがない。とりあえず、今はベッドに入って睡眠をとることにした。

雨で世界が暗いので、眠りがその明度の低さだけ好き勝手に迷走したのだろうか、夢の中でナイロビからビクトリア湖へ行こうとしていた。

赤い岩が延々と転がっていた。人の影はおろか、生きものの気配すらない。だが、陽が暮れるまでにビクトリア湖に行かなければならない。歩いて辿り着けるような距離ではないことは、夢の中でも分かっている。乗合い軽トラックのようなものを待っている。だが、そんなものは到底来そうもない。陽が照っているようでもないのに、じりじりと灼かれるように皮膚が痛い。どこか、陰を探そうと、辺りで一番大きな赤い岩の近くに行く。その陰へ回ると、すでにそこは大勢の現地の人間でいっぱいだった。何か、集会を開いているようだった。

そこで棚は目を覚ました。

あれは今のアフリカではないだろう。棚がいたころのアフリカでもない。いったい、どこへ行ってきたのか。

雨は、朝方よりさらに激しくなっていて、その雨の合間を縫うようにして、幽かに胡弓の音色が流れてくる。普段棚にはまったく気にならないが、鐘二はこの音が聞こえるのをいつも嫌がっていた。うるさいなあ、と鐘二が眉をひそめて初めて棚がその音を意識する、ということが日常茶飯事に起こっていた。

起き上がり、書斎へ行く。締め切りの迫ったコラムの原稿に取り掛かる。数時間それに専念し、顔を上げるとすでに夕方だった。変則的な一日だった。

雨は上がったわけではなかったが、だいぶ小止みになっていたので、午後の散歩がてら、無事手術が終わった報告もかね、久しぶりにマースとともに登美子の喫茶店を訪れた。

玄関の軒下でレインコートを取り、マースに身震いさせて水気を払い、手持ちのタオルで簡単に拭いた後、ドアを開ける。すでにドアの嵌め込みガラスを通して棚たちに気づいていた登美子は、

――いらっしゃいませ。

といつもより大きな、晴れやかな笑顔で迎えた。近づいてきて、

――マースちゃん、大変だったわね。

としゃがんでマースを撫ぜた。マースも片手を上げてそれに応える。

――ああ、手術の跡が……。大変だったの、そう。

それに返事をするかのように、マースは登美子に体を寄せる。登美子がマースの体を撫ぜる。それから、レインコートをビニール袋に入れようとしていた棚に、

――それ、こちらに下さい。

と言って立ち上がり、もともとは子ども用と思しきハンガーを出してきて、それに通してから壁のフックに掛けた。

――こうしておいたら、お出になる頃には乾いているでしょう。

——すみません。

棚がテーブルに着くと、マースはその椅子の横の床におとなしく伏せた。

——昨夜、本を読んでて徹夜になっちゃったんです、で、そのまま明け方にマースの散歩に行って……そしたら、鏡川がすごいことになっていて。

登美子は頷き、

——私も見たことがあります。

——朝、それほど降ってなかったのに。

棚がそう言うと、

——あら、夜中、一時半ごろだったかしら、すごい勢いで雨が降ったんですよ。気づかれませんでした？

ちょうど、片山海里の本に没頭していた時刻だ。

——全然。そうだったんですか……それで。

ハーブティーでいいですね、と登美子は確認すると、カウンターへ戻り、そこから、

——これも温暖化の影響でしょうか。ウガンダでも今、局地的な豪雨が多くて、洪水被害で避難している人たちが結構いるみたいですよ。

——え？

また、洪水。と、棚は思わず顔を上げて反応する。

——以前お話しした、向こうにいる知人が、メールでそう書いてきました。棚さん、そのウガンダへ行く仕事の件、結局どうなりました？

——やっぱり、引き受けることにしました。でも、洪水って……。

——豪雨で川が氾濫するらしいんです。それも今までなかったような雨で。内戦で土地が荒れていたところへもってきて。

——……。

それから登美子はハーブティーを運んでき、ウガンダへはいつ行くのか、と訊いた。この秋に、と答えながら、棚は、もうすでに体半分は向こうへ持っていかれているなあ、とぼんやり思った。

帰宅して、コラムの残りを書き終えると、ファクスで出版社に送った。食事にかかろうとしたら、電話が鳴った。鐘二からだった。どうだった？　と主語抜きで訊くので、何が？　と訊き直そうとして、すぐに片山の本のことだと分かり、分かった途端、今朝の興奮が甦った。それで、「ダバ」と洪水の民話の関係性について多少熱っぽく話すと、

——ああ、僕はそれには気づかなかった。ただ、読んでるとさ、だんだん鬼気迫るものを感じるんだ。最初は現地の呪術師たちの言葉だからかなあ、と思っていたけど、どうやらこれは、片山さん自身から発信されているものじゃないか、って思うようになっ

た。こういうもの残されたら、とにかく何かしなくちゃ、って気になるもんだよ。

——けれど、そういう思いがそれだけで終わらずに、実際の出版ルートに乗るのは大変なことよ。運よく企画が通ったって、校正ゲラをチェックする編集者も、細かなことや不審な点を確かめる相手がもうこの世にはいないんだから。

——まあ、そういういくつものハードルを越えさせるだけの力があったんだ。僕は、「ダバ」が、マースの症状と似ている、ということにまず、君が引っ掛かるだろうとは思ってたけど。

それもある。それも確かに「引っ掛かっている」。だが今の手持ちの情報だけでは、まだ自分の周りに起こっていることがどういうことなのか、その全体像が立ち顕れてこない。

——そうなんだけど、よく分からないのよ、まだ。

八

まだまだ当分は咲きそうもないと思っていた公園の桜が、数日の間に一気に満開になった。長年ここに住んできた棚にとっても、こんな急激な桜の変容は経験したことがないものだった。その数日前まで、ほころぶどころか幹や枝と同じ薄茶色の外皮を固く身にまとい、冬ざれた顔をしていた蕾《つぼみ》が、まるで定点撮影された映像を早回ししたかのように、通常数週間かかると思われる変化を、午前と午後のうちに成し遂げた。季節外れの太平洋高気圧が急激に張り出し、結果的に寒冷前線を押し上げたせいだった。

窓を開けていると、桜の花びらが団体で室内に入ってくる。マースの黒い鼻先にもそのうちの一枚がついて寄り目になってそれを取ろうと四苦八苦していた。透き通るような薄い青磁の猪口《ちょこ》に冷酒を注いで、花吹雪の中、昼間からベランダで少しくつろぐ。横に寝そべるマースの背中にも花びらが降り積む。夕刻になれば、桜が濃淡の紫の闇に溶け込んでいく。その刻々と変化していく様もまた、見逃しがたい。そして月の光に映え、蒼ざめた桜のすさまじくさえ見える深夜。

このようにこの時期は、桜に付き合い日に三回も飲むことになるので、一回、猪口二杯までと、と決めている。その程度なら、仕事にも日常生活にも差し支えが出ない。アルコールは、覚醒領域の境界を少し曖昧にする。棚にとっての「花見」とは、桜と一対一で向き合う、その彼我のボーダー上で繰り広げられる、真剣勝負の遊びのような趣があった。それが「花見」の醍醐味《だいごみ》だった。それだからその醍醐味を欠く、この時期の酒宴の誘いは受けない。

マースの手術後の抜糸は、近所の動物病院で行われた。獣医の大山はマースが手術を受けた大学附属動物病院の大学の出身だったが、それゆえ手術室の状況が分かるのか、どう見ても必要以上に大きな傷口を見て、まあ、こんなに、と何か言いかけ、絶句し、それから、本来の傷口とはまるで関係のないところに、十センチほど斜めについた傷口を見て、これはいったい、と呟いた。はっきりとは言わなかったが、明らかに執刀医が間違って切った、としか思えない。しかも傷口を止めてあるホッチキス様のものは間隔もバラバラで、中にはひどく乱雑に斜めに食い入っているものもあり、それを外していくのに助手ともども四苦八苦してついに大山はラジオペンチを持ってこさせた。これで、マースが明らかに苦痛を訴えていたり、傷口が化膿などしていたら、棚もさすがに焦り、憤っただろうが、当のマースが元気なのだから、焦るというよりは苦笑に近い表情で、

――学生さんも、上達しなければならないのですから。

と、ため息をついた。皮肉のつもりはなかったが、普段マースをかわいがってくれている大山への信頼と安心があって、つい愚痴をこぼしたくなったのだった。とにかく、もう手術は終わってしまったのだし、ベテランの獣医になるために学生は場数を踏まなければならない。不器用な学生の最初の被執刀患者になるのは、できるだけ避けたいことだが、結局誰かがその役目を負わねばならない。それに彼らが明らかな致命的失敗をしたというわけでもない。とは思いつつも、棚が自分で意識する以上に事態に腹を立てているのは隠せない事実のようで、それを感じ取ったのだろう、大山は立場上困ったよ

うに首をかしげ、

――とにかく、経過は順調のようです。傷口もきれいだし。

と、棚を慰めた。

動物病院を出て、帰宅の途中、棚はマースとともに公園の池まで降りていき、久しぶりに顔見知りの犬たちやその飼い主たちと会った。歩きながらの花見を目的に立ち寄る人も多いと見え、公園を出入りする人々の顔はみな、桜に浮かされたように上気している。

――あら、もういいんですか。

通り過ぎざま、そう声をかけられる。術後、傷口をなめさせないため、マースはしばらく、通称エリザベス・カラーと呼ばれる、ラッパ状のプラスチック板を首周りに巻いていた。散歩の間、それはかなり目を引いていたらしく、外された今、順調な回復を祝福され思いもかけない相手からも声をかけられた。ええ、ご心配掛けて、と、棚もマースも、にこやかに、また尻尾を振り振り、応じる。過去に同じような手術を受けた犬もいて、その飼い主と、立ち止まって予後の情報と同情の交換にしばらく時を費やした。そうしている間にも、桜の花びらが降りかかる。それを見上げつつ、

――一年で一番、うららかな季節ですね。

――ほんとう。

しかしこの穏やかな天気は長く続かないだろう、と、棚は悲しく予感する。鈍い頭痛の萌芽が、確実に感じられるのだ。前線が移動しようとしている。

池にはまだ、北へ帰りそこねているカモたちが所在無げに泳いでいた。太り過ぎた体重の調整をしているのか、互いに不安そうな落ち着かない様子で、泳いだり羽ばたいたりを繰り返している。

帰宅するとすぐに予防のための頭痛薬を呑み、それから、机の上に置いてあった片山海里の本を手に取る。洪水、か、と、数日前、編集者の河瀬からきた電話を思い出す。ウガンダの雨季と乾季のことを調べてもらっていたのだ。河瀬が現地の関係者に問い合わせると、最近はいつからいつまでが雨季というような明確なことは誰にも言えなくなっているという。長期的な見通しの立たない、旱魃《かんばつ》か洪水。雨季と乾季というシーズンそのものが消えつつある、と。いわゆるラニーニャ現象の影響らしい。だから取材の準備もそのつもりでいてくれ、と言っていた。結局全てに備えろということだろう。そのときは目下の原稿に追われて、ああ、登美子さんの言っていた通りだ、と頷いただけで、深くそのことに思いを巡らさずにいたが、洪水が頻繁に起こる、というのは、まさしく片山海里のアフリカ民話の世界ではないか。ダバ、と呟いてみる。いや、ダバではないだろう、ダバとは関係ないだろう、あれは体内の水分調整の話だから。

いや、と棚は、さらに自分の考えを打ち消す。ふと閃いたことに衝撃を受け、瞬きもせず本を見つめる。水分調整の話だ、確かに。生きものの、体内の。けれど、土地自体を生きもの、と見たらどうか。

ある土地の、水分調整の話。

つまり、治水の。洪水の。

……地球の？

片山海里は、それと意識して、ダバの話の次に、繰り返し洪水の民話を差し挟んでいたのではないか。一つの有機的な場の、水分コントロールの問題。

棚は、無意識に新しいノートを取り出し、いくつかの単語を記した。もしかしたら生まれてくるかもしれない、新しい「創作」のキーワードとなるかもしれない言葉だった。それから、無性に爪が切りたくなり、引き出しから爪切りを取り出した。

文章を書いているときに、気がつけば爪が重く感じられ、すぐに爪切りを持ち出して爪を切る癖が棚にはある。頭で展開する思考と、指が動いて文章となる、その連関に少しでも滞りを生まないようにという、涙ぐましい努力の一端なのだろうか。それとも文章が進まないことの理由を、能力のせいではなく別の原因に見つけようとしているのだろうか。

確かに爪を切った後は、少しは軽やかになるような気がする。軽やかになって自分は何を書きたいのか。化粧品や生命保険の広告ではなく？

学生時代から、棚は文章を書くことが好きだった。自分でも現実性がないことは承知していたが、畑で野菜をつくったり、牧畜でチーズやバターをつくったりして市場で売り、その金でその日の生活に必要なあれこれを買って生活していくように、自分も一つの作品を売って、その金で質素な生活をする、というのが棚の夢だった。石屋が墓石をつくるように、誰か、その人のためだけの物語を、心を込めてつくる。オーダーメイドなのだから、注文先の条件は出来るだけ聞く。そういう縛りの中で、できるだけ深く、その人のストーリーを汲み上げ、紡ぎ上げる。その作品を自分で客の家まで届け、心を込めて朗読し、これも自分で丹念に製本した作品を手渡す。そして得た報酬で、その日の糧を買って帰る。

棚は、今の自分の職業はかなりそれに近いと思っていた。朗読はしないし、製本もしないけれど、棚なりのアンテナで、クライアントの漠然とした希望を、より具体的で深みのあるところのものへと照準を合わせていく。その、言わば文章による「意識のスライドのさせ方」が、ある程度の評価も生み、なんとか生活していけるだけの仕事も得ていた。発注があって、それに応えていく、ということに職人的な喜びも感じていた。

そういう現実の足場から離れたところで、言わば架空の話を、「創作する」ということに対して、自分とはかけ離れた仕事、と思っていたはずなのに、最近の「どこかに存在していて欲しい国」を書きたい欲求というのは、どうしたものだろう。

自分がこんな気持ちになるということは、誰かクライアントがいるのだ。誰かが自分に作品を発注しているのだ。誰かが、物語を必要としているのだ。自分はその「誰か」に応える仕事ができるのだろうか。けれど、と、棚は爪切りをしまいつつ、諦めに似た確信を持つ。もう動いているのだ、物語は。

加賀見池《かがみいけ》のカモたちは、その後数日ごとにいくつかの小群となって北帰行へと旅立っていき、とうとう最後にオナガガモのオスの二羽だけが残った。

五月を迎え、六月になっても、二羽のオナガガモは渡る気配を見せなかった。その間ずっと二羽でいたというわけではなく、池の端と端に分かれていることもあった。しかしもともとが群れでいる習性を持った鳥なので、孤独ということには耐性がないらしく、アオクビアヒルやカルガモの群れの中に混じって泳ぐ姿をしばしば見かけた。

六月のある朝、ふと思い立ってマース連れで登美子の喫茶店に入ろうとしたとき、入れ違いで上に住む中国人の男とすれちがった。いつものように目礼だけして、それから、驚いた、というように少しだけ目を見開いて見せた。向こうも少し口元を緩ませたように見えた。中に入って登美子に、

——今出ていった人、うちのマンションの人です。

——ああ、そうなんですか。たまにいらっしゃるんですけど、何もお話しにならない

ので。

登美子は割合に深くうなずいた。登美子なりに彼の身元に思いを馳せていたのかもしれない。

——中国の人で、胡弓を弾かれます。

登美子はしばらく考えて、

——二胡？

と訊いた。訊かれた途端、棚は自分が胡弓も二胡も区別していないことに気づいた。

——ああ、そういうんですか。よく分からなくて。

——中国の方が弾かれるんだったら、二胡だと思いますよ。蛇の皮を使ってあるの。蛇がまとわりつくような音だと思いませんか。

登美子はさして嫌悪感もなく淡々と言った。棚は、登美子は蛇に対しても好意的なのかもしれないと思った。

——よく、その、二胡？ を、弾いている音がするんです。ぼんやり昼寝とかしていると、自分が今どこにいるのか分からなくなる。

——インターナショナルなマンションですね。そうですか、中国の方でしたか。

登美子はそう言ってにっこりと笑い、

——おいしいコーヒー豆が入っていますよ。今ならまだ、コーヒー飲めるんじゃないですか？

と訊いた。棚は午後にはカフェインを摂らないことにしている。登美子はそのことを言っているのだ。

――嬉しい。じゃあ、カリカリの薄いトーストもお願いしていいかしら。

――もちろんですとも。

登美子は鷹揚《おうよう》にうなずいた。テーブルの横で伏せをしていたマースは、うつらうつらと、目を閉じたり開けたりしていた。

――マースちゃん、すっかり、良くなって。

――おかげさまで。

丁寧にコーヒーを淹れる登美子の手元から、かぐわしい匂いが立ち上ってくる。棚は、公園の池の、渡り遅れたオナガガモが、最近他種の鳥と群れをつくっていることを話した。

――混群、というのは面白いですねえ。

――カラ類でも、シジュウカラやエナガ、コガラやなんかが群れをつくるし、どうかすると、キツツキの仲間のコゲラなんかもその群れに混じることがあります。同じ大きさということなんだろうけど。この間テレビで見た、アフリカのヌーの群れの中にも、シマウマやトムソンガゼルなんかが結構混じっているんです。自分たちが有蹄類《ゆうているい》であるって、知ってるわけでもないでしょうに。

――何か、大きな仲間意識があるのかもしれませんね。

――それで、その草原に、寝そべっているライオンの群れもいたんです。ヌーたちも、ライオンたちが今、狩りモードにないってことが分かっているかのようにリラックスしていて、みんな、気持ち良さそうに、草や木の葉をなびかせている同じ風に目を細めてるんです。ヌーたちも、ライオンたちも。陽の光で、草もきらきら光って。それを見てると、ライオンすら、ヌーの群れの一部みたいに思えてきました。

ああ、と登美子はうなずいた。

――一瞬のことであっても。

棚もうなずき、

――一瞬、とはいっても、それはやはり、群れのようだったのです、そのとき。

登美子は心もち視線をそらして、

――家族だって、いつまでも同じメンバーではないでしょう。期間限定、っていうのが群れ本来のありかたかもしれません。

棚には、話が急に焦点からずれたように感じられたが、そこから元に戻したいと熱烈に願うほどの執着もなかったので、ずれるままに、

――繁殖期もまた、期間限定の群れになる、ということかしら。ああ、いい匂い。

登美子が棚のテーブルに、トーストとコーヒーを持ってきた。

――ウガンダのコーヒーです。向こうでNGOをやっている知人から送られてきたものです。

そうだ、確か登美子にはそういう知人がいた、と棚は思い出し、

――連絡先を教えて下さいませんか。向こうへ行く前でいいですけど。

登美子はうなずき、

――出発が近づいたらそうしようと思っていました。外国へ行かれるのなら、実際に連絡するしないにかかわらず、一つでもそういうところが多い方がいいでしょう？　何かあったときのために。

棚は、ありがとうございます、と感謝し、

――その方、向こうでどういう活動をなさっているんですか。

と訊いた。登美子は一瞬、どこから話そうかというように口を結んだが、

――最初、ユーカリの木を植えていたんです。ユーカリの木というのはすぐに大きくなるので、荒れた土地に、盛んに植樹していたらしいんです。けれど、ユーカリって、しっかりと根を張らないものだから、ちょっと土地が斜めで、そこがぬかるんだり水の圧力が加わったりすると簡単に倒れてしまう。倒れるだけならいいんだけれど、その辺りの土地をすぐには使いものにならなくしてしまう。整地するにも人手が必要なんです。

今度の洪水で、大分まいっている様子でした。

——そう言えば、ケニアにもあったけど、ユーカリの並木、っていいものですよ。でもあれも自生のものではなくて、あとで植樹した気配がありましたね。あまりにも整然としてたし。

——すぐに大きくなって、木陰ができるんで、最初は重宝したらしいですけど。やっぱり、地元でもともとはえていた種類がいいって、今はアフリカマキなんかの苗木を育てて供給する仕事をしているみたい。飢饉やら内戦やら、何かあると野山ってすぐに荒れるんですって。燃料になるから雑木みたいなのがすぐに伐られて丸裸になる。そこへ氾濫した水が入ると……。

——なるほど。


町から少し離れた郊外へ行くと、今でも炭焼き小屋から盛んに煙が出ている。人手のないとき、緊急のときはそうやって木炭にする余裕すらなく、伐《き》られた雑木がそのまま燃材になっていくのだろう。それでもそれが使えるうちはいい方で……と、棚が口に出さずに考えていると、

——それはそうと、留守の間、マースちゃん、どうするんですか。

と、登美子が訊いた。

——それなんです。

留守の間、マースをどうするか、というのが、目下の棚の懸案事項の主たるものだった。餌ぐらいはやってもいいけど、散歩なんてまっぴら、というのが母親の一貫した態度だったし、これまでのように一、二泊の取材旅行なら、鐘二に頼んで泊まり込んでももらえたが一週間以上となるとさすがに無理がある。ペットホテルの狭いケージの中に長い間閉じ込めておくのも不憫だった。登美子は、

——昼間だけだったら、喜んでうちで預かりますけど。その辺でゆったり寝ていてくれたら、犬好きの人には喜ばれるでしょうから。

これは棚には嬉しい申し出だった。

——わあ、ありがとうございます。人が好きな犬だから、ここなら寂しくなくっていいわ。

登美子は微笑んで、

——朝、散歩のついでにここへ連れてきて、夕方、迎えに来てもらえれば。

——そうさせていただけたら。問題は、母がそれをやってくれるかどうか、ですけど。

——でも、マースちゃん自身が嫌がるかもしれないから、ためしにそれ、一度やってみましょう。

マースが棚のいない店内で思いもよらぬ反応を見せて、迷惑になっては申し訳ない、と棚も思い、

――ぜひ、一度トライさせてください。

では近いうちに、と話はまとまった。

問題は母親だった。帰りがけ、ちょうど出かけようとしていた彼女とぱったり出会い、実は、と棚が怖る怖るその件を切り出すと、

――嫌よ。

と、言下に言い放った。

――私に何も迷惑はかけない、というのが飼うときの条件でしょう。何言ってんのよ、今さら。

棚は一瞬むっとしたが、母はもともと犬嫌いだったので、まあ、それも一理ある、と思い直し、

――でも、餌ぐらいはやってもいい、って言ってたわよねえ、前に。

と食い下がった。

――餌ぐらいはね。

母親もしぶしぶ妥協した。よし、あとは純粋に行き帰りの散歩だけだ、いざとなったら、そういうアルバイト職種もあったはず、犬の散歩仲間からの情報を集めれば何とかなるだろう、と棚は胸を撫でおろした。

北の国へ渡り遅れている、と思われたオナガガモの雄、二羽は、どうもこの夏を日本で暮らしてみる気になっているらしかった。残った雌はいないので当然番う相手もいないし、番うつもりもないらしいが、群れでいたいという本能の方はそれよりも強固だったのか、相変わらずカルガモやアオクビアヒルたちと徒党を組んでいた。

しかし本格的な繁殖期を迎え、カルガモたちが本来のサイクルにのっとり、葦の茂みでの子育てに忙しくなると、居残り雄たちもそうそう彼らにくっついてはいられなくなったようで、ぽつんと一羽でいることもあった。雄同士、示し合わせて残ったわけでもそれほど仲が良かったわけでもないらしく、何か気詰まりなことでもあったのか、片方は池の反対側の岸辺にいることが多くなった。が、ある日の昼下がり、のどかな池の傍の陽だまりで、棚は餌をつついているハトの群れにオナガガモの雄の一羽が混じっているのを目撃した。思わず足を止めてつくづくとその光景に見入った。ハトに混じってまでも、まだ群れであるということに固執するのか。最初そう思ったからだったが、考えてみれば今までにもオナガガモの群れが餌をまく人の地面に落とした餌につられて岸辺に上がり、ハトの群れと一緒になっていることはあった。たまたま偶然にいっしょになっただけかもしれない。よく分からない。その両方かもしれない。

七月に入って、真夏日が続くようになると、居残り雄もさすがに日中はぐったりとして、数羽のアオクビアヒルから少し離れた場所で半目を閉じ、うつらうつらしている姿が多く見られるようになった。あるときあまりの生気のなさに、気になって近づくとそれでも目を開けようとはするので、警戒を解いていないのが分かった。それもそのはずだった。近づいてみると、薄汚れた羽の、雨覆いの部分は野良猫にやられたのか、囓《かじ》られたように羽軸が露出していた。

ああ、これは長くはない。もう完全に渡りは出来なくなった、と棚は暗澹《あんたん》たる気分になった。渡っていさえすればこんなことにはならなかっただろう。群れを離れる、というのはつまり、こういうリスクが高いということなのだろう。

編集者の河瀬から、そろそろウガンダでの現地案内人を探そうと思うが、もし棚が手配は自分でやりたいというのなら任せるけれども、と言ってきた。取材とともに、片山海里の現地での足跡も追ってみたいと思っていた棚は、もしかしたら伝手があるかもしれないのでちょっと調べてみる、だめだったときはお願いしますと返事をした。

片山海里の著書、『アフリカ・伝統医の記録』の前書きを執筆したのは、片山海里がウガンダに入るに際して諸々の世話をし、一時期ともに現地を回ったこともあったという人物だった。前書きはその本が遺著であるという性質上、どうしても故人との縁故を語る、という内容に傾きがちで、それが片山のアフリカでの行動を知る上での重要な糸口ともなった。棚は直接その執筆者・鮫島孝《さめじまたかし》を知らなかったが、その所属先のアジア・

アフリカ研究センターには、棚が学生時代親しくしていた先輩の田崎美智子《たざきみちこ》がいた。彼女に頼んで紹介してもらおうと思い、夜の八時を回ったところで、田崎の自宅に電話をした。呼び出し音が一回鳴ったところで、田崎はすぐに、もしもし、と受話器を取った。

——田崎さんですか。お久しぶりです。山本翠です。

と棚が本名を告げると、

——ああ、ほんと、久しぶり。

田崎の声が、ほんの僅か、高くなった。用事があるのは事実だったが、そのおかげでこの信頼していた先輩の声が聞けるのは嬉しいことだ、と棚も、自分の声のトーンが高くなっているのに気づきつつ、互いの近況を少し話した。そして、実は、今日はお願いがあって、と切り出した。

——なあに。私ができることなら。

——鮫島孝さん、アジア・アフリカ研究センターにいらっしゃると思うんですけど、連絡が取りたくて。

電話の向こうで一瞬田崎が絶句するのが分かった。それから声を潜めるようにして、

——鮫島さんは、一ヶ月ほど前、亡くなられたのよ。

今度は棚が絶句する番だった。

——え？

——今日、ちょうどお別れの会に行って帰ってきたところだったの。

——……何で。

——夜中に、ご自宅の階段から落ちて、ということらしかったんだけれど。翠はどうして、彼に連絡が取りたかったの？

棚は、ウガンダに取材に行くこと、片山海里のことを手短に話した。田崎は、

——鮫島さんはウガンダの大学に長くいたから、日本人研究者の現地視察の窓口みたいになっていたものね。確か、鮫島さんがとても信頼していたガイドがいたはずよ。日本人はいつも彼に頼むんだ、って言っていたのを聞いたことがある。でも、そういうことなら、同じように鮫島さんの紹介でウガンダを回った人がいるから、彼に訊いたら、現地のガイドが分かると思うわ。その人を紹介しようか。それとも、私がその人からその現地ガイドの連絡先を訊いて、それを知らせてあげようか。

面倒でなければ後者でお願いします、と棚は答えて、

——鮫島さん、一時期片山さんと一緒にウガンダの呪医を回ったはずなんです。二人とも亡くなるなんて……。

——実は変な死に方だって、言う人もあるのよ。鮫島さん、いろんなものを集めていたからって。

それから、鮫島の研究室で田崎の見たいくつもの「気味の悪い」仮面やら鈴やらの話

になり、アフリカはねえ、私はちょっと、と口ごもった。田崎はタイの山岳民族の言語を専門にしている。それでも、何かもっと情報があったら、すぐに連絡するわね、と言ってくれ、棚も礼を言い、電話を切った。

数日後、田崎から電話があった。

――なんだか、やっぱり変よ。翠、その仕事、どうしてもやらなくちゃならないの。

田崎は声を潜めるようにして言った。その言い方に棚は胸騒ぎがして、

――何か分かったんですか。

――現地ガイドも、半年ほど前だけど、亡くなっていたの。

うーん、と棚は、この三つの死をどう考えていいものか、一瞬判断に迷った。

――田崎さんは、片山さんや鮫島さんの死と関連があると思うんですね。

――ウィッチ・ドクターのところも回ってたんでしょう、彼ら。二つまでは偶然、と言えるかもしれないけど、三つ目となると、何か関係がある可能性がぐんと高くなるんじゃない？

――二度あることは三度ある、っていう言葉はありますけどね。

――翠。

田崎は改まった声を出した。

――冗談じゃなくて。

――田崎さん。

棚も改まった声を出した。それから声を低くして、

――冗談にしてしまった方がよくはありませんか。このコンテクストに呑みこまれるより。

田崎より、自分の方が事態を真剣に取っている、と棚は思った。田崎の口調にはある種の興奮があり、本人は意識していないだろうが、それは物語性への欲求を感じさせた。自分にはそんなゆとりはない。

――……そうかもしれない。

田崎はもともと聡明な性質なのですぐに棚が言わんとすることを察し、

――じゃあ、本当に行くのね。

――ええ。

――実際に片山さんたちをガイドした現地ガイドは亡くなったわけだけれど、その人に弟さんがいて、忙しいときは頼まれてガイドをすることもあったんですって。鮫島さん関係の人たちには顔なじみらしい。グループで行ったときは助手のようにいろいろやってくれたらしいから。行くんなら連絡しとくけど、って言ってくれてるけど、どうする?

――ありがとうございます。お願いしますって伝えて下さい。

片山の遺著には、片山自身が呪医のトレーニングを受けていたと思われるフィールド・ノートの項がある。ジンナジュという霊の名が頻繁に出てくるが、これは中東からアフリカ全般に広がる、精霊・ジンのバリエーションの一つらしい。トレーニングの目的の一つは、このジンナジュとどうコミュニケーションをとるか、ということだった。単に友人・知人レベルのコミュニケーションではだめで――そうなると、からかわれたり、取引をして遊ばれたりでおしまいになる――、完全にジンナジュを配下に置くようにし、自分の命令を遂行させるようにしなければならない。片山が受けたイニシエーションの数々はそのためのものでもあった。相応の力が付いたらジンナジュに命じて患者からダバを取り除くことができるようになるらしい。

だがこの力が付くということは、同時に相手にダバを送り込む力も付くということだ。呪医は慎重にそのことには言及していなかったが、片山は現地語通訳とその可能性について話し合ったことがノートに記されていた。片山がそれぞれの呪医のところで修行を積むたび、その呪医はやたらに片山に力が付いたことを強調する。それが棚を不安にする。ことの運ばれ方が、何とも安易なのだ。アフリカらしいと言えばそうなのかもしれなかった。片山が呪医から受けた忠告に次のようなものがあり、それにも棚は引っ掛かっている。

〈あなたはこれから、ジンナジュのことについて書くときは気をつけなければならない〉

〈ジンナジュは自分のことがどう書かれているか気になるのか〉

〈そうだ。世界中のどこにいても、あなたがジンナジュのことを書いた瞬間に、ジンナジュはやってきて、それを覗き込むだろう〉

棚自身、あることを書いていて、何者かに覗き込まれている、と感覚した経験があった。頬の辺りからひんやりと痺れてくるような感触があり、自分が書いている今まさにその部分を、明らかに同じように見つめている他者がある——しかも、複数——という、背筋がぞっとするような思いをした。確かに気味が悪かったのだが、まだ起こっていることに半信半疑だったので、幾晩か我慢して書き続けていた。が、そのうち身の周りで次々に変事が起き始めた。最初は偶然だと思おうとしたが、鐘二の周辺にまでそれが及ぶようになって、ついにあの現実主義の鐘二が音を上げたのだった。これ、やっぱり、今君が書いていることに関係があるよ、止めた方がいいよ、と言われ、鐘二がそんな非科学的なことを言う「ただならなさ」に改めて気づき、自分でもどうやら無理がある仕事らしい、と認めざるを得なくなった。そういう理由で執筆が頓挫する、というのは後にも先にもそのときだけだった。後味の悪い不全感が残った。

だから、それまでの片山のフィールドワークの内容はともかく、「ジンナジュが覗き込む」という件から、片山の修行は棚の周辺に奇妙な親和性を帯びて忍び込んできたのだった。

三人の死者、というだけでは何が何だか分からない。今回はここで引くわけにはいかなかった。

九

ドバイで乗り継いだ飛行機は、一旦アジス・アベバに寄ると乗員と乗客を一部入れ替え、給油を済まし、数時間くつろいだ後、再び南へ向いて飛び立った。都市から離れるにつれ、こげ茶と緑のパッチワークのようなエチオピアの耕地が現れ、四角く細分化されていたそれはやがてクレージーキルトのようになり、高度が上がるに従って見えなくなった。底が抜けたような青空。ひりひりと肌に痛いような剝き出しの紫外線を感じ、シェイドを少し下した。

なるほど赤道付近を目指す飛行機なのだ。

東アフリカの大地が眼下に広がっていく。白い積雲があちらこちらに浮かんでいるが、景観の邪魔をするような広がり方はしていないので、上空からの景色を存分に楽しめた。

茶色い傷跡のような大地溝帯が現れ、やがて海とも見まごうビクトリア湖が現れると、飛行機はどんどん高度を下げていく。

空港は湖岸沿いにあり、機体が衝撃を伴って着地すると、灰色のエプロンをつけたようなカラスがのんびりと芝生の上を歩いているのが見えた。アフリカのカラスだ、と棚は懐かしさで食い入るように見つめた。正確にはムナジロガラスという。都市化された抜け目のない日本のカラスと違い、どことなくゆったりとしている。

タラップを降り、短い距離をバスに乗って空港ビルまで行く。建物の中にいる人々は、当たり前のことだが、ほとんどが黒人だ。入国審査は思いのほかスムーズに行き、出迎えの人混みの中から、tanaのカードを見つけると、それを持っていた中肉中背の男性に手を上げて合図した。向こうも一人でやってくる東洋人女性というので目星をつけていたのだろう、最初から棚に視線を向けていたようだった。ほっとしたように笑顔を見せた。思っていたよりも若く、まだようやく少年期を脱したばかりのように見えた。事前の情報では、名前はマティライと言うはずだった。

――マティと呼んでください。

艶のある黒檀を思わせる肌に、柔らかい皺が寄せられ、笑顔が造形されていく。建物を出ると、空の青が鮮やかで、マティが車を駐めてある地点を指したとき翻《ひるがえ》した掌は、棚の小さい頃好きだった、ストロベリーチョコレートを思わせた。久しぶりで黒人の手を見るときは、いつも反射的にそれを思い出す。ピンクとチョコレート色が二層になっている。

マティの車は、日本の中古車だった。荷物を入れ、車に乗り込む。砂埃《すなぼこり》のにおいがする。車が走り出すと、思わずため息をついた。やっと着いた。

――宿泊先のホテルへ行きます。その前にどこか他に行きたいところがありますか。

マティが運転しながら訊いてくる。長旅で疲れているだろうという配慮と、もう夕方なのでどこへ行くにしても中途半端になるだろうが、という見通しの両方が伝わってくる。

――今日中に見ておいた方がいいものがあるのなら。

――いえ、そういうようなものはありません。

間に人を介してだが、すでに資料で調べておいた行きたい場所は伝えてあり、おおまかなスケジュールは決まっていた。それ以外に勧めてくれる場所、会った方がいい人があれば随時日程に入れていきましょう、ということになっていたはずだった。が、改めてマティに、自分の旅行の目的を話しておかなければならない、と棚は思った。以前のアフリカ滞在で、一度話しておいたからといって向こうもそれを了解しているはず、というような日本では当然の暗黙の了解など通らない、ということが、身に沁みていた。

——私がここに来た目的は二つあります。観光地としてのウガンダの素晴らしさを紹介することと、あなたもご存じの、鮫島さんや片山さんの足跡を辿ることです。

——おぅ、鮫島……。

マティの表情に翳《かげ》りが浮かんだ。

マティは鮫島と、また片山とどのくらい親しかったのか、棚はまだ知らない。マティも実の兄を亡くしているのだから、この件については彼なりの見解と洞察があることだろう。だがいきなりそこへ焦点を当てるには、今は適切な時ではない。ほとんど二日がかりの移動で、まともな睡眠がとれずにいた棚自身の気力も十全ではなかったし、事前に連絡は取り合っていたとはいっても、マティとは初めて顔を合わせて一時間もたっていない。事務的な了解事項を確認することが先決だ。

——ですから、観光にいいスポットの近くに、彼らの行った場所があれば、そこへも寄りたいし……。

——オーライ。

マティはうなずき、それから運転に専念し始めた。鮫島のことに気安く言及しないその態度が、好ましいものにも、不安をかきたてるものにもとれた。

道路の舗装の状況は、日本のそれとは比べるべくもないが、適度な凹凸が、道を走っている、という原始的な感覚を伝えてくる。車道の快適度はこのくらいがちょうどいい、と棚は心の端で思った。完璧なアスファルト舗装は息苦しくなる。日本語の表記がついたままの、業務用の中古車が（○○建設であるとか△△造園であるとか）次々に対向車線に現れては去っていく。道の両側には建設中の建物が目につく。

——この辺は、カンパラ市内への通勤圏なので、最近余裕のある勤め人がこの辺りに家を建てたがるんです。だから、朝はラッシュで渋滞が大変。

カンパラはウガンダの首都である。市内に近づくにつれ車の量が増えてきて、渋滞にはなるものの、停まりはしない。押し合いへしあいの様相を呈している。車が、である。ロータリーになっている場所など——元英国植民地らしく、ラウンダバウトらしいのだが——十センチでも隣の車より先に行こうと切磋琢磨しているうちに何となく団子状態を脱出する、という、テクニックというよりはコツとか体感とかいうものの方が役に立ちそうな交通状況であった。後にこの国に慣れてくるにつれ、この「団子状態を保ったまま周囲を牽制しつつ前進し、脱出する」体感こそが、無秩序を生き抜く術の象徴のように、棚には思われていくのだった。

——何か、すごいですね。

——ヤーヤー、すごいです。すごいでしょう。

マティは何だか嬉しそうだ。日頃慣れ親しんでいる光景なので、本当はすごいとも何とも思っていないのだが、初めてウガンダを訪れた外国人の目になって見ているつもり、なのだろう。

ホテルはカンパラという市街を構成する七つの丘のうちの一つの中腹にあった。マティは並びの駐車場に車を入れ、駐《と》めると、

——さあ、着きました。

棚を見、うなずいて見せた。棚も、

——ありがとうございました。

と言いながら、早速ドアを開け、外へ出た。

産業活性化に重点が置かれている今の国情を鑑みれば排ガス規制があるとは決して思えない状況の中を、あれだけの交通量の車がすぐ近くを行き来しているのにもかかわらず、空気は爽やかだった。豪奢な自然は、それだけで資産なのだ。湯水のように使い、痛めつけてもすぐに回復してくれるような気になる。ここでは空気が、日本に帰れば水が、生まれつき与えられてありがたいとも思わずに濫費できる先祖の遺産のように。

贅沢な、消費、と思いながら、棚は深呼吸をした。ふと匂いに気づいた。駐車場の奥で、ジャカランダの木が紫色の花をつけていた。懐かしくて、思わず微笑む。

赤道が近いことは確かなのだが、高地なので気温はそれほどでもない。

棚がそうやって辺りを見回したりしている間に、マティは荷台からスーツケースを下ろしていた。玄関に運び入れるマティの後について、棚もホテルの正面から中へ入った。

ポーターらしき男の子が気軽に頷きながら近寄ってきて、マティからスーツケースを預かり、奥へ運んだ。ホテルの制服も何も着ていない、十四、五歳くらいの少年である。マティが何も言わないので、大丈夫なのだろうと見当をつける。フロントで宿泊手続きを済ませ、鍵をもらう。奥で待っていた男の子にそれを見せる。男の子は頷き、顎で階段を示す。

——僕、ここで待ってます。

マティがフロント前のソファを指す。

——荷物を置いて、すぐに降りてきます。

棚もそう言い残し、階段を上がった。部屋は日本でいう二階、中庭に面した一角にあった。男の子は黄色くペイントされたドアを開けると、スーツケースを中に入れた。そして、室内に入れと促すように棚に笑いかけ、棚が入ると、その反応を見ようと、じっと棚を見つめていた。ベッドの上に白い蚊帳が、軽く縛って垂らしてある。ブラウン管、という言葉を思い出させる箱型のテレビが、部屋の主要な家具であるかのように堂々と置いてある。窓の向こうは駐車場で、ジャカランダの木立も見える。

気に入った、というサインににっこり微笑んで見せると、男の子はほっとしたように緊張をとき、それからのろのろと部屋を出ようとする。棚はポケットからコインをいくつか取り出し、素早く男の子の手に握らせる。空港で換金した分からコインだけポケットに入れておいたのだった。男の子の顔がぱっと明るくなる。サンキュー、と言うと、跳ねるように部屋を出て行った。棚も貴重品の入ったバッグだけ手に取り、スーツケースの鍵はかけたまま、外へ出、鍵をかけた。最初うまくかからず、数回回してやっと勝手が飲みこめた。こういうことが、たぶん連続して起こるだろう。だが、「勝手をつかむ」までのことだ。そう予感しながら階下へ向かう。マティは新聞を読みながら待っていたが、棚を見るとそれを脇へおき、

——部屋は大丈夫でしたか。

——大丈夫です。上等です。

と言いつつ、マティの斜め向かいに座った。ソファの配置がそうなっているのだ。マティは、

——寝る前に、蚊帳に穴が開いていないか、チェックしてください。それから飲み水はフロントで買ってください。水道水は、絶対にだめです。

と、たぶん必ず日本人ゲストに言うのであろうセリフを棒読みのように続けて言った。棚は頷きつつ、

——片山さんも、ここに泊まったのかしら。

自分でも思いがけないことを呟いた。

——片山さんは……。

マティは宙をにらむようにしてしばらく考えていたようだったが、

――ないと思います。彼は、カンパラにはほとんどいなかったから。

――地方に行っていたんですか。

マティは少し重々しくうなずいて、

――ヤー。

その返事を聞いた瞬間、さあ、ここからだ、とジェット・ラグでぼうっとしていた棚の意識がクリアーになり始めた。バッグから取り出した地図を広げ、

――明日の予定ではこの辺りの絶景ポイントへ行くということでしたよね。車でどのくらいかかりますか。近くに村があるということでしたけど。

――二時間ぐらいかな。ムツンデェという村です。ちょうど、ボガレという六十代の伝統医がいます。

――ああ、それはよかった。何時頃に会う予定にしているんですか。

ちゃんと意図しているところを汲んでくれているのだと、少し安心する。

――何時でも。

彼は肩をすくめるような仕草をした。一瞬また不安がよぎったが、いつでも開業中、アバウトでおおらか、ということなのだろう、と棚は思い返した。

――じゃあ、八時には出発しましょう。午前中、取材を終えて、午後にその村へ行く。

それでいい？　ボガレってどういう人？

——彼は、代々続く伝統医の家系で、この地方の伝統医仲間に顔がきく。この国は今……。

マティは急に真面目な顔になって、

——こういう昔からの伝統医を、国の医療……体制？　の中に組み込むため、ホメオパシスト、として扱おうとしています。表向き、呪術などはないことにしているのです。でも、みんなは彼らの力を頼って呪術で治してもらおうと通うんです。だから、看板は、ハーバリストと掲げているところが多い。本当に薬草だけ扱っているところもあるけれど、そうでないところもたくさんある。そういうの、全部まとめて、自分たちで組織化させるために、政府はその地方地方の伝統医たちの中に、チーフを定めた。ボガレはそういうチーフの一人です。

こういう話は、棚には初耳だった。

——片山さんのときも……。

——いや、彼がいた頃は、まだこういう制度はなかったんです。こういうことが定められる前に活動していたから。

棚はいやな予感がする。

——何か不都合がありますか。政府の手前、彼らがちゃんと呪術のことを話してくれないとか。ジンナジュは……。

と、棚がその言葉を口にした瞬間、マティは血相を変えて、自分の口を押さえて見せた。そして、顔をゆっくり横に振り、口元の形だけで、ノーノーと言った。ちょっと大仰じゃないかしら、と思いながらも、ああ、ここではそういうことなんだ、と棚は納得し、分かった、とうなずき、

——「強い力を持ったもの」は、今まで通りの尊敬を得られているのかしら。

マティは、

——それは大丈夫です。政府も、「強い力を持ったもの」には一目置いています。なんせ、前の大統領だって……。

え？　と棚が見つめ直すと、マティは棚のそのリアクションに気を良くしたようで、

——前の大統領も、強力な呪術師の力で倒れたんです。

棚は半信半疑でマティの顔をじっと見た。彼は真顔だった。

——それは、あなただけが知っていることなの、それとも、国の皆がそう言っているの？

自分だけが知っていることだ、というのであれば、マティは妄想を持っている可能性がある。これからの付き合いはそのことも考慮に入れなければならなくなる。が、国の皆が言っていると言ったにしても……。

——国民皆が知っていることです。

棚は思わず小さく唸ってしまった。これはどういうことなのだろう。マティは、

——だから、政府も「強い力を持ったもの」を味方につけておきたい。ひどい弾圧などはありっこありませんが、国際社会の仲間入りをするためにはあまり表だった活動はしてほしくない、というところなのです。

ジンナジュは政府公認の精霊ということなのだろうか。

——ボガレさんには、明日お会いできるのですね。

棚は念を押す。

——ヤー、もちろん。

マティは力強くうなずく。棚の心に一抹の不安がよぎる。が、これだけ繰り返し言っているのだから、と思い直す。

その後、マティとともに近くのレストランで夕食を済ませ、部屋に戻った。食事の間、マティは日本のNGOが経営している教室で日本語を学んだこと、鮫島さんの紹介で知り合った日本人の誰某を知っている、というような事を話した。棚の知人はいなかった。片山とも接触があったのか、と訊くと、うんうん、というように大きくうなずくが、詳しくはしゃべらないので、ただのリップサービスで、本当は会ったこともないのかもし

れない。疑うわけではないが、そういう可能性があることも、心の片隅に留めておかなければならない。そうでないと、それをすっかり信用して次の行動の予定を立てればひどい目に遭うからだ。

分かっていたはずだった。だが、まだまだ甘かった、と棚は翌日思い知ることになる。

十

部屋に帰りバスルームで汗を流すと、黄色と茶色のチェックの、縫い目にほころびのある一人掛けの椅子に座り、棚はぼんやりと地図を見ていた。注意すれば町の喧騒が通奏低音のように始終耳に入ってくるが、無視しようと思えばそれも出来た。日本時間では真夜中過ぎのはずだったが、鐘二の家の留守電に、無事に着いた報告でも入れておこうと電話をしたら、すぐに本人が出た。

――もしもし。

――ああ、遅かったじゃないか。

声に緊迫感があった。少なくとも、のんびりと寝ていたわけではないらしい。

――起きてたの？　ごめんなさいね、起こしてしまって。留守電に入れておくつもりだったのよ。

――ずっと待ってたんだよ。何かあったんじゃないかって心配したよ。

鐘二のこの「心配」は、真実棚の身を慮って、というところのものとは少し違う、生来の気質からくるものであった。起こりうる最悪の事態のイメージに取り憑かれやすいのである。愛情の深さ大きさが、彼の動揺の大きさを決定するわけではなかった。彼の「心配」は、不安の種を見つけると、すぐにそれを食い物にしてどんどん増殖する。傍から見ていたら滑稽なほどだが、本人はパニック寸前の思いなのだ。そういう鐘二の「内部事情」は分かっていたはずなのに、うっかりしていた、と、棚は少し申し訳なく思った。さぞかしこの人はこの長い時間、不安な精神状態を耐えていたことだろう。

――すぐ電話したらよかったわね。ばたばたしちゃって。

――まあ、無事ならいいよ。ホテルの電話番号、教えてくれる?

棚はスタンドの近くにおいてあるホテル案内のパンフレットに手を伸ばし、記されている電話番号を伝えた後、

――明日からは日中、出歩くことが多いから、できるだけそちらからは電話しないでくれたらありがたいんだけど。ホテルを替えるときとか、するべきときはこちらからするから。

平常心を取り戻したらしい鐘二は、落ち着いた声で、

――分かった。治安はどうなの。

――平和なものよ、町も活気にあふれてるし。

――そう。

呟く声の低さからして、ますます安心したらしかった。やれやれ、と思いつつ、これから寝るから、と電話を切る。

朝、棚は朝食を済ませ、ホテルのロビーでマティの到着を待っていたが、十五分たっても彼は現れなかった。まあ、このくらいは、と鷹揚に構えて持ってきた本を読んでいたら、気がつけばいつのまにか一時間経っていた。さすがに立ち上がって玄関の方まで歩いてみる。それらしき人影は見えない。気になってフロントで電話を借り、ノートを開いてマティの連絡先に電話しようとした、まさにそのとき、

――ハロー。

明るく響く声と笑顔で、マティが玄関ホールに大股で入ってきた。

――どうしたんです？

鐘二ではないが、何かあったのではないかと心配するじゃありませんか、という勢いで声を返すと、

――え？

と、笑顔はそのまま、きょとんとしている。瞬間、あ、そうだ、ここは、そうなんだ、

アフリカなんだ、と体ごと引きずられるような感覚と共に、棚の中のアフリカが甦《よみがえ》ってきた。一時間程度なら、まだまだノープロブレムの範囲内だ。

同様にマティも、今まで何度も体験しただろう「日本人ルール」を即座に思い出したようで、

——遅れました、すみません。明日から気をつけます。

慌てて詫びた。これは何と日本人っぽい、と棚は意外に思った。何が起こってもまずあやまらない、言い訳をするのはまだ殊勝《しゅしょう》な方で、大抵は平然としている、というのがナイロビでの棚の、現地の人々の印象だった。

・マティの様子を見ていて、日本人に対してはこう対応する、というような兄弟間の申し送りが以前にあったのだろう、それをうっかりしていたようなのは、マティが最後に日本人と接したのはずいぶん前、ということかもしれない、と棚は心の片隅で思った。

そして、

——急ぎましょう。午前中に着くのなら、問題はないわ。

と声をかけ、荷物を持ち、マティとともに駐車場に向かった。

大きな房が何層にも重なった青いバナナを、担ぐようにして後ろに載せた自転車が通っていく。両脚を括られたニワトリたちは、茎を束ねたブーケのように、サトウキビは

うねった竿竹《さおだけ》の束のように、パイナップルは体育館の大きなカーゴに詰め込まれたボールのように、無造作に運ばれていく。

傷むとか弱るとか汚れるとかいう心配など、ここでは全くなされないのだ。起きるかもしれないが、今現在起きてはいない事柄に対する「心配」など、爽快なほどに、存在しないのだ。運ぶ必要があるから運ぶ、一度で出来るだけ多く運ぶ、それだけなのだ。丁寧に梱包する資材もないし、紐ももったいないからぞんざいに結わえる。たぶん最後までこのままで行けるだろう。途中ばらばらと落ちてしまったら、それはそのときのこと。

軒の低い、バラック建ての店が道の両側に並び、ありとあらゆるものが売られている。積み重ねられた中古の家電製品、すべて同じ型紙から裁断されたのだろう、鮮やかな色彩のよれよれしたワンピース群、どう見ても使い古しの靴……等々。必要があれば買えばいい、いやなら買わなければいい、それだけのこと。

棚は、自分の中で枷《かせ》にはめられていたような何か、窒息しそうなほどがんじがらめになっていた、そのことを意識さえしていなかった何か、が、再び、徐々に解き放たれていくような感覚を味わっていた。

あっけらかん、と小さく呟いた。

この清々しさを言い表すにはこの言葉がぴったりだ、と目を閉じて思った。息を、ゆっくりと吐いて、またゆっくりと吸った。

カンパラ市内には、殺風景とは言え、コンクリートの建物もそれなりに軒を連ね、その間を忙しそうに行きかうビジネスマンの姿も見られたが、都心から郊外へ向かう途中のバラック建ての市場は、ほとんどがトタン板で屋根を葺いたものだった。更に近郊の村々へ向かうにつれ、高いビルがないせいで、空が広く高く、いかにも露店といった感じの出店が多く出てきた。

あっけらかん、とはいってもさすがに直射日光が当たるのは避けたいようで、けばけばしい原色が色褪せ、埃にまみれ、骨と骨の間のビニールが伸びて垂れ下がったマーケット・パラソルを、たぶん太陽の方向に合わせて調整するのだろう、斜めに差しかけ、売り物の野菜や果物をけなげに守っている。それぞれのパラソルと陳列品の向こうに、それぞれ売り子がいる。頭にスカーフを巻き、漆黒の棒のように長い手足を器用に折り畳んで座っていたその女性たちは、おしゃべりに興じていた。売り子同士、手を打ち、激しく前後に体を揺らしながら何かに笑い転げている。天真爛漫《てんしんらんまん》、といった笑い方だった。

棚は車窓からその光景を見て、

――あんな風に働きたい。

と呟いた。思わず洩れた独り言だったが、

――無理。

と、マティが低く呟き返した。その声音に、二人の間に今まで交わされてきた会話の流れと違った響きがあったような気がして、聞き間違いかと、反射的に運転席の方を見た。が、マティはただニコニコと、いつものように気軽な調子で、

――これからしばらくは何も店がありません。何か買っておきますか。

と、問い掛けてきた。棚はキツネにつままれたような気分で、

――いえ、ホテルからミネラルウォーターを持ってきたから、大丈夫です。

と応えた。

道路際の土手には、赤茶色の盛り土をしたような蟻塚が現れ始め、その向こうには、一本の幹からテーブル状に枝を出した、サボテンのような奇怪な木や、巨大なソラマメのような実をつけたジャックフルーツ、日本の合歓《ねむ》の木のような花をつけた木々が、次から次へと車窓を横切っていった。

――すごい蟻塚。資料で読んではいたけど、本当に緑が豊かなんですね。

――そうです、そうです。ウガンダは、アフリカの真珠。

この言葉は、マティの口癖になっているらしかった。

水牛のような角をした牛が、時折群れで、または単独で道の横を歩いている。そういうとき、マティはさすがにスピードを落とすが、そうでないときは、どうも百キロ以上

出しているようだった。出発の遅れを取り戻す気なのだろう、と思っていたが、他の車と比べても、どうもこれがこの国の、郊外でのノーマルスピードらしい。

目的地には昼前に到着した。丘の中腹で道路は終わっていた。そこからは車を降り、徒歩で階段状になっている赤土の地面を登っていった。やがて砦のように足場が組まれている場所に行き着き、そこから更に梯子段を攀じ登る。棚はなんとかそこまで上がると、周りを見渡し、声をあげた。

——ああ、いいところ。なんて、気持ちのいい。

なだらかな丘が波打つように繋がっている。ふもとにある村からは、竈《かまど》からのものだろうか、何本か煙が上がっている。谷底を流れる川の、水の面がキラキラと光っている。それぞれの丘には木々が生い茂っている。標高が高いところなので、いわゆるジャングルとは違う植相のようで、赤道直下に近い所とは思えない優しいグリーンだ。戦前、英国人が母国を懐かしみ、ここに家を建てたがった、という話も腑に落ちる。

棚は、バッグからカメラを取り出し、写真を撮り始めた。

——素晴らしいでしょう。

マティの嬉しそうな声が後ろから聞こえた。

——本当に。ありがとうございます、連れてきてくださって。

棚がノートを取り出して、簡単なメモをとっていると、マティは、

——あ、あそこ。これからいくムツンデェは、あそこです。

そう言って二つ目の丘の外れを指さした。木立の中に、隙間が見えるところは、きっと小屋がある場所なのだろう。棚は頷き、

——陽がよく差して、あそこもまた、いいところですね。

マティは、

——下に小さな食堂があります。そこで食事を済ませたら、すぐに出発しましょう。

と言って、さっさと降りて行った。

食堂は、粗雑なつくりの小屋だったが、野趣のある、火が通ったものが出たし、品数もいくつかあるようだった。ウエイトレスはもちろん、愛想よく礼儀正しくサービスもいい、というわけではなかったが、仕事はきちんとこなしていた。棚はシチュー様の肉の煮込みを食べながら（食べる前に、写真を撮っている）、何人ぐらいの客まで対応できるか、自慢の料理は何か、メニューは全部で何種類ほどか、店に訊いてもらうよう、マティに頼んだ。ちょうど、コック兼オーナーの、がっしりした体形の、貫禄のある女性が奥から出てきたところだった。マティが現地語でそれを訊くと、大きく頷きながら何ごとか返し、マティはそれをまた、

――客は何人でも、と言っています。

と、棚に訳して返した。棚はちょっと苦笑し、マティに向かい、

――この店がいっぱいになったとしたら、何人ぐらいだと思う？

――いっぱいになったら。

と、マティは店の主人に代わって返事をした。

――外に椅子を出します、いっぱい。

そう、と頷きつつ、まあ、二十人が限度かな、と棚は自分で見当をつける。

店の前が、コロニアル様式の家屋のポーチ部分のように、板敷きになっていた。手すりも何もない、ただ板を敷いただけのものだったが、これはテラスのつもりなのだろう。いざとなったらピクニック気分で、ここに敷物を敷くことも可能だろう。前もって連絡しておけば、近所から加勢をもらって一団体くらいはなんとかなるだろう。

そういうことをノートに書き留め、棚が顔を上げると、コック兼オーナーの女性と目が合った。棚を見つめる目から、温かい好奇心といったものが伝わってきて、思わず、これ、おいしかったです、と英語で伝えた。嬉しそうに笑ったので、通じたのだろう。実際、柔らかいとは言い難いが嚙むほどに味わいのある、おいしい肉料理だった。食べながらだんだん、エネルギーが補塡《ほてん》されていくのを感じたほどだ。

店を出て、再び車に乗り、ムツンデェを目指す。丘の上からはすぐのように思えたが、

小一時間ほどかかる距離だった。途中で、野原の切れ目の露地なのか、そこだけ草があまり生えていないだけなのか、棚なら絶対に分からないような脇道に入り、更に走ること十分余り、車は木立の中の、小さな集落にたどり着いた。木々の間を、ニワトリや、家禽《かきん》の一種、バリケンなどが我が物顔で歩き回り、または走り回っている。小屋がいくつか建っており、村落の一つであるらしい、と思っていたら、

――これ全部、ボガレのものです。

マティは言った。そして、

――第一夫人、第二夫人、第三夫人……。

と、小屋の外で屈んで洗濯をしたり、三本脚の椅子に腰かけてキャッサバの皮を剝いたり、子どもたちが遊ぶのをにこにこして見ていた、それぞれの女性たちを指さした。皆、闖入者であるマティと棚にちらちらと視線を送っている。

マティはまず、第一夫人のところへ行き、棚の方を見ながら何ごとか囁いていた。すぐに話がつくもの、と思っていたが、なぜか途中で早口になり、手の動きが激しくなり、最後には、諦めたような、納得したような語調に変わった。棚はいやな予感にとらわれる。

マティは、伏し目がちに帰ってきて、

——ボガレは親戚の村へ行っています。

と伝えた。

——え。

と、棚は面食らう。

——親戚の村って……。アポイントメントは取れていたんですよね。

何か、時間の伝え間違いとか、ボガレの親族に思わぬアクシデントとかが起こったのだろうか、と棚は混乱する。マティは曖昧に頷き、

——今日は帰ってこないのだそうです。

え、と棚は再び訊き返し、それからそれが事実であることを察するに至り、絶句する。

十一

一番近い場所にいる第三夫人が、怪訝《けげん》そうな顔つきで棚とマティを交互に見ていた。その視線に気づいたマティは、現地語で何か言葉を投げかけた。ボガレを訪ねてきたんだけど、留守らしいね、とか、そんなところだろう、と棚は推測した。その人、中国人？　いや日本から来たんだけどさ、等々。

第三夫人は年若く、そのせいか会話するマティも楽しそうだ。そういう二人をぼんや

り見ているうちに、棚の中の気力もだんだん甦ってきた。

——私もその人と話がしたいんだけど、いいかしら。

マティは一瞬戸惑ったようで、

——この女性はウィッチ・ドクターではありません。

と、やんわり拒否した。

——ああ、いいのよ、そんなこと。

それでも、マティは何か躊躇《とまど》っているようだったので、

——彼女たちの生活のことを聞きたくて。専門的なことではなくて。

そう棚が説明するとようやく、

——では、まず、さっきの……。

と言って、第一夫人の方に顔を向けた。なるほど、第一夫人を差し置いて、第三夫人から話を訊く、ということは、ここの秩序に反することなのかも知れない。棚が頷くと、マティはまた第一夫人のところに戻り、何か話し、振り返って棚を手招きした。棚は彼らに近づくと、自分の胸の辺りに手を置き、

——私の名前は、棚といいます。

それをマティが現地語に訳す。タァナァ、と二人の間でたどたどしく言葉が行きかう。

——お名前を教えていただけませんか。

と訊くと、貫禄のある体を正面に向け、棚をまっすぐに見、ウルビだと重々しく答えた。

ウルビ、と声をかけながら、棚は握手を求めた。ウルビは口の端を少し上げ、悠々たる様子で握手に応じた。小屋の前に、古びた皮を継ぎはぎしたストゥールがいくつか置いてあり、ウルビはそっけない手真似でそれに腰かけるように言った。棚とマティは言われたとおり腰かけた。地面は赤茶だが、踏まれて固くなったところは、日本の農家の前庭のようだ。木漏れ日がそこかしこに落ちている。タイムスリップしたような奇妙なデジャビュが、突然棚に起こった。夢で見た光景だ。だがそれは少し措いておこう、と棚はウルビに向き合った。

——ボガレは人望のあるドクターだと聞いています。ウルビは、何歳のとき、彼と結婚したのですか。

十六、と相手は短く答える。

——結婚して、どのくらいになりますか。

棚が訊くと、長い、かなり長い、と答えた。棚は思わず微笑む。ウルビもにやりとする。

——ボガレに最初に会ったとき、どんな印象でしたか。

主人は、とマティは、この問いに対するウルビの返事の、最初の言葉をそう訳した。

主人は、若くて目のきれいな若者でした。私はそう思いました。

――そのとき、ボガレはもうウィッチ・ドクターだったんですか。

いいえ、まだ。主人は、私の父のところへ、弟子入りに来たんです。

――ああ、では、ウルビのお父さんは、ウィッチ・ドクターだったのですか。

そう。

――ボガレは優秀なお弟子さんだったんですね。

ボガレを見込んだウルビの父親は、娘を嫁にして、ボガレに跡を継がせたのだろう、と棚は単純に考えたのだった。この言葉に、ウルビは神秘的な微笑で返し、肯定も否定もしなかった。

――ボガレのところに、弟子入りにきた日本人を知りませんか。それか、こんなふうにインタビューにきた日本人を。

いいえ。日本人はあなたが初めて。

悪びれもせず、こう訳したマティに、棚は呆れ、そして彼のことを正直だととっていいのか、間が抜けていると思った方がいいのか、混乱した。さすがに今回は、アバウトでおおらか、とすませることができず、

――片山さんが、ボガレと会っていたというのは、あなたの勘違いだったのかしら。

と訊いた。

――え？　ボガレは優秀なウィッチ・ドクターですよ。でも、奥さんのお父さんが、そうだったなんて知らなかったなあ。

そう言って、すごい勢いでウルビに現地語で話しかけた。誤魔化《ごまか》しているのか、と棚は思ったが、やがて、

――ボガレは、精霊たちに愛される青年でした。結局お父さんよりも、ボガレの方へ精霊たちが寄ってくるので、お父さんはボガレに嫉妬し、禁じられている呪術を用いて、ボガレを殺そうとしたらしいんです。それを察した精霊が、それを返す術をボガレに施した。で、お父さんは死んでしまった。

棚は、文字通り目を丸くした。

――あの、それは……。

現実の話なの、それとも言い伝えか何かなの、と訊こうとしたのだが、マティの勢いは止まらず、

――悪いのは自分の父親で、ボガレに非はない、と判断した彼女は、ボガレのプロポーズを受けたのだそうです。

ということは、これはやはり、現実に起こったこと、と少なくとも見なされているということなのか。

棚は思わず額に手をやり、自分を立て直し、考えをまとめようとした。当初ウルビに

訊こうとしたことは、ボガレとの馴れ初めから、生活のこと、どんな食事をつくるのか、楽しみは何か、そういう「軽い」ことだった。つい、片山のことまで尋ねたのだが、そこから思いもよらぬ展開になってしまった。が、事態がこう進んでいく以上はそれに乗ろう、と棚は覚悟を決めた。

——精霊は何人もいたんですか。

ウルビはうなずいた。

——お父さんのたくらみに気づいて、その術を返したという精霊は……。

この質問を通訳してもらおうとしたら、マティが明らかに怯えていたので——この地の人々の、こういう芝居がかった怯え方は、いつも棚に自分の国との文化の違いを感じさせる——言い方を少し変えた。

——一人の精霊が、それを「返した」んですか。それとも、精霊たちがみんなで力を合わせて？

微妙なところだが、やってみよう、という顔つきで、マティが慎重にそれを訳した。ウルビはこともなげに、ああ、一人の精霊よ、と応えた。そう伝えながら、マティは明らかに緊張していた。棚の次の質問が予測できたからだろう。その「一人の精霊」の名前。

滑稽なようだが、マティの兄やその友人、鮫島たちの亡くなり方を考えれば分からないでもなかった。棚は質問を諦めた。それに、大体その答は予測できるものであったし。

——ここの土地は、お父さんのものだったのですか？

ウルビは首を振った。

ウルビの父が亡くなってしばらくは、ボガレが彼に代わるようにしてその土地で仕事を続けていたが、そのうちウルビの弟がそこを譲ってくれと言い出した。ちょうど、患者の一人に、土地を手放したいと言っている人がいたので、そこに移ることにした。それがこの土地である。それもこれも、精霊の仕業である。ここは川の近くで、水の精霊が寄りやすいところだったのだ。

——水の精霊。他にどんな精霊がいるんですか。

火の精霊、木の精霊、風の精霊、大地の精霊、あらゆる動物の精霊、いろいろである。ボガレは、患者の主訴に合わせて、呼び出す精霊を決める。だからボガレの呪術はよく効くの。何でもかんでも、同じ精霊にやらせる他の呪術師とは違う。ずっと同じ精霊を使うのは良くない。

話をここまで聞いたところで、五、六歳ぐらいの男の子が、駆け寄ってきて、ウルビの腰にしがみついた。そして、指をしゃぶり、半身をウルビの後ろに隠すようにしてこちらをじっと見つめた。大きな黒眼が美しい。棚は、ウルビが先ほど、若い頃のボガレが美しい目をしていた、と言ったのを思い出した。そうだ、と思いつき、棚はバッグからキャンディーの袋を取り出した。

——おみやげ。よかったら、皆で分けて食べてね。

男の子は恥ずかしがって取ろうとしない。ああ、そうか、と、ウルビに渡した。ウルビはゆっくりうなずいてそれを受け取り、袋からキャンディーを一つ取り出し、それをその子に渡した。男の子は嬉しそうに笑った。棚も嬉しくなる。ウルビは体を起こすと大きな声で第二夫人を呼び、何事か耳打ちしながらキャンディーを袋ごと渡した。第二夫人はごくフランクに受け取り、走り寄ってきた子どもたちにおおざっぱに配った。それを横目で見ながら棚は何気なく、

——私の友人も、この国のウィッチ・ドクターに弟子入りしたようなんです。あちこち、インタビューに訪れていたようで。

と言った。

どこを？

——いろんなところを。でも、一番長く留まっていたのは、ウェンジョのダンデュバラという人のところです。

そう言うと、マティが、え？　というように棚を見、それからそれを現地語に訳すと今度はウルビが、少しだけ眉を上げた。訳し終わったマティは、

——それは有名な呪術医です。

と棚に向かって言った。まるで初めて聞いたと言わんばかりだ。棚は、

——片山さんたちが回ったところ、ご存じじゃなかったんですか。

と、ついにマティに問い糺した。マティは、なぜ自分が？　というように、

——いや、知りません。

と大げさに目を丸くして見せた。棚はたまりかね、

——だって私は、片山さんや鮫島さんが回った呪術医を訪ねたい、って日本にいたときから伝えていたじゃないですか。オーケーしてらしたから、当然知ってるものと思っていました。ご存じなかったのなら、そう言ってくれれば、リストをつくってお送りしたのに。

と声を荒らげた。マティは、

——だから今、呪術医を回っています。

と不思議そうに応えた。もしかして、「片山さんや鮫島さんが回った」という条件は、「呪術医を」という更なる条件が付加されたときに抜け落ちたのだろうか。これはマティの日本語の問題なのだろうか。

棚の様子に、ウルビは何か言わねばならぬと思ったのか、なだめるような口調で何かしゃべった。マティは、

——ダンデュバラは、ボガレがときどき会う呪術医で、確かに力を持った人だ、と言

っています。けれど、危険だ、と。

――危険って？

ウルビはそれには答えず――そもそも自分の言っていることをマティはちゃんと訳してくれているのか、棚は不安になったが、

――ボガレは今日も、実はダンデュバラのところへ行っているのだそうです。

マティの口調が、どことなく誇らしく響いた。

――このまま、ダンデュバラのところへ行けば、二人に会えて、一石が二鳥で。

――一石二鳥。でも、今から行けるようなところなの。

――夜遅くには着くでしょう。

マティは励ますように頷いてみせた。だが、棚はこの事態の加速具合が少々薄気味悪い。

空が少し翳《かげ》って、庭に満ちていた日差しが潮が引くように強さを失っていった。さっきまで陽の光と強烈なコントラストをなすようにしてクリアーに見えていた黒い肌の人々は、だんだんその輪郭を曖昧にしてきた。

――いえ、今日は帰りましょう。ホテルにも荷物を置いてきているし。

棚は、早口でそう言った。

――だいじょうぶですよ。

マティは即座に軽く返す。そして畳みかけるように、

——ここからウェンジョに行くためにはどうせ途中でカンパラを通らなければなりません。今から出発すれば、夕方までにホテルに帰れます。事情を話して、精算を済まし、荷物を取ってくればいい。

——でもウェンジョにはホテルがあるの？

——近くにホテルがあります。いつ行っても泊まれる。

マティは自信ありげに頷いた。これだって、どうなるか分からない、と棚は思った。けれどまあ、限りある日程の中、無駄に日数を重ねるよりは、早々に核心へ近づいた方がいいのは決まっているが……。それにしても、まだ知り合って丸一日ぐらいしか経ってはいないものの、マティはこういうこと——精霊に関すること——が苦手なはずではなかったのか。いや、怖がっていたはずだ、確かに、ついさっきまで。

マティは、棚がホテルのことを訊いた時点で、これで決まった、と確信したようで、ウルビに何やら早口で話していた。

——では、行きましょう。早い方がいい、とウルビも言っている。

棚は不承不承ながら、立ち上がり、ウルビに礼を言った。ウルビは頷き、子どもたちに声をかけた。あちこちから、手が振られる。それがかわいらしい。

——本当にかわいい子どもたち。

棚は手を振り返し、そう言いながら去ろうとすると、その言葉をマティがウルビに訳していた。ウルビが何か言い返した。

車に乗ってから、棚は、

——さっき、ウルビはなんて言ってたの。

と、エンジンをかけるマティに訊いた。車が動き出し、ボガレの家の敷地から道路へ出ると、マティはそこでようやく答えた。

——ボガレはいい呪術医だが、自分の息子はそれを超えるだろう。ボガレの血と、自分の血の両方を受け継いでいるから、と。

前を走る車が、もうもうと砂埃を立てている。

棚は、読み込めない本を前にしているような感覚に陥っている。

十二

車がホテルに着くと、マティは長いドライブの疲れも見せずに、飛び出すようにしてフロントへ向かった。遅れて棚が入ると、ホテルのスタッフを相手に盛んにまくし立てている。交渉がうまくいったようで、マティはこちらを振り返り、

――棚さんが帰国する日までに、このホテルであと一泊はする、という条件で、今日のキャンセル料はなしにしました。

得意そうに笑みを浮かべながら説明する。それはかまわないが、果たしてそこまで無理を通すべきことなのか、棚はこの成り行きに、相変わらず確信が持てずにいる。

――ああ、そうだ、電話。電話貸してください。日本の……この番号にお願い。

と言って、鐘二の電話番号が書いてあるメモをフロントに渡した。フロントはそれを見ながら交換手につなぎ、早口で番号を言い、受話器が呼び出し音を鳴らし始めたのを確認して、棚に渡した。向こうが出た、と思ったら、留守番電話だった。

――急なことなんだけど、ホテルを、予定変更で今日出ます。泊まるところはまだはっきりしないんだけど、行き先はウェンジョ、ダンデュバラという呪術医のところです。じゃあ、また。

それだけ吹き込んで、また受話器をフロントに返した。折り返しコールがあり、交換手が通話料を伝えてきた。その分と、昨夜の宿泊費を一緒に払った。

その間、いつのまにかマティは棚のスーツケースを運んで来ていた。棚は無言で頷き、また駐車場へ戻る。

――もっと早く着くかもしれない。

エンジンをかけながら、マティは元気よく言った。夜遅くには着くだろう、とウルビの前で棚に言った言葉に対してだろう、と分かったが、棚はもう返事をしなかった。朝からずっと、慣れない異文化圏で動いていたので、自分でも気づかないうちにずいぶん消耗していたのだった。それで、車が動いてしばらくすると、いつのまにか眠ってしまっていた。

眠りは思いがけず深いものだった。起きかけたとき、辺りは暗く、激しく水の流れる音がしていた。棚は、自分がどこにいるか分からず、自分の家の近くを流れる鏡川がまた溢れそうになっているのだと思った。それにしても、こんなに音が響くなんてただごとではない。鏡川の、暗渠の部分に何か異変が起きているのだ、一階にいる母を起こさねばならない。まだ心身とも完全には眠りから脱しておらず、そんな切迫した考えが夢の続きのように棚の脳裏に浮かんでくる。

が、すぐに現実と夢との組み換えが起こり、今はアフリカで、自分が移動中であることを思い出した。

――今、どの辺りですか。この音は、川？

と、いかにも頭の中の混乱などなかったかのようにマティに話しかけた。だが、どの辺り、と答えてもらったところで土地勘のない自分にはまったく分からないのだということにも、最初気づかなかった。

——ナイル川の支流です。さっき、大雨が降ったので、また一時の大水が。

棚はマティの「一時の大水」を、「急激な増水」「水かさが増している」と変換しながら、自分のペースを取り戻そうとした。

——ぐっすり寝てしまっていて。

——休んで。もうすぐです。

かなり激しい雨だったのだろう。そんな雨にも気づかずにいたなんて、と棚は自分に呆れたが、そう言えばずっと何か、暗い水が迫っているような夢を見ていた気がする。迸《ほとばし》る水の飛沫が、顔にかかるような錯覚さえ覚える轟音は、次第に強くなっていく。

——だいじょうぶなの。なんだかすごい音。

——だいじょうぶ。でも、ちょっと待っててください。橋を見に行きます。

そう言って車を停め、マティは外へ出ていった。

民家はおろか、明かりも見えない。ヘッドライトで照らされた周囲を見る限り、ブッシュに取り囲まれている。車が停まると轟音は更に激しく感じられた。ここでマティが帰ってこなかったらどうしよう。車のキーはついたままだ。幸い、日本車なので、勝手は分かるだろう。明るくなるまで待って、それでも彼が帰ってこなかったら反対方向へ向かって車を走らせよう。途中で電話できる所を見つけて、ウガンダにいるはずの、登美子の知人だという人へ、連絡してみよう。

そこまで棚が考えたところで、マティが戻ってきた。

――だいじょうぶです。このまま渡りましょう。

そう言ってエンジンを始動させた。やがて辺りが開けた気配がして、音と振動から、すぐに橋を渡っているのだということが分かった。暗くてよく見えないが、水が渦巻いて流れているだろうということも察せられた。緊張と不安が、棚を饒舌にする。

――この川が、ナイル川の一部になって流れていくんですね。ナイル川といったら、大きくてゆったり流れてるって印象があったけど、さすがに上流は流れが激しいですね。日本だと三途の川、っていう言い方があるのよ。この世とあの世の間を流れる川。

――さあ。そういうことはよく知りません。

マティは素っ気なく言った。怖がっているのかもしれないと、棚は思った。

やがて小さくがくんと、何か乗り上げるような動きをして、車が向こう岸に着いた。とにかく川は渡ってしまったのだった。

大雨をもたらした雨雲は、急速に去っていったようで、空には月がかかり、その前をまだまだ不気味な雲の残党のような切れ端が、フィルムの早回しのように流れていった。それでも月が見えると、世界は明るくなる。辺りに人工的な明かりがないせいで、余計にそう感じるのかもしれなかった。

道は途中で少し広めの街道に出て、それから民家がちらほらと見えてきた。村へ入ったらしい。

——ホテルを、早く決めなくちゃ。町は近くにあるの？

棚はマティにせっついた。

——ホテルは、いつでも、なんとかなります。寝袋もあるし。その方がいいかも。虫が、多いから。それよりも、ダンデュバラのところへ急ぎましょう。もうすぐです。

この人は最初からそのつもりだったのか。棚はマティに対して明らかに警戒する気持ちになっていた。それでもここは何とか彼とやっていかなければならない。

——今から行ったって、会えるかどうか分からないでしょう？　会ってもらえても、十分話をする時間はとれないかもしれない。それより、今日はホテルに泊まって明日の早朝にでも会いに行ったほうがよくはない？　その頃なら、ボガレもまだいるだろうし。

——だいじょうぶです。

何がだいじょうぶなのか、まったく。

気がつけば車は再びブッシュの中を走っていた。マティが急に速度を緩めた。車を道路の端に停めて考えている。道に迷ったのかもしれない。

——どうしたの。

——戻りましょう。まちがえました。さっきのところでした。

さっきのところって、どこだろう、と棚は思った。どこもかしこも同じようなブッシュなのに、道のようなところがあっただろうか。

車は方向を切り替えて、来た道を戻り始めた。

――やっぱりここ。ほら、音がする。

そう言われて耳を澄ますと、確かに何か浜辺で若者が騒いでいるような類の、スピーカーから流れる音楽が聞こえてくる。マティは車を藪の中に突っ込ませ、ほとんど道とは言えないようなところを走り始めた。しばらく行くと、比較的大きめの、さすがに車ではなぎ倒せないような木々が前に立ちはだかり、それ以上は進めなくなって、ようやくそこで車を停めた。

――行きましょう。

そう言ってドアを開けて外へ降りたので、棚も慌ててバッグを取り、後を追った。音楽は明らかに前より音量があった。すぐ近くらしい。

――何が始まっているの？

――宴会、みたいなもの。難しい患者を治すんです。

そう言われて、棚は驚いた。

――宴会、で？

――ええ。もう、最近ではこういう治療は、本当に珍しくなったんです。たいていは薬草治療とか、マッサージとか、占いみたいなもので。けれど、ボガレがダンデュバラのところへ行っていると聞いたとき、もしかしたらたぶん、これ――宴会療法？　をやっているのかもしれない、と思いました。

「宴会療法」という、マティ独特の訳語には思わず噴き出したが、感心もした。昔から宴というのがハレの場であり、ストレスを発散する役目があるのなら、治療的効果も皆無ではないだろう。これを自分に体験させようとして、彼は急いでいたのだろうか。低迷していた棚の中の「マティ信頼度」がここで初めて、戸惑いながらも上昇しつつあった。

藪の向こうは広場のようになっていて、キャンプファイヤーのような炎が中央で揺れていた。炎の周りで、黒い影のような人々が音楽に合わせて体を動かしている。子どもが走り回り、食べ物のにおいが漂っている。それもこれも、日本の町内会主催の夏祭りのような緊張感のなさで、棚が想像していたような治療に繋がる除霊の儀式とは程遠いものだった。もっと、おどろおどろしく、不気味なものを想像していたのだった。

――ちょっと、待っててください。まずボガレを探してきます。

マティは近くにいた女性に声をかけ、話し始めた。それで、辺りの人々が一斉にマティに、それから棚に視線を移し、視線はそこで釘付けになった。黄色人種が珍しいのだ。カンパラのような都会ならともかく、こういう郡部では、昼間でも中国人すら見かける機会はほとんどないだろう。それがこんな夜の闇の中から突然黄色い顔が現れれば、さぞかしびっくりしたことだろう、と棚は申し訳ないような、気の毒なような思いがした。

マティが帰ってきて、

——今、儀式の最中だから、終わるまで待ってくれと言ってます。

——時間がかかりそうですか？

——ええ、たぶん。ちょっと待ってましょう。

何かの作業に使ったのだろうか、日本の筵《むしろ》のようなものが敷かれた一角があって、マティはそこに座った。棚もそれに倣った。そうしている間に棚たちの素性について何かの申し送りがなされたようで、それがある程度の好奇心を満足させたのか、釘付けになっていた視線から当初の熱意も消え、警戒も解かれたらしく、周囲にはのんびりと気軽な雰囲気が戻ってきた。

棚の目もだんだんこの暗さに慣れてきて、よく見れば向こうに祭壇のようなものがあり、瓶ビールなどが供えられ、その前に長老と思われる男たちが座っているのが分かった。

瓶ビール、とは。神社の祭りのお供えと一緒だ。

酒の類があるにしても、彼らで醸した素朴なものを漠然と予想していた棚は、自分が自分で考えていたよりもっと先入観のようなものに囚われていたことを思った。

ラジカセの音楽に合わせているのかいないのか、時折甲高い声が響き、太鼓が打ち鳴らされた。そのたび周囲の動きは激しくなり、だらだらと変調がないように思われた場の気配は、次第に濃密になってきた。

太鼓のリズムが激しくなると、マラカスのような鳴り物が振られ始めた。そのうち、長老の一人が体を動かし、盛んに何か言い始めた。力が入っている。

——どうしたのかしら。

——ヒョウレイが始まったんです。

マティはこともなげに言った。それが、憑霊という言葉だとはすぐにはピンと来なくて、

——え？

と、棚は訊き返した。

——ほら、あそこにいる、あの人が患者です。

長老たちの近くに、消耗し切った、目を開けるのもやっと、といった女性がうずくまるように座っていた。気力のない、不安げな目が怯えるように憑依された男性を見ている。

——ちょうど始まるときに来たのね。

棚が小声で言うと、

――始まるとき、じゃないです、きっと。このヒョウレイは、長い時間がかかるんです。ダバは出たり入ったりするし。

え？　と、また棚は訊き直した。

――今、ダバって言いました？

――そう、ダバ。知ってますか？

棚は頷いた。

――片山さんの本に出てくるので。びっくりしました。こんなにすぐに、ダバの除霊の現場に居合わせることができるなんて思わなかった。

マティは眉をひそめて、

――ダバ、多いです。最近急に。

――どういうことを言ってるのかしら。聞こえますか。

棚が訊くと、マティは身を乗り出し、微かに聞こえてくる会話にしばらく集中していた。

――……彼女の死んだ夫が水を欲しがってるんだそうです。

――それが病気の原因？

――いや……。何だかちょっと複雑みたいで。そもそも夫が死んだのも、その夫の従兄弟というのが、彼女の夫に呪いをかけたからのようです。でも、その従兄弟の居場所が分からない、って彼女は言っています。

——仕返しが怖くて逃げてるってこと？

マティはそれには答えずに、何かまた聴くことに集中していた。しかし、「憑霊」は一段落したようだった。身ぶり手ぶりでしゃべっていた長老は大人しくなり、肩で息をしている。

——もう終わったのかしら、憑霊。

——いや。ダバが一旦引っ込んだだけで、普通のヒョウレイは、まだ続いてるから。

そう言ってマティは、踊っている人たちをぐるりと目で指した。

——え？

棚は改めて、踊っている人たちをまじまじと見た。

——いろんな霊が、憑いています。

そう言われても、彼らの常態を知らないので、これが霊に憑かれた状態だともそうでないとも棚には言えなかった。

踊っている人々の中に、来たときからずっと棚の方を見ている男がいて、そういう棚の様子に変化を感じ取ったのだろう、近くへ寄ってきた。そして、充血した目で、棚を見つめた。すぐに、普通ではない、と察した。現実的な危険というのとは違う、何か次元の違う宇宙がそこにあるような臨場感があった。場の密度があっという間にせり上が

っていくのを感じ、この人は何か言う、必ず何か言う、棚がそう思った瞬間、男は、

――ィドウィー。

と、囁いた。

棚の耳は、即座にそれを、ミドリ、と聞いた。

十三

男は、そこで気を失った。劇的に倒れたというわけではなく、酩酊《めいてい》して正体をなくした、というようなぐずぐずとした崩れ方だった。駆け寄ろうとする者はいない。何かが棚に語りかけたのだった。何かが、棚の内奥へ向けてコンタクトを取ろうとした。それはこの世の定型的なコミュニケーションの取り方ではなかった。そういう出方をされると、棚は対応の仕方が分からない。何をどう考えて次の行動を起こせばいいのか、また起こすべきなのかも分からない。

振り向いてマティを見ると、彼は無表情で倒れた男を見ていた。マティは棚の本名が翠だということを――パスポートなどの事務的な処理のために垣間見ることはあったにしても――ほとんど気に留めていなかっただろう。いわんやマティがこの村の人々に棚の本名を前もって知らせておいたなどということもまずありそうもなかった。あの男が

囁いた言葉がマティの耳に届いたとも思えず、だから棚が今受けた衝撃が彼に伝わるわけは、どう考えてもなかった。

ドラムの音が加速していく。湿度を抱えた夜の闇は、遠いところで起きたことも目の前で起きたこともすべて手元に引き寄せて、時間感覚も距離感覚も麻痺させてしまう。身動きがとれない、と思いつつも、棚の本能は少しでも状況をつかもうと、隅々にまで目を凝らし始めた。

藪の間をすかすようにしてこの広場に入ってきたのだが、もっと楽な方法がありそうだった。入ってきた方とは反対側に、どこへ続くのか分からない道があり、棚の後方には漆喰で塗り固めた箱のような、四角くそっけない建物がいくつかあった。片隅に炉があり、その上の大鍋から湯気が出ている。ぼんやりそちらに目をやると、鍋の番をしている体格のいい女性と目が合い、すると女性はにこりともしないで皿に何かをつぎ始めた。薄暗い所で見る黒い人たちの目の、白眼の部分は存在感があった。闇で輪郭をあやふやにする存在が、その眼にすべての自己主張を担当させているかのようだった。

女性は皿二つにつぎ終ると、近くにいた子どもに言い含めて棚とマティにそれを運ばせた。棚は子どもにサンキューと言い、向こうの女性にも会釈する。女性は鷹揚に頷く。子どもは走って去って行った。全体に流れていた食物のにおいが形を取って目の前に現れた気がした。

――供え物のヤギです。

マティは、突然目が覚めたようにしゃべり始めた。食物のにおいが、麻痺していた彼の何かを呼び覚ましたようだった。

皿に入っている澱粉質《でんぷん》のものはウガリと呼ばれるもので、それは経験済みだったが、かけられている煮込みには、ヤギの他、何が入っているのか分からない。あちこちに散らばる、憑依されていないらしい人々の白眼がちらちらと棚に向けられるのを感じた。食べるしかないだろう、と腹を決め、さっと両手を払って、素手で食べようとしたら、

――これこれ。

と、マティがスプーンを渡した。

――え、持ってきたんですか、スプーン。

だがこの場合は素手の方が状況に適っているのではないかと思いつつ、棚は一応スプーンを受け取った。マティは、

――いや、あの人が。

と、後ろを向いた。鍋番のそばにいた若い女性が持ち場に帰ろうとして振り返りつつ、

――よかったら。

と、英語で言った。好意が感じられた。棚は自分の中の張り詰めていた部分が、ふっと和らいだのを感じた。

——ありがとう、みなさんがやるように食べたいのですが……あなたはスプーン使いますか。

女性は肩をすくめて、

——……使ったり、使わなかったり。

棚は微笑んで、

——じゃ、使わせてもらいます。

ヤギの肉は、ここで食べるビーフよりかえって歯に優しく感じた。そしてまた、棚はこういう状況で何かを口にするということの、無防備さを思った。食べ物の形を借りて、状況が、文字通り自分の内側に、侵入してくる。

一連の会話は、なんとなく周囲に通じているようだった。奥の方が少しざわついて、何かが回ってきた。

——地ビールです。みんなで回し飲みしてるんでしょう。僕はあっちのビールの方がいいんだけど。棚さんは、女性だから、飲まなくていいんですよ。

「女性だから」という言い方を聞き、ああ、そうだった、ここはイスラム教徒の村なのだった、と棚は思い出した。片山の本の中にそういう記述があった。イスラム教の教えが、土着の宗教と不思議な混淆《こんこう》を見せて呪術医とその周辺の人々の世界観や精神界になじんでいる、と。原理主義的ではないのはアルコールが容認されていることからしても明らかだった。

地酒の周りに、明らかに憑依されているらしい男がうろうろしていて、不思議な動きをしている。その男がマティに話しかけると、マティはまるで人が変わったかのように、体中を揺すって笑い――その笑い方が、何と言うか、痙攣《けいれん》的で野卑なのだった――急に弛緩《しかん》して落ち窪んだ目の下あたりが、乏しい明かりを受けててらてらと光っている。人間の裂け目から、何かが出てきたようだ、と棚はふと思い、それからあることを思いついてはっとする。

……マティは、「憑依」されている？

だとしたら困ったことになった、と思う。けれど予想されるよりパニックに陥らないのは、さっきの若い女性と、なんとかコミュニケーションが持てていたからだろう。

棚が食べ終わった皿を脇に置いて、一呼吸あったときだった。突然、空気を切り裂くような甲高い叫び声が聞こえ、ドラムの音がこれまでになく激しく打ち鳴らされた。棚は度肝を抜かれたが、表面だけはかろうじて冷静を取り繕った。さっきまで踊りの輪に入らなかった人たちも、全員、腰を振り、盛んに頭を上下させて踊り始めた。踊りながら、ときどき感に堪えないというように空を向いて奇声を発している。その空では月が、流れる雲に隠れたり、現れたりして、ああ、アフリカの夜なのだ、と、棚は半分破れかぶれのような心境で呟いた。

祭壇の方では依巫《よりまし》の長老の一人が人の仕草とは思われない身ぶりで暴れていたが、そのうち、ダンデュバラと思しき座っている人物に向かって、唾を飛ばさんばかりの勢いで、何か罵り始めた。ダンデュバラは、それを待っていたかのように手持ちの壺に手を入れて、盛んにその中の水を相手に向かって撒き散らしたかと思うと、両手でそれを抱えて、大声を上げ、それから、何か、ハスの葉のようなもので蓋をし、慣れた手つきであっというまにきりきりと紐で巻き上げた。暴れていた相手はすっかり大人しくなって、地面にうずくまっている。ダンデュバラは、幾重にもかけている宝貝のネックレスを外し、それで相手の背中を撫ぜていた。数回円を描くように撫ぜたかと思うと、勢いよくネックレスごと外へ払うような仕草を見せる。そして何ごとかを相手の耳元で囁き、肩に両手を置いた。相手はかすかに頷いている。するとダンデュバラは、今度は依頼者らしき女性に向かい合い、同じように宝貝のネックレスを用い背中をさすり始めた。さっきと違うところは、祭壇に置いてあった瓢箪《ひょうたん》から粉状のものを取り出し、それを女性の額にこすりつけたところである。気のせいか、遠目にも、彼女の姿勢に生気のようなものが出てきたのが見て取れた。

ドラムの音が次第に間遠になり、途中から完全にラジカセの音楽に変わった。ダンデュバラたちはおもむろに祭壇を降りて、建物の方へ引っ込んだ。ダンスはまだ続いていたが、棚は彼らが気になって仕方がない。マティは眠り込んでいた。そこへ先ほどの女性が近づいてきた。まっすぐに棚を見つめている。

——ダンデュバラが、何を訊きたいのか、聞いてきてくれ、と言っています。

棚は、その言葉が終るか終らないかのうちに、

——片山という日本人のことを訊きたいのです。ここで、ダンデュバラさんの弟子になったと聞いています。

カタヤマ、と聞いて、彼女の大きな眼がさらに大きく開かれ、笑みが広がった。

——やっぱり。皆、カタヤマの関係の人かもしれない、と言っていたの。

——あなたも、片山さんを知っているんですね。私はタナ、と言います。お名前を訊いてもいいかしら？

——私はナカト。タナ、って日本人のように聞こえないわ。

なるほどそうだろう、と棚は頷いた。

——ペンネームなの。仕事をしているときはこれを使っているの。

どういうわけか、棚は今、翠という本名を告げる気にならなかった。さっき、憑依された男性に名を呼ばれた一件があったせいだった。

——じゃあ、今、仕事なの？

――仕事に、なるかも知れない。よく分からないけど。

棚は正直に言った。そして、

――片山さんは亡くなったの。そのこと、ご存じ？

ナカトの目が、急に力を失い、虚ろになったような気がした。だが、彼女は頷いて見せたので、知ってはいたのだろう。

――何が起きたのか、知りたくて。

棚が重ねて言うと、ナカトはまたゆっくりと頷いた。そして、

――今夜は遅いし、ダンデュバラも疲れているので、明日にした方がいい。ダンデュバラの病室が空いているから、そこで休むといい。

――病室？

棚は聞き間違いかと相手の言葉を繰り返した。ナカトは、

――ここはクリニックだから、入院患者のための病室があります。お金がいるけど、悩み事があるなら治療もしてもらえる。

クリニック？　と、ここでも棚の心に疑問符が湧いてきたが、質問は明日することにした。ナカトは一旦事の次第をダンデュバラに告げに戻った。マティは相変わらずだらしなく寝ている。アルコールに弱い体質なのか、地ビールがよほど効いたのか。それともろくでもない霊に憑依されたのか。

棚自身は、厳密に言うと、霊の存在というものを百パーセント信じているわけではない。それがあると仮定した方が世界は豊かに感じられるとは思っているし、そういうコンテキストの「場」に入れば——今のように——記号のように「霊」という名詞を使う。ここは、明らかにそれが「在る」世界であり、自分はその「場」に内包され、構成もする一分子になったのだから。

しかし、その「場」を離れ、俯瞰して客観的に世界を眺めるときにまで、それが「在る」と自信を持って言えるほどの確信はない。ここでは空気のように当たり前のこととされ、暗黙の了解事項になっている「死後の世界」だってそうだ。

棚は死んでからまであれこれ思い煩いたくない、と思う。少なくとも生まれ変わって赤ん坊からもう一度人生をやり直したいという気は、棚にはさらさらなかった。

「憑依」というものを考えるとき、棚は、それが「憑依」と呼ばれる「症状」であり、一時的なヒステリーかもしれないという思いを捨てきれない。だからこそ、片山の死の真相を突き止めたいと思っていたのだった。それが分かったら、そのときやっと、今まで自分に見えなかった世界がクリアーに見えてくる気がしている。

やがてナカトが腕に布の塊を抱えて戻ってきた。

——じゃあ、行きましょう。

棚はマティに右手を向け、

——彼はどうしましょう。私のドライバーで、案内人で、通訳なんです。

ナカトもちらりとマティを一瞥し、

——起きたら自分で何とかするんじゃないかしら。彼には車もあるし。でも心配なら、後で誰かに病室の一つへ運ばせます。

マティには苦しそうな様子もなく、その姿には何だかそのまま地面に吸い込まれていきそうな一体感もあり——つまりその場になじんでいたので、棚も頷き、

——そうしてあげてください。

と言った。

先に立って歩くナカトの後をついて、四角い建物の間を入った。目が慣れてきたとはいえ、棚には足元もおぼつかない暗闇に見えるのに、ナカトはまるで昼間のように自在に動いた。いくつか並んでいる同じような建物の、あるドアを開けると、それがそのまま個室になっていた。

——この部屋です。ちょっとせまいけど。

棚はこんなこともあろうかと持ってきた懐中電灯をバッグから取り出し、室内を照らした。真鍮のベッドが一つあるだけで、あとは何もなかった。

――ああ、用意がいいんですね。電気も、引かれていることは引かれているんだけど、停電ばっかりで。

ナカトはそう言って、持ってきた布をベッドに敷き始めた。最初はとてもシーツには見えなかったが、それがシーツなのだった。

――ドアの外の洗面器に、水が汲んであります。

――ありがとう。ところで、あなたは、ここの人？

棚はずっと気になっていたことを訊いてみた。

――まあ、一種の。

ナカトは曖昧な言い方をした。

――今日は、いろいろ本当にありがとう。ガイドがあんな風になってしまって、あなたがいなければどうしていいか分からなかった。

――気にしないで。じゃあ、おやすみなさい。何かあったときのために私も隣の部屋で寝ているから、何かあったらドアをノックして。

それはとても頼もしい一言だった。

ナカトが去ると、棚は、バッグからペットボトルとウェットティッシュを取り出して、まず水を一口飲み、それから体を拭いた。念のため、虫除け薬を体中に塗布する。何の飾り気もない、物品をすべて運び出したあとの、がらんとした倉庫のような部屋だった。

外からはまだラジカセの音楽が聞こえてくる。今夜は一晩中ダンスが続くのだろうか。マティも途中で起きだして、ダンスに加わるかも知れない。

そんなことを考えながら横になっているうちに、いつのまにか寝てしまった。

二胡の奏でる音が、蛇のように足元から絡まってくる。これを何とかしないと一歩も動けない。そういう夢を見ていた。起きてもぼんやりしている。外でしている音は、二胡ではなく、箒《ほうき》で庭を掃いているらしい音だ。ザッザッザッと、規則的だが機械音ではない音がしていた。昨日の後片付けかしら、と思っていると、今度はドアを叩く音がした。

十四

——誰？

棚はベッドの上から半身を起して声をかけた。そのとき、明るくなった室内を改めて見た。隅に埃が溜まり壁の所々も欠け落ちていて、クリニックと呼ぶほどの清潔さはなかったが、生活のにおいもしなかった。護符のようなものさえなかった。

——ナカトです。

という声が返って、夕べの英語を話す彼女だ、と思い出した。

——どうぞ、入って。

英語を話すことや、人の部屋を訪れるときノックすることなどから、やはりナカトは生まれてからずっとこの村にいたのではなく、どこか都心部で教育を受けたか働いていた経験があるのだろう、と棚は感じた。

——おはよう。あなたにお客様。

戸を開けて、ナカトは笑顔を見せながらそう言った。昨夜は暗くてよく見えなかったが、ナカトは目鼻立ちのくっきりした美人だった。

——おはようございます。客？　マティが起きたってこと？

——いいえ。彼はまだ寝てる。

じゃ、誰だろう、と疑問が湧いたが、ダンデュバラたちのことかもしれない、と思い、

——すぐに準備します。今、起きたばかりなので。

——どのくらいかかる？

——十分もあれば。

——じゃあ、十五分後にもう一回ノックするわね。

それから棚が身支度を済ませた頃、再びノックの音がした。時計を見ると、きっかり

十五分後だった。

——日本人の男の人です。入れてもいい？

ナカトが顔を出してそう訊いた。誰だろうといぶかりながら、

——……ええ。

ためらいながら棚がそう答えると、ナカトと入れ替わりにその「日本人男性」が入ってきた。あまりに面変わりしていたので、すぐには分からなかったが、特徴のある、口を引き結んだまま、口角を軽く上に上げる「挨拶」で、彼だと分かった。

——三原……さん！

一瞬のためらいの後、以前は君付けで呼んでいた三原を、さん付けにしたのは、棚の中でこの年月、かろうじて獲得した社会性と、心理的な距離との協同だった。

——久しぶり！　でもなんで？

三原はベッドの足もとに立って、

——なんでも何も、心配でパニックを起こした君の不安神経症のパートナーが、日本の僕の店に電話して、携帯番号を聞き出したのさ。すぐに行って様子を見てくれ、って泣かんばかりに懇願するもんだから、カンパラ行きの夜行バスに飛び乗るはめになった。隣町にでも使いに出すぐらいの気安さで頼むんだから、ひどい話だよ。アフリカ大陸を房総半島ぐらいにしか思っていないんだろう、きっと。しかも病人をこきつかうなんて。

棚は頭を抱えた。

――ごめん、それは、ひどい。

三原は笑いながら首を振り、

――夜行バスは嘘だよ。こんな早く着くもんか。僕もたまたまウガンダへくる予定にしていて、昨日の午後、電話を受けたときは、国境にいたんだよ。ちょうどウガンダ側の出入国管理事務所を出たとこだった。なんか、見ていたように電話がかかって。すごいね、ああいうの。才能かね、一種の。

――そういうところあるわね、彼は。

棚が頷くと、三原は、

――君、携帯持ってきてないの？

それですべて解決するのに、と言わんばかりに、わざと責めるような口調で訊いてきた。

――そんなもの持ってたら、どういうことになるか分かるでしょ。

と、棚が疲れた表情をつくってそう言うと、

――大変だなあ、相変わらず。よくやってるよ。

本当には同情していない、人ごとのような声で返した。

そうそう、こういうのが三原だ、と棚は懐かしく思った。人間に対しては、さらりと

していて、こだわらない。執着がない、というべきか。その代償のように、蒐集に対してのこだわりが強いのだ。

——仕事で来てるんだって？

——ええ。

と受けながら、棚の中で、会う予定ではなかった三原の出現への驚きと戸惑いが収まると、そうだった、と飛びつかんばかりの勢いで、

——でも、片山さんのことが気になってやってきた、というのも半分あるの。

——片山？……海里？

三原はいぶかしげに訊いた。

——そう。あなたがナイロビで入院したとき、私、初めて彼に会ったんだけど、それからまた、彼はケニアに来たのね。

——ああ、そう。

三原は頷き、そして、思い出した、というように、

——それで、ダンデュバラか？　彼に紹介されてきたの？　いや、そんなわけじゃないよね、昨日の鐘二の口ぶりからじゃ。

三原の口調に、棚は微かにある疑念を抱いた。まさか、と打ち消しつつ、

——二回目に彼が来たときも、三原さん、彼に会った……のよね。

──もちろん。僕が扱っているアフリカンアートなんて、みんな呪具みたいなものだから、知っている呪術師やその手の共同体は、たいてい紹介したよ。ダンデュバラを紹介したのも僕だもの。彼はそこからまた縁故を伝って、僕の知らないところまで足を延ばしていたらしいけど。

──結局、少なくとも百人は回ったのよ。本、読んでない？

──え？　民話のやつは読んだけど。新しいのが出たんだ。最近海里とも音信不通になってたからなあ。でも、呪術師回りの成果を、僕に送らないってのはないよなあ。

棚の中の疑念は確信に変わった。

──片山さん、亡くなったのよ。

そう告げると、

──え？

と、三原は意味をつかみ損ねたように聞き直し、それから彼の全ての動きが一瞬止まった。

──嘘だろ。

どうしてこの人のところに連絡がいかなかったのだろう、と棚は不思議に思いつつ、

──亡くなったの。

と、低い声で繰り返し、本当のことなのだというように、頷いてみせた。

――どうしてあなたが知らないのかしら。ナカトですら知っていたのに。

――……ナカト？

深く考え込むように床の一点を見つめていた三原は、ふと顔を上げて怪訝そうに訊き返した。

――あなたをここまで案内してくれた女性よ。

――ああ。……じゃあ。

と、三原は何か言いかけたが、我に返ったように、

――海里は、ダンデュバラから、日本に帰ったら死ぬ、って言われてたんだ。

と呟いた。

――え？

と、驚くのは、今度は棚の番だった。

――それ、いつのこと？

――彼が帰国する直前に会ったとき。四、五年前の話だよ。で、死因は？

――それがよく分からない。彼と一緒に行った鮫島教授も亡くなっているの。数ヶ月前だけど。これは階段から落ちたせいらしいんだけど。

――なるほどね。

三原は頷いた。そして、

――そっちは酔っぱらってたんだろう。で、まだいるだろ。

と続けた。

――なんでそんなこと訊くの？

棚はぞっとして思わず叫ぶように言った。同時に、そうだ、三原はこういう話し方をしたんだっけ、と記憶の蔵から何かが転がり出たような気がした。

――いないのか？

棚は観念して呟いた。

――……いるのよ、それが。

――ガイドだな。

――でも、なんで、分かるの。

語気を強めた勢いで、その問いへの答えももらわないまま、言葉を重ねた。

――三原さん、ダンデュバラと知り合いだって言ってたわね。片山さんに紹介したって。

三原は、ああ、と頷いて、

――彼の持ってる薬壺が欲しくてね、もう何年も。けど、どうしても譲ってくれない。たいていの呪術師は何でも売ってくれるんだけど、何人かはそういう呪医もいる。でも、ずっと通ってたらそのうち気が変わることもある。今度もちょうど、久しぶりだからダンデュバラのとこへも寄ろうかな、って思ってたとこだったんだ、鐘二から……携帯に電話が来たとき、と言いかけて、三原は急に思い出したように、そうだ、と呟いた。そして携帯電話を取り出し、操作してから、

——ほら。

と、棚に渡した。耳に当てると、呼び出し音が鳴っているのが聞こえた。すぐに鐘二が出て、相手が棚だと分かると、大仰なため息をつき、それから自分がどんなに心配していたかをせき込むような口調で話し始めた。棚はとりあえず謝り、今忙しいから、後でまた、この携帯借りて折り返し電話するから、となだめ、切ろうとすると、三原に替わってくれ、と言うので、

——替わってって。

と、三原に彼の携帯を返した。三原はそれを受け取ると、ああ、元気だよ、だいじょうぶだよ、分かった、分かった、としばらく応対した後、切ってポケットにしまった。そして小さくため息をつくと、

——まあ、ね。

と、自分にも棚にも言い聞かせるように、

——おかげで僕は海里のことが分かったんだし、君だって知りたい情報のいくつかは手に入るだろうし。

まあ、ね、と棚も苦笑した。三原は、

――どこまで話したっけ。そうだ、ダンデュバラだ。

――片山さんはダンデュバラのところで呪医の修行をしていたのよ。

――それも知ってる。あそこまでのめり込むとは思わなかったけど。

それから、建物全体を指すように顎を回して、

――ここも久しぶりで来るとずいぶん変わっていて驚いたよ。クリニックなんて看板が出てるんだもん。あっけにとられたよ。

――じゃあ、前はそうじゃなかったんだ。

――生き残り策だね。今、みんな大変なんだ。そうだ、今なら、あれ、売ってくれるかもしれないな。

急に蒐集家の顔になった。棚は、

――そんなことより、片山さんが、ダンデュバラに、日本に帰ったら死ぬ、と言われた話だけど。

と急かした。三原は、

――君はまだダンデュバラに会ってないんだな。

――これからなの。朝一番にあなたに会うことになるなんて思わないから。

三原は頷いて、

だな。

——海里はそのとき、「ダンデュバラはそう言いながら、自分にプロテクションを施してくれた、だから大丈夫だと思う」って言ったんだ。……でも大丈夫じゃなかったんだな。

そう言うと三原の頬が一瞬痙攣した。その部分だけが別の生きもののようだった。この人も海里の死を悼んでいるのだ、一人になったら泣くのだろう、と棚は感じた。

三原は、けれど何でもないように続けた。

——何か、抗いようのない力が働くとき、その力が強すぎてそのとき彼の傍にいた人間まで巻き添えにしてしまうことがある。よく、死人が立て続けに出ることがあるだろう？　同じ行動をした人たちの間で。

——ツタンカーメンの呪い、とか？　でもあれは呪い、ではなくてもっと別の要因だとも言われているけど。

——そんな有名どころではなくてもさ。

確かに棚にも思い当たることはあった。小さい頃、近所に住む、同じ登山グループに入っていた人々が、数年のうちに次々に亡くなったことがあった。彼らは一般人には禁じられていた霊山にこっそり登ったのだと噂されていた。一方では、皆高齢で、ちょうど寿命だったのだという説もあったが。

——そういう力が働くとき、一人だけ亡くなる、っていうのは少ないんだ。例えば呪いをかけられた者の一族が身代わりのように次々に亡くなっていくとかね。

ふうん、と棚は思った。三原にこういうしたり顔で言われると、何か反論したくなるのは昔からの習慣だった。

――そりゃ、一族のうちには、亡くなる人も出てくるでしょうよ。皆死なないでずっと元気なわけがないし。

――でも、それがやっぱり、重なり過ぎるんだよ。とにかく、ダンデュバラに訊いたらいいよ、そのことも。僕はさっき挨拶してきたけど、海里の話題は出なかったな。海里と来てから一度も会ってなかったんだから、当然出てもよかったのに。

――会ったんだ、もう。

思いがけないことだったので、声のトーンが少し高くなった。

――君のガイドのことを言ってたよ、彼は依巫の血統らしいね。

――マティ？　片山さんのガイドの弟なのよ。

三原は大きく頷き、

――憑かれやすい質の人たちがいるんだよ。で、たいていどこかの呪医の檀家《だんか》みたいになっている。日本の昔のキツネ持ちみたいな人たちだね。キツネ憑きっていうのとは違う。あれは現象だから。こっちのキツネ持ちのキツネは、半分守護神みたいなもので、守護神よりもっと世俗っぽい。キツネはキツネで人間みたいに彼らの生活を持っている。

違う世界で、でもいっしょに人生を生きてるって感じかな。その人たちに何か問題が出てくると――体調が悪い、仕事がうまくいかない。他人とトラブる、家庭にいざこざを抱えている、等々――呪医がその人のキツネとその人自身との調整をするんだ。キツネから要求を訊いたり、解決策を訊いたり、原因を訊いたりする。大きなところではコミュニティみたいになっているところもあって、自分のキツネで来患の治療行為をする檀家も出てくる。

ああ、ナカトはそういう立場の人なのかもしれない、と棚はなんとなく思った。

――そのキツネのことをこっちではジンナジュっていうのね。片山さんも自分のジンナジュを持とうとしたのね。

棚が確認すると、

――たぶんね。修行って、ほかに考えられないもん。

と、三原は子どものような言い方をした。

棚は、昨夜、ここでは誰も知るはずのない自分の名前を、ジンナジュに憑依された男から囁かれた話をした。

――びっくりしたわ。片山さんの本によれば、たいていの「霊現象」には仕掛けがあるということらしいから、あれも裏に何かあるのかもしれないけれど、不可能でしょ、そんなこと。

――少なくとも、海里がかつてここにいて、君のことを話していたっていう可能性が皆無だとは言えないね。それから、あらかじめガイドと示し合わせておくとか。

――ああ、そうか。……でも私をぎょっとさせるためだけに、そんな大がかりなことをするかしら。それに片山さんが私のことを話してたっていうのは、やっぱりあり得ないわよ。私たち、手紙のやり取りすらなかったんだもの。

けれど、海里がここでの滞在中、棚の名を思い出し、それを「何かに使おうとした」のなら……。棚はちらりとそう思った。三原も何を思ったのか、しばらく黙っていたが、

――昨夜のことはともかく、彼らのやってることが手品か本物か、というのであれば、海里が言っているようにたいていはインチキだよ。ただ、真正直にやって治らないのと、インチキでも治るのだったら、治る方がいいに決まってるだろう。それも、だまそうと思ってインチキをやってるんじゃなくて、治すためのインチキなら尚更のことさ。

――寛容なんだ。とんでもないところから霊の声が聞こえたり、患者の体のどこからか「悪いもの」を出して見せたりするんでしょう。

棚は、昨夜それが見られなかったのを、実は残念に思っていたのだった。

――患者を神秘体験で感激させて心身ともに治る方向へ向かわせるためさ。だから、相手によって、凝ったインチキをしなければならないこともあるし、たわいのないことですむ相手もいるわけだ。プラシーボだね。それもこれも、患者のためだとしたら、目

的遂行のための治療の一環と言えなくはないだろう。

――同じようなこと、書いてあったわ、彼の本に。治療のためだけではない場合もあるだろうけど。

三原は首をすくめた。

――金もうけなきゃならないからね。まあ、実際には、そっちの方が圧倒的に多いかな。

――昨夜のこと、私に対して仕掛けたんだとしたら、治療目的でも、金目当てでもない、ということになる。

――目的はほかにあるということだな。それか、奇跡のような何かの力か。

――三原さんも呪医回りをしたんだものね。

片山海里とは目的が違うとはいえ、訪れた呪医の数だけでいえばむしろ三原の方が多いのかもしれなかった。三原は、ため息をついてみせ、

――文字通り、「趣味と実益を兼ねて」ね。エイズを治すと評判の呪医へも行ってみたこともある。何のことはない、抗生物質を山ほど飲ませて、あとは適当に薬草の煙でいぶすだけだった。それだけでも、生まれてこの方風邪薬すら飲んだことのないエイズ患者には、当座、症状は治まって、しばらくは「効く」んだ。

――三原さんには効かなかったんだ。

――まだ発症してるわけじゃないからね。それにやってる「治療」の内容が僕に分かったその時点で、僕への治療は失敗したんだ。がっかりしたからね、正直なところ。T細胞がいくつか、確実に死んだね、あのとき。

棚は思わず噴き出した。

――期待してたんだ、やっぱり。

――そりゃあ、奇跡はいつだって信じたいさ。

三原はむっとしたように応えた。棚は、思いやりのない言い方だったと反省した。

コンコンコン、と誰かが西洋風に三回、ドアをノックした。棚が返事をすると、くっきりした笑みとともにナカトが現れた。

――ダンデュバラが、待っています。

思わず三原と顔を見合せた。

――今、行きます。三原さんもいっしょに来る？

――僕はさっき会ったけど、海里のことが聞けるんなら何度でも行くよ。

そう言って、さっさとドアへ向かって歩き始めたので、棚も慌てて後を追う。

外にはナカトと、人懐こそうにこちらに微笑みかけている黒人の青年がいた。三原はその青年の方へ手を伸ばし、

――彼はチャンバ。僕の通訳兼助手。英語とスワヒリ、バンツー系の言語ができるん

だ。……それと日本語もちょっと。

そう言って二人で少し笑った。

——棚、といいます。よろしく。

棚がそう自己紹介すると、横で三原がちょっと眉を上げた。ああ、そうか、と棚は改めて三原に、

——ペンネームなの。今回は仕事だから、皆にそう名乗ってるの。だからほら。

暗に、昨夜起こったことの「ありえなさ」を再び強調した。三原は頷いて、視線をドアに移し、鍵がついていないのを見ると、

——貴重品は持った?

と確認する。案外面倒見がいいのだ。棚は子どものようにしっかりと上下に首を振った。

——持った。

そこはちょうど、昨日の「宴会」のあった場所の反対側に当たっていた。剝き出しの地面にいくつかの小さな小屋が建っている。小屋はそれぞれ、デザインや材料が違い——屋根だけでも、バナナの木の葉らしきもので葺いたもの、茅で葺いたもの、トタン板で葺《ふ》いたもの、などがあった——日常的な起居に使われるものとは思われず、棚は直感的にそれを「祠《ほこら》」だと思った。

前方に影のように動かない黒人がおり、すっかり覇気をなくしているので最初分からなかったが、どうやらマティらしかった。棚が訊くより先に、ナカトが棚を見てうなずいたので、やはり彼なのだと確信する。

マティは、ぼうっとした顔をして、三本脚の腰掛に座っていた。屠《ほふ》ったばかりのヤギの皮をああいう形に組んだ木の杭に被せておくと椅子になるんだぜ、どんどん固くなっていくんだ、と三原が傍らでどうでもいいようなことを囁いた。そこに座っている人間より、人間を座らせている「もの」、民芸品や生活用品の方が三原の興味のプライオリティの上位を占めるのだろう。いや、自分のそういう部分をわざと強調する、これは彼独特の、露悪的なシニカルさなのかもしれない。

そう思いながら棚は、三原の言葉を払いのけるように素早く首を振り、

――マティ、だいじょうぶ？

声をかけると、マティは憔悴した顔で振り向き、棚を認めて何か呟いたが、棚には何と言っているのか聞き取れなかった。

――しばらくそっとしておいてあげて。

ナカトが棚の目をじっと見つめながら言った。事態がよく把握できていなかったが、とりあえずナカトの言う通りにしようと、マティに向かって、ちょっと待っててね、という意味を込め、頷きながら通り過ぎた。

――ボガレはまだいますか。

ナカトに訊くと、

――いえ。あなたが会わないといけないのは自分ではなくダンデュバラだと言って、帰って行きました。

どう考えていいのかよく分からないまま、とりあえず、はあ、と棚が返すと、

――あそこです。

と、「祠」の中の一つを指した。

――僕はあそこに入ったことがない。何があるのかな。

三原は宝の隠してある洞窟を探検する前のようなワクワクした気分なのだろうか、と棚は想像した。

――ここは修行者が夜、ジンナジュと会うためのところです。

ナカトはそう説明しながら、戸口をくぐった。内部には――三原には残念なことに――彼が期待していた呪具の類はほとんど何もなかった。ダンデュバラは、白い開襟シャツを着て座っていた。部屋の内部と同じく、彼自身も、呪医を思わせるようなミステリアスな雰囲気はまったくなかった。朴訥で頑固な村の長老といった風貌だった。ナカトは棚たちにも座るようにすすめた。マティが座っていたのと同じ、低い三本脚の腰掛だった。

――昨夜は泊めていただいてありがとうございました。

棚がまず、礼を言い、ダンデュバラはそれに対してあまり表情を変えずに頷いた。しばらく沈黙があった。棚はここを訪ねたいきさつを話さなければならない気になった。

――昨日、ボガレさんの村を訪ねたら、ボガレさんはこちらにいらしているというのが分かったんです。ガイドをしてくれていたマティが、じゃ、ダンデュバラさんにも会えるから、こちらに行こう、と言いだして……。

ダンデュバラは相変わらず怒っているのか楽しんでいるのか分からない顔つきで頷いた。棚は続けて、

――実は私は、片山海里の友人です。といっても、生前はそれほど親しくもなかったんですが。彼の亡くなり方が気になって、ちょうど仕事でウガンダへ来る用事があったので、彼が回った呪医の方も訪ねようと思ったのです。いずれにしろ、ダンデュバラさんのところへも寄らせていただこうと考えていたので、この機会にと、お邪魔させていただいたのです。

ダンデュバラは、ここでようやく、何かの拍子をとるように頷きながら口を開いた。

――マティライは、彼の兄に憑いていたジンナジュに導かれてここへ来た。

見た目から予想するより高い声だった。

――亡くなられた、お兄さん、ですか。

――そう。

更に深く頷いた。

――片山さんの通訳をされていたんですよね。

――そう。

ダンデュバラの顔が、少し歪んだように見えた。

――片山さんと死因は同じだと思われますか。

ダンデュバラはすぐには答えなかった。三原が横から、

――片山海里はどんな修行をしてたんですか。彼はあなたのような力を欲しがったのかしら。あなたの治療の仕方について、話してあげていただけませんか。

三原らしい訊き方だと思いながら、話をそっちに持って行くなら、と棚は三原の言葉に被せるように、

――ダバはどうやって治療するのでしょう。マティは昨夜の患者もダバを患っていると言っていましたが。

ダンデュバラは苦笑いして、一つずつ、一つずつ、と言った。

――ダバは、悪い水と良い水を動かす力。良いときは良いが、人間の中に入ると、大抵悪い方に動く。ダバはジンナジュが連れてくる。昨夜のように、大がかりなものでは、力のある依巫を別に立てて、問題のダバを患者に入れたジンナジュと直接話をする。が、

大抵は、自分の中に引き入れて、話を聞くことになる。

――その場合の「話」とは、言葉でなされるのですか。

――私がジンナジュに精神界で話しかけるときは、力あるコトバを使う。カタヤマが最初、学ぼうとしていたのは、このコトバ。ジンナジュたちがこちらに語りかけるときは、コトバではなくイメージや痛みを使う。私はそれをこの世の言葉に仕立て直し、組み直す。いわば、今、彼がやっているように、「翻訳」する。

ダンデュバラは棚の傍らで通訳をしているチャンバに視線をやった。

ライターだって、依巫のようなものだと棚は思った。クライアントの欲するところのものを文章にする。あるいは物語にする。そう思っていたら、

――あなたも、似たような仕事をしている。

と、ダンデュバラは言った。この人は、違う次元で人と会って、コミュニケートしているのだ、と棚は直感した。少し微笑みながら、

――今、そう思っていたところです。

ダンデュバラは相変わらず、うんうんとリズミカルに頷き、

――カタヤマは、あなたに、自分のやり残した仕事を一つ、頼んだ。

いや、そういう意味の仕事ではなく、と棚が否定しようとすると、

――それから、もう一つ。これは、別の話。あなたに、死者の話を。

それきり黙ってしまったので、言っている意味が分からず、え？と訊き直そうとしたが、ダンデュバラは俯いたまま小さく首を振ったり頷いたりしている。そして、

——私のジンナジュは、そう言うのだ。悪いが、私にもよく意味が分からない。

ということは、ダンデュバラはずっと自分のジンナジュとコンタクトをとりながら話していたのだろう。

——別の、話。

棚は小さく呟いた。頭の中のどこかが活性化したのを感じた。まるでスイッチが入ったようだった。

——ダバのことをもっと教えてください。

三原が興味津々、といった様子で訊いた。ダンデュバラは頷く。

——ダバは長い間、ヤギにとり憑いたり、人間にとり憑いたりしながら、大きくなったり、小さくなったりしていた。今に比べればその変化はないに等しいほどだったが。あるとき悪い呪術師が外からやってきて、ダバにどこまでも大きくなる性質を与えた。ダバにそういう道を教えたのだ。ダバはあるとき大きくなり過ぎ、人の精神界を出て、世界に直接、とり憑き始めた。ダバは楽しんだ。ジンナジュも楽しんだ。雨季も乾季も、洪水も旱魃も。巨大な力の移動は、そのままダバの力となった。今では世界の隅々まで、ダバの種は運ばれた。ダバは、今も、どんどん力を付けている。ダバがどこから力を得

ているか、カタヤマは調べたがった。しかしジンナジュはそのことを教えたがらない。ダバはジンナジュの家畜のようなものだから、家畜が肥えて大きくなることは喜ばしいことなのだ。カタヤマがしようとしていたことにジンナジュが協力しないのは当然だ。邪魔をしたとしても当然だ。私たちは呪医であって、調査屋ではない。私たちは、ただ治せばいいのだと、カタヤマに何度も言ったが、カタヤマの調べ癖は直らなかった。

——片山海里が日本へ帰るとき、日本に帰ったら死ぬ、と予言されたそうですが。

ダンデュバラはまた少し顔を歪ませ、

——私は警告もしたし、出来るだけのこともした。カタヤマが帰れば、カタヤマのジンナジュもともに行く。新しい道が拓かれる。いいこともあるだろうが、難しいことの方が多すぎる。カタヤマが連れて行くジンナジュは、現地でまた、ダバを吸い寄せるだろうから。カタヤマはそれを制御するつもりだと言った。それから、ジンナジュを解放するつもりだとも。しかし一つずつは小さな流れとはいえ、それが無数に集まり怒濤《どとう》となった濁流を前に、何ができるというのか。分かっていたことは、カタヤマは失敗するということだ。カタヤマが死んで、ジンナジュは、自分が解放されたのだということが分からない。カタヤマの死後、ジンナジュは影になって、調《しら》べになって、自分をここへ帰してくれる人間を探し始めた。そして帰ってきた。

——え？

と棚が半信半疑でいると、

――ここに残るか。

ダンデュバラは棚に向かって訊いた。棚はその問いが自分に対してのものかどうか、分からなかったが、

――いいえ。

と答えた。それからすぐ、

――仕事を済ませてから帰ります。

と付け加えた。

仕事、仕事、とダンデュバラは呟き、

――カタヤマが遺した仕事は、ナカトだ。

と言って、ナカトを見て頷き、

――また後で会おう。

と、戸口を出ていった。棚はキツネにつままれたような思いでナカトを見つめる。ナカトはゆっくりと、

――私はカタヤマの最初のクライアントでした。

皆がびっくりするようなことを言った。

十五

――最初のクライアント。

棚は口の中で小さくナカトの言葉を繰り返した。ナカトは少し視線を下に向け、それから、

――行方不明の、妹の、居場所を、教えてもらいたいと、頼みました。

と、一語一語、ゆっくりと話した。ナカトにはそういう妹がいたのか、そもそも、そんなことまで呪医の仕事の対象になるのか、と、感心していると、三原が棚に向かい、

――彼女はふたごの片割れだよ。

――なんで分かるの。

三原まで、神がかってきたような気がした。

――ナカトという名前はふたごの女の子の一人に与えられるものなんだ。この国では、ふたごは特別神聖視されていて、ふたごが生まれたら、付ける名前は決まってしまう。両親の名前まで、改名させられる。父親はサロンゴ、母親はナロンゴって名前に。だから、そういう名前の人に会ったら、彼らはふたごの親だってことだ。産んだが最後、ふたごの親だってことから、一生逃げられないんだ。ふたごが女の子だったら、ナカトと

ババイレ。男の子だったら、ワスワとカト。これも、そう名乗る人間がいたら、ふたごの片割れだってことだ。

俄かには信じがたく、本当？　と棚は驚いて訊き直し、ナカトに視線を移した。三原は日本語で話していたのだが、ナカトも馴染んだ名前が出て来たので大体意味はつかめていたらしく、微笑んで頷いている。

——じゃあ、その妹さんの名前は……ババイレ？

初対面で名乗った瞬間に、（一人でいても）ふたごであると分かるのは、自分がそうならきっとやり切れないことだろう、と棚は気の毒に思った。三原の言葉を借りれば、文字通り「片割れ」として見られる、ということだから。一人で完結する個人ではなく。

——そう……ババイレ。

ナカトは、寂しそうに見えた。こういうとき、彼らの感情表現はダイレクトだ。日本人のように、弱みを見せまいと、あるいは相手にまでつらい共感を強いる結果になっては申し訳ないと、無理に微笑んで見せたりしないのだ。悲しみを隠したりはしない。

——小さいとき、ＬＲＡに連れ去られました。

辺りの空気が重く冷たいものに変わったのを棚は感じた。ＬＲＡとは、「神の抵抗軍」という名の反政府組織だ。村を襲撃して物資や食糧を調達、子どもを誘拐し、兵士に仕立てるという、その非道さと残虐性で悪名高い武装ゲリラだった。

――ババイレはそのとき、家で母親の手伝いをしていました。私は祖母と畑にいた。村の方で銃声が聞こえたので、祖母が私を近くの藪に隠した。祖母は一人で様子を見に帰った。私は、待った、待った……。けれど、いつまで待っても迎えに来てくれなかった。暗くなりかけたので、一人で藪から抜け出して家へ帰ると、祖母は戸口のところで銃で撃たれて死んでいました。中では母が、両眼をつぶされて意識がなかった。そして、ババイレはどこにもいませんでした。

ナカトはちょっと息を継いだ。棚は目を閉じた。誰も口を挟もうとしない。触れば冷たい鋼のように、重くなった空気を、再びナカトの声が揺るがした。

――村の男たちは、その数日前、ほとんど全員殺されていました。父も夜中に連れ出され、皆といっしょに学校の裏で射殺されました。夜明け前に銃声が聞こえたとき、母や祖母は悲鳴を上げて泣いた。村に残っていたのは、女、子ども、年寄りだけ。彼らは何でもできた。やりたいこと、なんでも。

ナカトは、目を伏せて、口を閉じ、小さく左右に首を振った。それからまた続けた。

――母も間もなく亡くなりました。隣村に嫁いでいた叔母が、夫と一緒に助けに来てくれました。私は叔母のところへ引き取られました。でも、そこも生活が大変だったので、私は、自分はそこを出ないといけないと感じ、一人で村に戻ったんです。村には、ちょうど、中央から政府軍といっしょに視察に来ている人たちがいました。私は思い切って、彼らの中で、一番優しそうな人の前に出て行って、「私は孤児です。助けてください」と言ったんです。彼は私をカンパラにある、キリスト教系の孤児院へ連れて行ってくれました。私はそこで、教育を受けました。

ナカトは大きなため息をついた。これと同じことを片山海里も聞いたのだろう、と棚は思った。ナカトは再び続けた。

——私たちはふたごです。それも、特殊なふたごでした。二人でいっしょにいれば、言葉がなくても、お互いのことが分かりました。痛みでも、喜びでも、憎しみでも。相手が感じていることはもう一人も感じることができました。ババイレが連れ去られてから、私は気が休まるときがありませんでした。いつも緊張していました。それはババイレがそういう状況にあるからだと分かっていました。夜もまともに眠れませんでした。そしてあるとき、私は、ババイレがもう、この世にいないのだと分かりました。

ナカトは再び、ため息をついた。話すたび、そのときのことが甦るのだろう。つらい仕事を、継続しようと意志する人のように、大きく息を吸い込んで、また話し始めた。

——突然、雷に打たれたようでした。総毛立って、心臓が止まったかと思った。私は大声をあげてその場に倒れ、ベッドに運ばれました。気がついて、辺りをきょろきょろ、見回しました。知らない国の浜辺に、一人で打ち上げられたような気がした。それから、ずっとそんな気分です。それに少し慣れると、今度は胸が痛くなりました。ババイレはもういない。けれど、私はババイレに会わなくちゃいけない。彼女が死んだところへ行きたい。そう思うと、もう、それ以外考えられなくなりました。でもLRAは転々と居所を変えています。彼女を連れていった部隊がどういうルートを辿っているのか、彼女がどこで死んだか、必死で探そうとしましたが分かりませんでした。十六になったとき、孤児院を出て、最初に私を助けてくれた人のところでメイドとして働きました。その人は外国人だったので、数年たつと、自分の国へ帰って行きました。次の勤め口も紹介されたけれど、そこへは行かなかった。私はその頃、ダンデュバラの噂を聞いていたので、彼なら、ババイレの死んだ場所が分かるかもしれないと思ってここへやってきたんです。そうしたら、ダンデュバラは……。

と言って、ナカトは少し笑った。

——それは、カタヤマが知っている、と言うんです。カタヤマ？　って私、何のことだかまったく分からなかった。ジンナジュの一種かと思った。でも、ダンデュバラはそれ以上何も話してくれない。仕方がないから、小屋の外へ出て、カタヤマってどこにいるの、って聞いたら、あの人だよ、って中国人みたいな人を指さすので——私がメイドをしていたところの近くに住んでいた中国人によく似ていたので、そう思ったんです——びっくりして、近くまで行って、ダンデュバラがこう言うのだけど、って話しかけると、ああ、君が来ることは、僕のジンナジュから聞いていたよ、って言ったんです。

──「僕の、ジンナジュ」、か。

棚の隣で、三原が呟いた。

──そう、そう言いました。けれどあまり嬉しそうではありませんでした。私はカタヤマを知らなかったので、そういう人なのだと思っていましたが、あとから、カタヤマはあのとき、自分が生きている間はこの仕事は終わらない、ということが分かっていたのかもしれない、と思うようになりました。とにかく、私が期待していたようには、ことは運ばなかった。

ナカトは話しながら、当時の落胆まで鮮やかに感じるのか、急に気落ちして見えた。

──キジャニがくる、それからだ。ダンデュバラは、私に、ここにいて、キジャニを待てばいい、とカタヤマは困っていました。ダンデュバラは、私に、ここにいて、キジャニを待てばいい、と言いました。その頃は、ちょうど「クリニック」を開こうとしていたときで、人手が要ることもあったんです。カタヤマは、他のクライアントと会ったりもしていましたが、帰国するまで、ずっと私のババイレのことを考えていてくれました。「それでも、キジャニは来る」。ジンナジュはそう言い続けるのだそうです。あるときカタヤマは、ああ、ミドリ、かなあ、と言いました。

あまりにも突然、自分の本名が出てきたので棚は驚いた。三原は、

──キジャニ、って、葉っぱなんかの色を指すとき使う言葉。まあ、英語のグリーン

みたいなもの。グリーンは、つまり、緑、って連想したんだな。

——で、なんでそれが私？

心の準備もないのに、突然大役を振られたような気がして、棚は戸惑《とまど》った。

——よっぽど窮したのかな。片山と会っていたときは、まだ、「ミドリ」って名乗っていただろう。

——それはそうだけど。

日本語の会話が一段落するのを待って、ナカトは話を再開した。

——帰国するとき、カタヤマは、申し訳なさそうにババイレのことを謝って、でも、もしかしたら、日本人の「ミドリ」が来るかもしれない。そうしたら、その人がババイレのことを教えてくれる、そう思う、と言ったんです。それは、カタヤマらしい言い方でした。他のウィッチ・ドクターは、皆「言い切る」んです、何々だ、と。でも、カタヤマは、たいてい、僕は思う、で始めました。

学者としての片山海里を考えると至極当然のことだが、ここでは奇異な癖に見えたのかもしれなかった。

——……あなたは、ミドリ？

ナカトは、棚の目を見つめてそう訊いた。けれどもう、ナカトは知っているのだ、と棚は思った。どうやってかは分からなかったが、最初から、彼女は棚の本名を知っていたのだ、と。

――そうです。

棚はうなずいた。頭のどこかで、名乗ったらおしまいだ、もう逃げられない、という声がしたが、ここまできたら、観念せざるを得ない、と開き直った。自分で分かっていてこの運命を引き受けるのだ、何かに操られているのではない、というプライドのようなものもあった。ナカトはまた、ため息をついた。けれど、さっきまでのそれとは違っていた。安堵のような、畏れのようなため息だった。

――それなら、あなたがこの国にいる間、私も一緒にいていいかしら。運転はできないけど、少しは通訳もできるし。

哀願するように棚ににじり寄った。有無を言わさぬ迫力があった。

――……かわいい妹さんだったのね。

棚は、少し距離をとるような言い方をした。違う、と、ナカトは首を振った。

――そういうのじゃないんです。死んでいるのは、私の半分なの。どこに死んでいるのか分からないと、もう半分まで死出の旅にいるようなものなの。

そう言って、顔を歪ませた。ここまで比較的冷静に話していたナカトが、初めて見せた顔だった。棚は、覚悟した。

――……いいわ。でも、私には、ババイレの居所を突き止められる自信は全くないのよ。そもそも、ウガンダの観光リサーチのような仕事なんだから。それを手伝ってくださるんなら大歓迎だわ。それでもよかったら。

ナカトの顔が、パッと明るくなった。

——きっと、あなたは、連れて行ってくれる。

だから、そんな期待をされても、と棚が念を押そうとすると、

——どこに行くつもりだったの、これから。

と、三原が訊いた。棚がいくつかの地名を挙げると、

——それなら、途中で通るから、僕たちの車に乗っていく？　君の運転手はしばらく休ませないといけないでしょ。

棚は、今日のうちにはマティも回復するだろう、と思っていたのだが、三原がそう言ってくれるのなら、と有り難く申し出を受けることにした。ナカトの準備を待って、昼頃にここを発つことになった。

——「キジャニが来る、それからだ」、か。

祠を出ると、片山海里が言っていたという言葉を繰り返し、三原はため息をついた。

それから何を思ったか、からかうように、

——ダンデュバラの言う通りだと、君には海里のジンナジュが憑いてるってことじゃ

ないか。ついでにお祓いしてもらう方が良いんじゃないの。

——ああいうものは、彼も言うとおり、精神界の産物よ。仮に彼の言う通りだとしても、今まで体を壊すとか、別になかったんだから……。

そう言いながら、棚はふとマースのことを思い出した。あの病気は……まさか。おっと、こういう懐疑を身の内に巣食わせたらいけない。自分からダバを引き入れる道をつけていくようなものだ。霊媒師たちが「当たる」のは、霊の存在を信じたい「クライアント」が、無意識に協力するからだ。

ふと心に浮かんだマースの病気を、無理に打ち消すようにして、話題を変えた。

——ダンデュバラの言ってた、「ダバが世界にとり憑く」って、エルニーニョとかラニーニャ現象のことかしら。ダンデュバラの「翻訳」を更に翻訳すると。

——ダバが大きくなるってこと？「翻訳すると」そうだろうね。

——じゃあ、「悪い呪術師」って？

——さあ。人間のことじゃないかも知れないよ。人の欲望とか、どうしようもない大きな流れとか。

——グローバルな？

——最近、「グローバル」をつけて呼ばれているもの全ての、根本にあるものに、もっと近いかもしれない。

――グローバル・ウォーミング、とか。

――それはダバが巻き起こした結果の方で、因《もと》ではない。……いや、ちょっと待って。……なんか俺、今、すごくダンデュバラっぽく言わなかった？

――言った。

三原は眉間に皺を寄せた。

――……言ったよ、なあ。

その考え込んでいる姿を見て、やはりずいぶん痩せた、と棚は思った。奇妙な痩せ方だった。腹周りはむしろ、太ったのではないかと思うほど膨れて見えたが、頬の肉は削げていた。顔色も悪かった。時折、浮かれているように聞こえる口調は、昔からのもののようでもあり、何か、それとは違う、病的なものに由来する熱っぽさのようにも感じられた。

――気にしないで。それより、車はどこに駐めてあるの。

――こっち。

祠の横を抜けると、数台の車が駐まっている礫地に出た。藪との境には、コウノトリの仲間で最大の、けれどコウノトリという名前の持つめでたさとは全く反対の、不吉で陰気な印象のハゲコウが、何か重大な事実を隠し持っているこの地所の番人のように、微動だにせず立っていた。三原は、もとは白かったのであろうランドローバーに近づき、ドアを開けると、後部座席の荷物を片づけ始めた。増えた乗員の席を作ろうとしているのだろう。

アフリカ風のエスニックな服や雑貨、アクセサリー等を扱っている彼の店は（棚は行ったことはなかったが）経営も順調で、日本では支店も構えるほどになっていた。「稼がないとね。生きているだけで、金がかかるからね」と、昔、彼がよく口にしていたのを、棚は覚えている。薬代のことだった。

今はその頃と違い、抗ＨＩＶ薬も進歩し医療制度も充実してきたが、当時、ＨＩＶに感染した発展途上国の人々は、主に経済上の理由でエイズを発症し死んでいった。どんなにきれいごとを並べても、命の対価と言うのは、現実の、ある側面には存在する。「僕なんかが生きてるのは、まあ、もったいないような贅沢な道楽だとしみじみ実感するよ」と、カプセル入りの薬を飲みながら無表情に言い捨てたこともあった。ＨＩＶポジティヴになりながら日本に帰らない理由を、三原はよく、「こっちにいれば生活費だけでも安くすむ」と言っていたが、あながち冗談ではなかったのかもしれなかった。

――見る？　商品サンプル。

ＮＧＯと提携して、小物やアクセサリーなど、現地で調達できる材料で現地の人々に作ってもらう。その際デザインは予めこちらで用意しておく。三原は取引先に持って行くサンプルの写真を棚に見せた。アフリカらしい鮮烈さとパワーにあふれたそれらのデザインは、棚の驚いたことに、ほとんど三原の手によるものだという。

――日本で陳列するときは、バックを黒い布地か何かにするように言っている。そうすると原色が映える。黒人が原色を着るとはっとするくらいきれいだろう。同じ理由だね。

そうやって作られた品々が彼らの現金収入にもなり、三原たちも利益を得る。どうしても現地で調達できない、加工用の薬品などは、三原たちがナイロビから運ぶ。今回もそういう、民芸品の買い付けも兼ねた「ビジネス小旅行」の途中なのだった。

十六

車窓を流れる景色に、時折、人家が混じる。簡素な草葺屋根の上に、洗濯物が無造作に広げられている。珍しいような懐かしいような、不思議にのんびりする光景だった。屋根の上に直に洗濯物を広げるなど、それまでの人生で見たこともない風景のはずなのに、懐かしい気持ちがするというのもおかしな話だったが、何でもない日常の確かさが、そこから匂い立ってくるように棚には感じられたのだった。水牛のように堂々とした角を冠した牛が、群れになって道を歩いて来る様も圧巻だった。牛の体は、角と比するとバランスを欠くほど痩せてはいたが、精悍だった。日本の牧場にいる、肥え太った牛の方が体重や大きさでは遥かに勝っているだろうが、比較にならない強烈な存在感があった。そういう野武士のような牛たちが、車の両脇を、ちらちらと車内にいる人間に視線を遣りながらそれぞれのリズムで歩いて行く。群れで移動しているのに、マイペースの余裕を感じさせた。

棚は、おお、とか、うわ、とかの感嘆詞しか出せなかった。一個の生命体として完全に位負けしているのを感じた。

——牛は、道を歩いてはいけないって、一応、言われてはいるんですけど。

ナカトが申し訳なさそうな顔をした。

——どうして？　牛だって、道を歩く方が楽でしょうに。

さっきの牛の群れに、牛飼いがついていたようには見えなかった。牛が勝手に歩く分には仕方がない、ということなのだろうか。

——交通の邪魔になるからって。

それも牛の知ったことではないだろう。迷惑はお互い様だ。

車は上下左右斜めに激しく揺れた。水溜りを避けきれずに片方の車輪だけがはまると、それが思いもかけぬ深い穴で、車体ががくんと傾き、そのままひっくり返るのではないかと、かなり真剣に怖れることもあった。そういうとき棚は、無意識に反対側に向かって体の重心を移動させていた。

――もう少ししたら、ムベンデ・ロードに入るから、そうしたら、ちょっと楽になるよ。

三原が振り返り、そういう棚を笑いながら労った。

――ムベンデ？　ムベンデに行くんですか。マシンディではなくて？

横からナカトが意外そうな声を上げた。ムベンデはウェンジョから西へ、マシンディは北西の方角に、両方とも車で半日ほど走った場所にある。

――マシンディには行かない。ムベンデに途中寄って、そのまま西へ行くつもり。

それを聞くと、ナカトは急に早口でまくし立てた。

――北の方が、いいと思います。大きな滝もあるし、サファリのできるナショナル・パークもある。ゲリラも……。

マシンディからもっと北へ向かえばマーチソン滝国立公園だ。ウガンダ最大の国立公園で、アフリカ大陸でもっとも壮観と言われるマーチソン滝がある。ゾウ、ワニ、ライオン等の動物も見られる。その辺りから更に北の国境にかけてＬＲＡが出没し、公園が閉鎖されていた時期もあった。だがもう再開しているし、ナカトはナカトなりに、棚は当然観光リサーチの一環としてマーチソン滝国立公園を訪ね、その過程でＬＲＡに連れ去られた妹の行方に関する情報を仕入れてくれる、と予測をつけていたのだろう。

——北の方に妹さんがいるって聞いたことがあるの?

——それはないけど、子どもも兵士は大勢、北の方で解放されているし……。

焦るナカトの気持ちも分かった。もし、今明らかに彼女の妹が危ないというのなら、棚たちもそのことを優先して動いただろう。が、どうもそうではないらしいし、棚には棚のプランがあった。

——ムベンデにナカイマ・ツリーがあるでしょう。片山さんはそこにも立ち寄ったらしいの。そして、ムベンデのもっと先に、ルウェンゾリ、「月の山」がある。私はそこへ行くことにしていたの。

その麓の集落で、登美子の知人も活動しているはずだった。ルウェンゾリ山のある国立公園一帯は、標高五千メートルを超す、万年雪を頂く峰々を持つ山地で、コンゴとの国境に近く、内戦の折には多くの難民が山に入り込み、薪燃料にするため樹木を伐採した。その森林再生プロジェクトに参加しているのだと聞いていた。が、今回は会える余裕があるかどうか、まだ分からない。棚がルウェンゾリへ行きたいと思ったのはそのこととは直接関係なく、そこが熱帯雨林から湿原、草原、山岳地帯と、さまざまな植物相や動物相を持つ不思議な場所だからであった。森林ゾウや、マウンテンゴリラ、チンパンジーなどの観察も、地元のエコツアー団体と相談したら可能だろうし、少し離れた周辺には茶畑もあり、リゾート地のような場所もあるようなので、おいしいお茶を飲みながら、山脈を楽しむ、というプランも観光情報として提案できそうだった。もしそうなったら、地元も少しは潤うだろう。

——僕は、その近くの、フォート・ポータルへ行くんだ。途中のムベンデはいつも、休憩地点として車を停めていたところだったから、じゃあ、乗ってく？　ってことになったんだよ。

三原も、ナカトの目をじっと見ながら説明した。ナカトは、でも、と食い下がろうとした。棚は、

——よく考えてみて。どうして、私、だったのか。北に行きたいのだったら、他の人でもいいわけでしょう。北へ行く人はたくさんいる。でも、私、でなくてはならなかった、としたら、それは、私のプランに関係があるとも言えるのではないかしら。

ずっと前のめりになっていたナカトの姿勢が一瞬後ろに引いたように感じられた。視線を落とし、小さな声で、

——……そうです。本当にそうだった。

ナカトは率直で、賢い、と棚は思った。たぶん棚より一回り以上若いだろうが、不幸な生い立ちにも歪められることのなかった生来の素直さがあった。

——けど、ジンナジュはそこまで考えているのかなあ。

三原も英語で言った。

――ジンナジュは考えない。ただ、知っている。

ナカトが抑揚《よくよう》もなく返した。その言葉の調子で、もうこの話題を引きずらないほうがいい、と本能的に棚は思い、三原がむきにならなければいいが、と秘かに祈った。その甲斐あってか、三原もそれ以上会話を長引かすことなく黙り込んだ。車内にいるのは、四人だけではなさそうだと思った。

車窓を流れる風景に、だんだんと湿地が混じってきた。

――あれ、何かしら、写真で見たことがある気がするんだけど。

日本なら葦が生えるような環境で、巨大なカヤツリグサのような植物が群生している。運転していたチャンバがちらりと外を見て頷いた。

――パパイラース。

――パパイラース？

――パピルスだよ。

三原が通訳する。

――ああ、そうか。

過去に読んだ様々なパピルスに関する知識が一瞬棚の脳裏に去来した。パピルスが自生しているような場所なのだ。標高が高いのでそれほど暑さを感じないが、ほとんど赤道直下といってもよかった。

——パピルスもどんどん減っていて、ナイルもエジプト辺りになると、もう生えていないんだ。この光景もいつまで持つか。

——あの、古代のパピルスと同じパピルスが目の前にあるなんて夢のようだわ。

棚がそう言うと、チャンバは急に車を減速させ、道の端に停めた。そしてドアを開けて何も言わず車を降りて行った。

——どうしたのかしら。

——パピルスを採りに行ったんだよ、君のために。

——優しいなあ。

棚は感激して両手を握りしめた。ナカトがにこにこして棚を見ている。

——気配りができるやつなんだ。

三原はちょっと自慢げだった。

——こんなにあなたが「アフリカ人」を好きになるなんてね。

チャンバの出身がどこなのか、詳しくは知らなかったので、とりあえず、アフリカ人という言葉を使ったが、きっとこの大雑把な括りに三原は文句を言うだろうと、棚は言った瞬間予想した。が、

——嫌いだよ、概ねは。

意外にあっさりと呟いた。日本語を解さないとは分かっていたが、棚は思わずナカトを慮り、そちらへ目を遣った。ナカトはぼんやりとチャンバのいる車外を見ている。

——あ、そう。

——でも、日本人はもっと苦手だからな。

——そう。

結局、人間が嫌いなだけなんじゃない、と棚は心の中で思った。

——でも、チャンバはいい人よね。

——彼は正直なんだ。金に関しても。「アフリカ人」にしては珍しいだろう。

——「アフリカ人」って、どういう人たちなの、あなたにとって。

——部族によっていろいろだけど、都会に出てくるような奴は総体的に小ずるくて抜け目がない。台頭してくるのはすさまじい権力欲の持ち主か、そっちに活路が見いだせない奴らは、金と性交のことしか考えていない。いかにしてちょっとでも多くかすめ取るか、いい思いができるか。びっくりするような論理を持ち出して、自分を正当化しようとする。衣食足りて礼節を知る、って本当だよ。けど、国が安定してないってことは、何でもありの可能性にあふれてるってことでもあるんだ。見苦しくもあり、生き生きもしている。

セックス、と言わなかったのは、話を聞いているかもしれないナカトを気にしてのことだろう。それにしても、三原がそこまで断言するのは棚には意外だった。

——みんなそうというわけじゃないでしょう。都会へ行くのだって、地元では生活していけないからだろうし、一家の生命線として出てくる人たちもいるだろうし。

——でも大抵はそうだね。確かに例外もあるけど。チャンバなんかほんとに珍しいよ。

——大抵はそう、というのも乱暴だわ。せめて、そういうのが多い、くらいにしてくれない？

棚が食い下がると、三原はそのしつこさに苦笑して、

——まあ、日本だって一皮剝けば似たようなものなんだけどさ、アフリカは、なんていうか、カリカチュアみたいに鮮やかなんだよね、それが。なんのオブラートにも包まれていなくて、剝き出し、生、なんだ。人間の本質が、すっきりと現れてる。余計な装飾がない分、分かりやすくて楽だよ。うんざりもするけど。

ナカトが、さっきから何を言ってるの、というような顔をして棚の目を見たので、「ミハラが、アフリカ人は自分の感情に正直な人たちだって言ってる」と、訳すと、それを聞いた三原は、ナカトに向かって大真面目で頷いてみせた。その調子の良さに、噴き出していいのか、呆れて見せればいいのか、しかし、どっちにしたところで勘の鋭いナカトは、棚のちょっとした反応から会話の内容を見抜くだろう。もう見抜いているかもしれない。それで棚は、無表情をつくって窓の外を見た。そうは言っても三原は、彼

らをきちんと対等な人間として見ている。だからこそ、「うんざり」もするのだ。搾取するか施しを与えるか教化するか、そのどれかの対象としてしか見ない人々よりは、よほどましだと思い返した。

――なんだかんだ言ったって、好きなんでしょ、アフリカ。

三原は嫌そうに、

――そういうふうに、安易に決めつけないでくれるかな、自分の安心できる着地点にさ。

棚はちょっと考えて、

――そうね、確かに出過ぎたことでした。すみません。

と、素直に謝った。

――そんなにすぐに反省するなよ、って言ってるだろう、昔から。

そういえばそうだった、と棚は思い出した。

――でも、悪いと思ったらすぐに反省するのが、私の唯一の長所なのよ。

――じゃあ、短所はその反省が次回に全く生かされてないってとこだな。この会話、前にもやったよ、覚えてない？

――アフリカについて？

――そう。海里といるとき。

棚は思い出そうとした。が、そういう記憶がない。

——そうだっけ。

そのとき棚の横のドアが開いて、チャンバが緑の薪束のようなパピルスを、花束を差し出す人のような笑顔で棚に手渡した。緑と沼地の匂いが車内に流れ込んだ。

——まあ、ありがとう。すごい。

——これで、一本分。

三六〇度、放射状に穂を出したススキのようなてっぺんがにぎやかだ。四、五十センチほどに切られた三角柱状の茎が十本ほどある。太い順に繋げていって、最後にこのてっぺんを載せれば出来上がり、なのだろう。

チャンバは運転席に戻って、また車を走らせた。

——堪能したら、どこかに置いておいで。

三原が言った。

——一応、採取が規制されているから。

——でも、みんなこれで屋根を葺いているし、籠も編んでるし。

チャンバが、気にすることはない、というように棚に声をかけた。棚は三角形の断面を触り、

——ふかふかして、ズイキみたい。規制されているって、どういうこと?

——何ヶ月に一回しか採ってはいけない、とか。政府が湿地保護政策に乗り出しているらしいよ、外国から言われて。確かに、砂漠化は北の方からどんどん進んでいる。それは僕なんかが見てても分かるぐらいの勢いで。

三原は、湿地保護、砂漠化、という言葉を英語ではっきりと言った。これで、自分たちの会話の内容を車内で共有できているつもりなのだろう。実際、ナカトも頷いているので、通じていることは確かだった。

——砂漠化が進んでいるのは聞いていたけど。そうか。ということは、湿地も干上がっていってるってことよね。雨量も少なくなってる?

——もともと降ればどしゃぶり、って言葉そのままの雨だけど、最近ではあまり降らない。旱魃で作物にも影響が出ている。これから行くルウェンゾリだって、もともと湿気の多いところだったんだけど、近頃随分変わってきているらしいよ。湿原も小さくなっているらしい。

——氷河がすごい勢いで減少しているらしいわね。

——そのうちなくなるって話だよ。

棚はため息をついた。気がつくと外はアカシアの木がまばらに生える草原になっていた。しばらくそれを眺め、ふと思い立って、横にいるナカトに、カタヤマがナカイマのことについて何か話していたか知らないか、と訊いた。ナカトは、それは覚えていないけれども、ナカイマなら、自分の友達の曾祖母さんが子どもの頃、生きている彼女に会ったと聞いている、と言い出した。ええ、本当？　と驚きながらも、棚は内心半信半疑である。

ナカイマ・ツリーはウガンダに残る樹霊信仰の総本山のような木だった。ムベンデの町から四キロほど離れた、ムベンデ・ヒルの平坦な頂上に今も植わっている。様々な伝承があるが、地元で信じられているのは、これはナカイマという不思議な力を持った女性が変身した樹木で、今も彼女は生きており、人々の願いを叶えてくれる、という説である。近隣から多くの参拝者が集まり、町にはナカイマ・ロード、ナカイマ・ホテルなど、ナカイマの名を冠した施設が多い。行政でさえ、彼らの強固な信仰には敬意を払い、これは敵対しないほうが得策、と遇しているという。

ナカイマという女性については、彼女が消えたり現れたりを自在にできた霊能力者であり、最後に木に変身した、と言われていること以外、あまり多くの情報は残っていないが、近年、彼女の遠縁のものだと名乗る女性が現れ、詳しい伝記を語り伝えるようになった。片山海里は、ここを訪れ、その女性に会っていた。だが、そのインタビューの内容について片山はあまり語っていない。ただ、「死んではいない。消える時期が来たので消えただけ。ついには木に transformed」と書き残していただけだった。

棚は、ずっとその言葉が気になっていたのだった。

十七

やがて陽も傾き始めた頃、道の両側に屋台が立ち並ぶ一郭が見えてきて、三原が、もうここはムベンデだよ、と告げた。

チャンバはスピードを緩めて路肩に車を停めた。早々と店仕舞いを始めている屋台もあったが、あちらこちらからまだのどかに炭火の煙が立ち昇っていた。それぞれ店先にドラム缶を切って作った炉がしつらえてあり、若い男性や男の子たちがうろうろしながら、肉やトウモロコシ、キャッサバなどを焼いている。誰がそこの「担当者」なのか、皆目分からない。

彼らのあっけらかんとした「うろうろぶり」には、アフリカのあちこちで見かける――いつまでたっても前へ進まない役所の窓口への行列や、いつ来るか分からないバス、開店時刻を大幅に過ぎても開かない店を、気長に待っているときなどの――「時間の潰し方」に共通するものを感じる。ただひたすら雨が降るのを待つだけの農法なども。何かをじっと待つことや、さし当たってすることがない、という状況に何の痛痒《つうよう》も感じていないように見える。当人たちから、焦りや、不快さや、苦痛がまるで感じられない。

変な言い方だが、何もしないでいることに、肩の力が抜けている。先祖の体験した長い間の被支配や、不都合な状況に慣れきってしまった末の、諦めから獲得した適応力なのか、それとも生来のおおらかさなのか。おそらくそのいずれでもあるのだろう。もっとも女性はそれでも、何かしら働いているのだが。

棚がそんなことを考えている間に、運転席のチャンバは車を降り、屋台の方へ向かっていった。買いに行ったらしい。動きにためらいがないから、三原とのコンビでは、暗黙の了解で彼が動いているのだろう、と棚は想像した。

——ここの焼き鳥がおいしいんだ。

三原は携帯電話を取り出しながら、

——これから町へ行ってホテルに一泊するけど、その前に、ナカイマ・ツリーへ行く？

——暗くて見えなくなるってことはない？

——ある。でも、懐中電灯もあるよ。ちょっと待てよ、ライト・アップされてなかったかなあ。

——初対面でそんな出会い方をしたら、印象にバイアスがかかるから、今日は早く休んで明日の早朝に備えましょうよ。

三原を早く休ませないといけない、と棚は思った。本人は何も言わなかったが、振り返った顔に、疲労が出ていた。三原はホテルに連絡し、今から四人行く旨伝えている。チャンバが、一本四十センチはありそうな巨大な焼き串（木製で、手作りだった）に刺さった焼き鳥を、扇の骨のように、片手で四本、持って帰ってきた。

——あのうろうろしている男の子たちは、あそこで何をしているの。

——バスがちょっと立ち寄ったりするときに、一斉に売り子になって窓に群がるんだよ。

棚は黙って大きく頷いた。

ホテルは町の中心部にあった。看板がなければホテルだと分からない、殺風景な建物で、その看板も、言われなければ見過ごしただろう目立たないものだった。三原によれば、このホテルが町で最も、治安とサービスと値段でリーズナブルだということなので、念のため、ホテルの外観をカメラに収めた。

棚とナカトには奥の方の部屋が当てがわれ、自分たちで荷物を運んだ。疲れ切っているときはともかく、自分で運べるときは、これで全く構わない。その分「リーズナブル」であれば。そのことも、一応記事には書いておこう、と思う。

部屋は思ったより広かったが、トイレとシャワーは共用だった。

焼き鳥で満腹のような気がしたが、ナカトを誘って下のフロントまで行き、近くにいい食堂がないか、彼女に訊いてもらった。その方が、「観光客用」でない店を紹介してくれそうな気がしたからだ。が、「観光客用」も何も、そもそも店の絶対数が少ないのだから、「今食事ができる店」という条件で得られる情報で十分なのだ、とあとで気づいた。

——一番近いのは、ここを出てすぐ左の角にある店だそうです。

——夜だし、近い方にしましょう。

女性二人で夜飲食するということが、この辺りでどれほどのリスクを伴うものなのか、よく分からなかった。が、出歩くのが危険だとしたら、三原たちも前もって言うだろう。それにまだ暗くなったばかりだし、ナカトも平気な顔をしているし、フロントも気軽に応じている。大丈夫だろう、と踏んで、棚はナカトと共にホテルの外へ出た。

どこかでダンス・パーティーをやっているのか、絵にかいたような「騒音」が流れてくる。草原や湿地の中を走ってきた目には、建物が隣り合って建っているだけで「文明」の息吹が感じられる。それでも、星が見えないほどの光害では到底ない。空や道路の向こう、建物の裏などあちこちに、本物の闇が口を開けて待っている。そこから風が、驚くほどひんやりと吹いてくる。

たぶんここだろう、これしかない、という建物にあたりをつけ、入口らしいところを入った。それは正しかったのだが、見かけも内部も、ひどく照明の暗い食堂だった。決して雰囲気を狙っているわけではなく、電力供給量の問題だろう。客はほとんどおらず、いたとしても棚には従業員との見分けがつかなかった。普通のTシャツを着た男が立ち上がり、注文を取りに来たので、彼がウェイターなのだろう。ナカトの「お勧め」に従い、ビールやいくつかの料理を注文した。

——カタヤマは、冷たくしてくれ、ってよく言ってましたけど。冷やしたのにもしてもらえますよ、と気遣っているのだろう。

——私はそれほどこだわらないの。冷たいのもおいしいけど、温《ぬる》いのも体にいいかな、と思うから。

ナカトは顎をしゃくり上げるような頷き方をし、

——そう、そう。ねえ、そうですよね。私もいつも、カタヤマにそう言いました。

——でも、日本人の男性ならまず例外なく、ビールは冷えてる方がいいでしょうね。

——なぜですか。

——そういうものなのよ。

「喉越し」がいい、ってどう言えばいいかしら、と頭の中で考えながら、

——喉を通るとき、刺激する、それがいいんでしょう。

棚は両手の人差し指で、喉をちくちく刺す仕草をした。

——分からない。

ナカトは大笑いした。それがそんなに面白いかしら、と思いつつも、つられて棚も笑う。笑っているところに、ビールが運ばれてきたので、乾杯。さすがにやはり、温いビールは心の底からおいしい、とは言えないなあ、とこっそり思う。

——どうですか。

——うん、おいしい。

棚はうなずく。外国で、出された食べ物を本当においしいと思ったら目を丸くして褒め称え、まあまあ食べられる、と思えば、今のように静かにおいしいと返し、全く口に合わなかったら、興味深い味だ、とコメントするようにしていた。

——それはそうと、ナカトは、今までナカイマ・ツリーみたいな木を見たことがある？

いいえ、とナカトは首を振り、

——木になった人間なんて、他に知りません。

そりゃそうよね、と言いかけて、突然、忘れていた記憶が甦った。

——今、思い出したわ。そう言えば、私、片山さんに、生まれ変わったら木になりたい、って言ったことがあったわ。

——へえ。

ナカトは面白そうに棚を見つめた。

──そんな人も、知らない。

──私も、私の他には。

棚は苦笑した。確か、サバンナで一本だけ屹立していたアカシアの木を見て、自分の生まれた土地の、大好きだったケヤキのことを思い出し、そのときいっしょにドライヴしていた片山に、その話をしたのだった。ケヤキは道路拡張工事のために切り倒されることになり、幼かった棚は、ひどいショックを受けて、そこから立ち直るためにケヤキの物語をつくったのだった。たわいもない物語だったが、片山はひどく感心して聞いてくれた。なんだかしみじみとして、そのことをナカトに話すと、

──ああ、カタヤマはよく、死者には物語が必要だって、言ってました。その時の死者は、その「ケヤク」という木だったのですね。

ナカトの言葉が、遠雷のように棚のどこかで響いた。周りの照明も暗く、ナカトの声も低かった。その、「死者の世界」のようなところへ、引きずり込まれそうになって、棚は現実に戻ろうと、声のトーンを上げた。

──そう言えば彼らは夕食はいいのかしら。

三原たちの方がここの土地のことには詳しいだろうから、必要があれば食べにいくだろう、と思い、誘わなかった。向こうから言ってこないのは、よほど疲れているからかもしれない、と漠然と慮《おもんぱか》っていたのだった。ナカトはそれには応じず、

──ミハラは、病気？

少し低い声で、上目遣いに訊いてきた。途中で三原が薬を飲んでいたのに気づいたのだろう。これからのこともあるし、はっきり言っておいた方がいいと思い、

──そうなの。

ああ、とナカトは腑に落ちたというように、

──カタヤマと同じ？

と重ねて訊いた。え？　と、棚は最初何のことか分からず、次にその意味するところが分かり、驚愕する。

──片山さんは、そういう病気だったの？

今度はナカトがきょとんとする番だった。

──そういう病気って？

ああ、そうか、ナカトは単に片山が弱っていった過程を三原に見ただけなのかもしれない、と思い直す。けれどももし片山がエイズで死んだとしたら、その死因が伏せられていた理由も、分からないではなかった。もしそうだとしたら……しかし、もしそうだとしても、それがなんだというのだろう。たとえ、片山と三原が同時期にキャリアーになったとしても、それは彼らのプライバシーというものだ。そういうことを「暴く」ためにここにきたのではない。

棚は三原の病名をナカトに告げようかどうか迷った。ここでは珍しい病気ではないし、クリニックに関わっている以上、偏見はさほどないと思うけれど、そこまでナカトのことをよく知っているわけではない。これからの道行にぎくしゃくしたものが入ってくるのは嫌だが、ここまで来て言わずにおくのもナカトに対して誠実ではないように思う。そうだ、三原本人に任せよう、と思いつく。

――三原さんの病名は、きっと彼が自分から話したいと思う。

ナカトは頷いた。たぶん、これで分かったのだろう。蒸しバナナやマトンのカレーが運ばれてきて、話題は料理に移った。

翌朝、まだ腫れぼったい瞼をした三原らとともに、ホテルを出発した。

ムベンデ・ヒルは、古代、宮殿が建っていたという、標高二百十三メートルの平らな丘だ。道の尽きた所で車を降りると、そこはもう「頂上」で、まだ朝靄に煙るムベンデ市街やその周辺が見渡せた。やはり朝来てよかったと思いつつ、棚は写真を撮った。少し南に行ったところに、鉄器時代の有名な土塁があるらしく、出発前、フロントでその写真も見せてもらった。かなり大きな遺跡で、そういうことに不案内な棚にも時間があれば行ってみたいと思わせるほどだったから、アフリカ考古学に興味のある人なら尚更引き付けられるだろう、とメモをとった。

ナカイマ・ツリー自体は、例えば日本の「御神木」に当たるような、人目を引く存在感のあるものではなかった。巨木であると聞いていたが、それほど「巨大」とも思えなかった。樹皮の乾き切った、名前の分からない樹木だった。上の方で一枚一枚が小さな丸い形をした葉が僅かに茂っている。ただ、こちらの痩せた牛にある、独特の威風堂々としたものは感じられた。それも、そう思って見るからかもしれない。根はしっかりと張り出していて、そのうろの中に、さまざまな「供え物」が納められていた。ナカトによると、願い事はコーヒー豆一個から「受け付ける」らしく、牛や山羊などもしょっちゅう供えられるのだそうだ。それはまた、別の場所に「奉納」されるのであろうけれど。

彼女の伝説にはいくつものバージョンがある。木に変身したという話のほかに、四、五百年前の王国の王族だったという説もあれば、一九〇七年に死んだと言う者もいる。代々続くこの土地の女系祭司の家の生まれであった、というのもよく言われることである。

棚たちは、「神殿」の傍《そば》にある、事務所らしき建物で、現在ここの祭司役を担っているイスター・ンテという女性の話を聞いた。髪に白いものの混じる、恰幅のいい女性だが、ダンデュバラに比べ、重々しい動作がかえって芝居がかって見えた。彼女は、自身の曾々祖父がナカイマの兄弟であったとして、後継者を名乗っており、従来巷で言われてきたものとは少し違う説を主張していた。

曰くナカイマはそもそも近郷のブニョロの生まれで、皆から尊敬を集めている呪術医としてムベンデ・ヒルにやってきた。当時近隣を支配する王国間で紛争があり、その調停に活躍したりもした。彼女は半神であり、死なない。ただ消える時期が来たので、消えたが、あまりに人々が彼女を慕い、嘆き悲しむのを見るに見かね、木に変身したのだという。木に変身した後も、時折人間の姿に戻って人々の前に姿を現しているのだそうだ。

——ナカイマは事実、過去、二回私の前にも現れてくれました。ほら、この護符を渡してくれたのです（と、ネックレスのようなものを見せる）。ナカイマは呪いのために術を使うことはなく、彼女の術は常に治療のためと、人々を楽しませるためです。彼女に祈れば、何でも願いを叶えてくれます。あなたの結婚生活が安定したものでないとき（ここで彼女は棚の目をちらりと見た）。仕事を成功させたいとき、とか（ここで三原たちの方を見た）。金持ちの男性を探しているとき（ここでナカトを見た）、とか。願い事は私が取り次ぎ、彼女の言葉を通訳します。ただ、最近彼女は写真を撮られることにひどく疲れているのだと私に話してくれました。それで、写真を撮る場合は料金を頂きます。

最後の一言と、その前の言葉との繋がりがよく分からなかったが、チャンバの通訳はきっと、正確なのだろう。こういう害のなさそうな「呪術」を面白がる観光客もいるか

もしれない、と、一応メモをとった後、
——七、八年ほど前、カタヤマという日本人が来ませんでしたか。
——日本人かどうかは覚えていませんが、中国人は何人か来ました。
東洋人ということです、と、ナカトが耳打ちした。
——呪術医のリサーチをしていた人です。
ンテ女史は、少し眉間に皺を寄せ、
——来ました。
棚はほっとする。
——その人はどんなことを訊いていましたか。
——クライアントの話の内容は伝えられません。
あ、一応ちゃんとしている、と見直しながらも、
——でも、彼はリサーチャーですし、実は、もう亡くなっているのです。
ええ、とンテ女史は落ち着いていた。
——そのことはナカイマが教えてくれました。
——いつ？
——彼が来たときと、たった今、あなたが彼のことを話したとき。
——彼が来たときというのは？

ンテ女史はしばらく黙っていた。ナカイマとコンタクトをとっているのかもしれない。

——……彼はここへやって来て、洪水と旱魃とどちらが怖いか、と問いました。ナカイマは、どちらも怖くない。大きな流れの中の一場面に過ぎないから。と答えました。ナカ私は忘れていましたが、ナカイマが今、思い出させてくれたのです。このことを、あなた方に告げろと言っている。

ンテ女史は、目を閉じた。結んだ手が僅かに震えている。

——それから、ナカイマは彼に、あなたは私のようになる、と言いました。

——それは当たっています。彼はその後、呪術医になったのです。呪いをかけない、いい呪術医に。

——彼が待っている、と。

それだけ言うと、ンテ女史は大きく息を吐き、汗をぬぐった。

——すごく重大な意味があるように思うんだけど、それが何なのかまったく分からない。

ムベンデ・ヒルを後にし、フォート・ポータルへ向かう車中で、棚はぼやいた。それからナカトに、

——彼女は本当にナカイマの親戚だと思う？

ナカトは困ったように口ごもり、

――本人はそう言ってますよね。

――ああいう人は多いよ。全くの眉唾かと思えば、ときどきこっちがドキッとするようなことを言う。人の顔色を読むのに長けているんだ。彼女が本当にそうかというのは、まあ、五分五分だけど……。

三原が顔半分、振り返りながら口を挟む。

――シャーマン的な力はどうなのかしら。勘がいい人だとは思うんだけど。

――力はあります。

ナカトは真顔で答えた。

ふうん、と、棚はナカトを眺め、それから窓の景色に目を遣った。進行方向にたびたび、朧ろに浮かんでいた山脈は、フォート・ポータルに近づくにつれ次第に鮮明になり、存在に威圧感が増していった。三原が大きく息を吐いて、

――山、ずいぶん見えてきたね。こんなことってないんだよ。あの辺、いつも雲に覆われていて。

――見えてきた、見えてきた。

棚はそれがどれほど珍しいことなのか、最初はよく分からなかったが、風景にあまり感動する質ではないと思っていた三原が、しばしば声を上げ、チャンバまで体全体で頷

くようにそれに共感しているのを見るうち、やはり、これは相当稀なことなのだろう、と実感するようになった。

牛の群れが、頭上にそれぞれ三日月形の角を抱え、左右に揺らすように山の方角へ向かっていく。赤土に染まった、鋭い細身のタカのようなアカトビが視界を横切り、それから体を傾け、山を目指して高度を上げていく。近づいてくる、月の山ルウェンゾリ。世界が、フロントガラスの向こうで、そこへ集約されていくのを見るようなドライブだった。

十八

車がフォート・ポータルの町に入ったときは、だから、もうここが旅の目的地で、終わりなのだ、という気分が棚の中のどこかで、すでに生まれていた。

ホテルは中心地から少し離れたところにあった。車から降り、そこに迫っている山肌を眺めると、

——終着駅のような町ね。

思わずため息をついた。

——まあ、それはよく言われるよね。ここでも、標高が千六百メートルある。でも、

今までみたいな道路じゃないけど、ここからだってそれなりに南へも北へも、コンゴ側へだって、もちろん、道はあるんだけれど。

——でも、こうやってみると、ルウェンゾリの向こう側で世界は消えている感じがする。

——消えているか……。

三原はそれだけ言って、黙った。

ロビーで、日本人の男性が待っていた。ドライブ中も三原が電話でやりとりしていた、現地の村々との仲介役を請け負っているNGOの一人らしかった。三原やチャンバとはもちろん旧知の仲だが、棚とナカトは初対面だったので、三原が簡単に紹介した。

——こちら、千野《ちの》さん。もう十数年こっちで活動している。

その名を聞いて、棚は思わず目を上げる。

——え？　千野さんって、もしかして、「木を植える会」の？

——そうです。

千野は棚を改めて見た。

——私、登美子さんから、千野さんを紹介されていたんです。こちらに来てから、ご連絡する暇がなかったんですけど……。

——ああ、あなたでしたか。まさか三原さんといらっしゃるとは。

千野は破顔一笑、文字通り周囲の空気が一変するような笑顔をつくった。

——ここでNGOの日本人に会うって、最初から言ってたのに。

三原が棚の迂闊《うかつ》さを責めるような声を出した。

——でも、千野さんは植林が専門って聞いてたので、まさか三原さんと接点があるなんて思わなかったのよ。

——ここで活動してる日本人って、なんでもやりますよ。数人しかいないもの。まあ、どうぞ、座ってください。

千野が笑いながら皆に着座を勧め、日本人三人が同じテーブルを囲み、チャンバとナカトが少し離れて座った。千野は自己紹介を続けた。

——もちろん、専門は植林です。最初の頃は、ユーカリとかやってみたんですが、ユーカリは育つのは早いけど倒れ易くて。

——そうなんですってね。それは登美子さんから聞きました。

千野はその情景を思い浮かべているのか、一瞬微笑んだまま表情をとめ、それから、

——そうですか。ピスタチオなんかもやってみました。朝晩の寒暖の差が激しいところがいい、と聞いてたので。何回か種を送ってもらったんだけど、結局育たなくて。生育条件としては雨量や湿度とも密接な関係があったんですよね。結局諦めて、余った種はローストして酒のつまみに食べちゃいました。

――ピスタチオ？　あの、ピスタチオ？

――そう。もし育ったら、農家の現金収入になるでしょ。

三原がにやりとして、

――最初から、食べるつもりだったりして。

――え？　ばれてました？

千野は少しおどけた顔をした。冗談も言える人なんだ、と、棚は好感を持った。

――確かに好きなんですよ、ピスタチオ。

――いい色ですよね。

ピスタチオ・グリーンは棚の好きな色だった。若い頃、そういう色の服ばかり着ていて、そうだ、片山海里からそのことを指摘されたことがあった、と、突然思い出した。

――色のことは考えなかったけど。

千野は、あなた、ちょっと変わってますね、と言いたそうな顔をして、けれどそれは言わずに話を続けた。

――で、今はこちらでも自生している、アフリカマキとかジュニパーとか。圃場をつくって苗木を育てたり、育ったものを植えていったり。

――ジュニパー。あの、お酒のジンの材料になる？

――ええ。種は少し違いますけど、自生してますよ。標高二千メートル以上だと、アフリカマキよりジュニパーの方が適している。それ以下だとアフリカマキかな。あと、アカシア類も、燃材や木炭をつくるのに有用だし。とにかく、以前はそれなりに資源としてあった木々が、すっかり消費し尽くされて、目を疑うほど消えていった。内戦で山に逃げ込んだ難民たちがまず、乱伐した。それにLRAなんかも。

——LRA?

棚が声を上げると、ナカトがさっと緊張する気配がした。

——こちらにも?

——もちろん。コンゴとの国境地帯だし。

——子ども兵士とかも?

——ええ。解放されて、村に住んでいる人もいますよ。……会いたいですか?

——ええ。ぜひ。

棚は頷きながらナカトを見た。ナカトには話されている会話の内容は分からなかっただろうが、棚のこのポジティヴな所作から、何か、いい情報なのだということは察せられているようだった。顔つきが明るくなるのが分かった。

——じゃあ、その話はあとで詰めましょう。野山の荒れる原因は、以前は内戦が一番大きな問題だったんだけれど、最近はこの異常気象です。

——そのせいなのかなあ、今日は遠くからでもルウェンゾリがよく見えてびっくりしたよ。頂きの白いとこまで見えちゃうなんて。

――氷河が、以前の半分以下になっちゃってるんですよ、温暖化で。おっしゃる通り、以前はいつも雲に覆われて、降雨量もすごかったのに、最近ではあまり雨が降らなくなった。以前に較べると、ほとんど、旱魃っていっていいくらいです。降ればどしゃぶり、だけど。

――異常気象は日本もです。私の家の近くも、雨が降るとすごいです。

千野はちらりと棚を見た。

――ああ。公園のある……。

――ええ。ご存じですか。

――登美子の実家ですから。

千野は落ち着き払ってそう言った。棚は、この「親しさ」をどうとっていいのか分からない。

――え？

千野は登美子の従兄弟とか、幼友達とかなのだろうか。

――聞いてなかったんですか。言わないほうがよかったのかなあ。

――え？

まさか、と棚が思うと同時に、

——夫婦なんです。

——あ、やっぱり？　でも、登美子さん、離婚されたんじゃ……。

——いえいえ。僕があんまりこっちにいるんで、住まいは実家に移したけど、離婚はしていません。

——……知りませんでした。

——彼女、なんて言ってたんですか、僕のこと。

——……ウガンダにいる知人。

これを聞いて三原が噴き出した。愉快そうに英語でチャンバたちに説明し、彼らも笑い出した。棚は、

——彼女は、離婚して実家に帰って喫茶店を始めたのだとばかり……。

——本人がそう言ったんですか。

千野は情けなさそうな声を出した。

——そう言えば、はっきりとは言ってなかった……けど、いつも、そういう話題になると寂しそうに笑って見せたり、ため息をついて話を変えたりしてたので、てっきり……。

そう言えば、母がまず、登美子さん、戻ってこられたんですって、という情報を棚にもたらしたのだった。離婚という言葉は使っていなかったような気がしてきた。

すっかり気落ちしている様子の千野に、棚は、

——きっと、登美子さんは照れ臭かったんでしょう。

——それはない。

千野は断言した。

——そういう女ではない。

こんな客観的な言葉のあとに、一体どういう慰めが可能なのか。気の毒に思う半面、千野の言った言葉は事実であり、説得力があっただけに棚はおかしくてならず、また噴き出した。三原はもうこの話題に飽きたようで、

——その課題は君ら夫婦で追究してくれ。

と言い、さりげなく千野の持ってきた荷物のチェックを促した。千野は、おっとというように顎を引き、持ってきた段ボールを開け、中の荷物をテーブルの上に並べて見せた。すでに写真で見ていたデザインのものもあったが、以前からの定番、という商品の中には、思わず目を引くようなものも多くあった。尻尾だけ見せたヒョウが何匹も隠れているようなブローチ（ポケットの上につけて、ヒョウがポケットの中に隠れている、という「物語」を「演出」するのだそうだ）、オウムの尾が立体的に浮き出ているバレッタ（これも、髪に付けると髪の中にオウムが潜り込んでいるというデザインになっている）、そういう装飾小物のほかに、黒檀のような木材が、平たく大きな葉っぱの形に

裁断され、真ん中が円形に削り取られているものもあった。

――これはここに何か嵌《は》め込むの？

――それは手鏡。鏡は日本で嵌め込む。その方が運ぶとき重くないし安全だから。

――なるほど。さすがね。持ち手はこの茎みたいな部分か、あ、持ち易い。

陳列された商品に、一応好意的な感想を述べ終わると、仕事の話に移った男たちを残し、棚はナカトと二人で外へ出た。山を見上げ、

――あの、白いところ、氷河なんですって。

――初めて見ました。

ナカトは眩しそうに山の頂きを見遣った。国の西南の方へ来るのは初めてらしかった。

――さっき言ってたのはね、LRAが、あの山にも逃げ込んでいたっていうことなの。

――ああ、それは聞いたことがあります。でも、私の故郷からは遠いので……。

可能性として除外していたということなのだろう。

――けど、元子ども兵士の方が、この辺りの村にも住んでいるんですって。千野さんが、会わせてくれるかもしれない。一度会ってみない？

ナカトは、そのとき明らかに怯えた。棚は、この即座に感情を瞳に表す、ナカトの反応の鮮やかさを心の裡《うち》で感嘆しながら、

――大丈夫よ。嫌だったら、車の中から出てこなければいい。私が、何か、妹さんに

関する情報を持っていないか、訊いてみるわ。行くだけ行ってみない？

ナカトは、一瞬すがるような眼で棚を見た。それから、眼を伏せ、ため息をついた。

――……行きます。

棚はにっこりと頷いた。

――よし。じゃ、千野さんにお願いしてくるわね。

二人でまたホテルの中へ向かうと、ちょうど、チャンバが車へ何か取りに行こうとしているらしいところに出会った。棚は急に、ホテルの宿泊手続きをとっていないことに思い当り、

――あ、チャンバ。私たち、まだチェックインしていないんじゃない？　荷物は……。

――チェックインはすませました。荷物は、ポーターがもう、部屋に運んであります。

――いつ？

素早さに目を丸くすると、チャンバは自分の秘書能力の高さへの賛辞と受け取ったらしく、白い歯を見せて笑った。

ロビーに戻ると、三原が金を数えているところだった。

――うわ、すごい。

――すごくもないよ。はい。数えてみてください。

そう言って千野に渡し、千野も不慣れな手つきで一枚一枚数え、

——確かに。ありがとうございました。

と、頭を下げた。

——こちらこそ。次もよろしくお願いします。

三原はチャンバが持ってきた書類を確認してまた千野へ渡す。次の仕事の企画書なのだろう。

——リョウシュウショ、リョウシュウショ。

チャンバが日本語で言い、場に小さく笑い声が響いた。

——そうだ、領収書。

千野はそう言って、領収書を取り出し、サインしてチャンバに渡した。

——ドモ。

チャンバがわざと重々しく受け取る。棚はそちらにくすっと笑って見せながら、

——あの、さっきの話をしていいでしょうか。

——さっきの話？

——解放された子ども兵士が村にいるっていう話です。もし、会えるなら、会いたいんですけど……。

——ああ。

千野は頷き、

――本人にまず、許可をとりますね。こういうの、デリケートな話だから。何を訊きたいのかな。それによりますけど。彼らがゲリラで何をしてたかって話?

――いえ、この人の妹さんの行方を知らないかっていう、訊きたいのはそれだけなんです。

それからナカトの方を向き、英語で、

――ずっと妹さんを探していたのよね。

と声をかけた。ナカトはこっくりと頷いた。

――じゃあ、あなたの妹さんも……。

千野は英語でナカトに話しかけた。

――そうです。ふたごの妹。

ナカトは、抱えている傷口を開いて見せるような、あの、ダンデュバラのところで初めて見せた表情と気配を、再び身に纏っていた。

十九

――妹を連れた部隊は、私たちの村から、北の方へ移動して行ったという話だったので、今まで北の方からの情報ばかり気にしていました。でも、手掛かりは摑めなくて。

——途中で迷走状態になってたんでしょうね。よくあることだけど、指揮系統がめちゃくちゃなんです。部隊によっては相当突飛な行動に出る。僕たちが以前拠点にしていた場所も、彼らに襲われたことがあります。

千野は真顔だった。傍で聞いていた棚は驚き、

——そのとき、どこにいらしたんですか。

——その数日前から、危ないという情報が入ってきてたので、僕たちは地元民といっしょに離れたところでキャンプ村みたいなのをつくって隠れてたんです。ときどき斥候を立てて、ようすを見に行かせたりして。

場の空気が、すっかり深刻なものになって、皆一瞬押し黙った。

——……知らなかった。

——あ、でも結局、荒らされはしたけど、被害もそんなになかったんですよ。さすがに当時は相当神経が張り詰めてましたけど。いつキャンプ地を引き上げて帰るか、っていう見極めと、帰ってもやつらがまた引き返してくるんじゃないか、って不安で。

千野は、明るい顔をつくりながら続けた。

——元子ども兵士といっても、今は立派なお母さんです。ここじゃないけど、ホテルのレストランの調理場で働いている。そういうことなら、すぐにでも会ってくれると思うけど、一応、確かめてみますね。三原さんたち、いつまでここにいますか。

——せっかく来たんだから、近くの部族の村とか回ろうと思ってたんだけど、乗りかかった船だから、二、三日くらい、彼女たちに付き合ってもいい、と思ってる。滅多にあることじゃなし。

三原は微笑みもせずにそっけなくそう言うと、

——君は、観光ポイントを探してるんだろ。

と、棚にバトンを渡すように念を押した。

——ええ、まあ、そうなんですけど。

——それなら、チンパンジー見物トレッキングかなあ。欧米の観光客は大抵それ目的に来ますよ。ここから近い所だったら、キバレの森。ブニュルグルの湖のほとりでリゾート、ってのもあるし、セムリキのナショナルパーク、とか。湿地をカヌーで行くこともできます。カヌー、いいですよ。

——温泉もあったなあ、どこか。

——センパヤ温泉。ルウェンゾリの麓をハイキングしてアマベレ洞窟や滝を見るコースもありますよ。でもそれはちょっときついかなあ。

——登山は？

——登山は、最初からそれ目的に装備をして、資金も準備していないと無理です。観光客がふらりと行けるようなもんじゃないです。ガイドやポーターも何人も雇わないといけないし、体力も必要だし。ハードル高いです、はっきり言って。

――トレッキングは、初心者でも大丈夫？

――大丈夫だと思いますが、それでも専門のガイドが必要だし、何泊もかけることが多い。やはり、楽してできるもんじゃないですね。

――ぎりぎり車で行ける高さを縦走する、っていうのは出来ない？

三原が口を挟む。自分の体力も考えているんだろう。

――ああ、そういう道は確かにあります。森林局と軍用の道路。規制が厳しいから、行ったことはないけど。

――じゃ、監視員の見回りのときにいっしょに乗せてもらおう。

三原はこともなげに言った。

――え？　そんなことができるの？

棚はそこまで考えていなかったので、少し不安になる。

――袖の下を払えば、たぶん。

――まったく、三原さんは。まあ、そうなんですけど。

苦笑しながら千野は視線を伏せ、荷物をまとめ始めた。

今、ここで日数を費やして登山やトレッキングをする余裕はない。だがここまで来たのだから、山そのものに言及する文章はどうしても欲しい。それは決して雑誌で紹介できる「観光」ではないが、それでも山の大体の様子を書いて、その雰囲気を伝えれば、読者が興味を持つかもしれない。そのときのために、トレッキングや登山に必要な準備や資金のことも、一応情報として書いておこう。棚はそう決意すると、

——その、「袖の下」の話なんですけど。具体的にはいくらくらい？

——たいしていらないよ。まあ、ガイド料の半日分もあれば。

三原の「相場の見積もり」に、

——じゃあ、その話、進めたいんですけど。まずどこへ連絡したらいいのかしら。

三原へとも千野へともなく尋ねる。彼らは顔を見合わせ、それから三原が千野へ、頷いて見せた。千野は、

——困ったなあ。僕から彼らにそういう申し出をするわけにはいかないから……人道支援とは直接関係ないことですからね。

——けれど、彼女がいい仕事をすれば、観光事業で外貨が入ってくるんだから、ひいては、地元が潤うことになるわけだろ。人助けじゃないか。

——分かってますよ。チャンバに連絡先を教えておきます。彼ならうまくやるでしょう。

そう言って、千野はチャンバの方を向き、彼の上司の「奇抜なアイディア」とその女友達の「貪欲さ」についてため息交じりに嘆いて見せ、それでね、とノートを取り出し

て関係者の名や手順等を説明し始めた。チャンバが笑いながら、ちらりと棚に視線を送ったので、ごめんね、という表情をつくって見せた。「厄介かけて、私」。「ノーノー、いいんですよ」。

更に棚は、三原に向かい、

——この町からの山の写真を一枚撮りたいんだけど。

——一番いい場所は、トロ王国の宮殿のある丘だなあ。

——宮殿？　それも見てみたい。

——がっかりするよ。駅前の交番を大きくしただけみたいなのに、入場料取るんだ。それに、軍の関係者がうろうろしていて、写真撮るならパミッション取れとか、金払えとか、言い出すやつもときどきいたりして、ややこしいんだ、これが。でも、まあ、行っとこうか。確かに写真はあった方がいい。

千野からチャンバへの「申し送り」も終わったようだと見計らったのか、写真を撮る仕草をしながら、三原はチャンバに声をかけた。

——明るいうちに、「宮殿」へ行こうか。

オーケー、オーケーと、チャンバは気軽に承諾する。千野は立ち上がって、「じゃ、僕は、これで。イディリに連絡がついたらすぐに電話しますから」。「イディリ？」「あぁ、ごめんなさい。元子ども兵の、女性です」。千野は同じことを英語でナカトへ伝える。ナカトは、落ち着かない様子で頷く。

「宮殿」へ向かう車の中で、棚は改めて三原に礼を言った。結局、三原のおかげで今までのところ何とかやってこられたし、これから控えているルウェンゾリ取材もまた、当初考えていたよりずっと充実したものになりそうだった。三原は大儀そうに顔の前で片手を振って、

——別に君のためだけじゃないよ。ルウェンゾリは、山のあちこちに、祠みたいなのがあるって話を以前聞いたことがあって、一度行ってみたいと思ってたから、ちょうどよかったのさ。とてもじゃないけど、もう僕には、何泊もかける登山なんかできないから。

——祠？

——あの山は、地元の部族民の信仰の対象でもあるんだ。

——へえ。山岳信仰？　あるんだ、こっちにも。

——パワーを感じたり、恐怖の対象になるものはなんでも神になる。川の神、樹木の神、草の神、霧の神……。

——それ、あなたの趣味にぴったりじゃない。

——そういうこと。千野さんにプッシュできる言い訳ができて、こっちこそありがた

いよ。なんといっても、趣味で行きたい、ってのより、仕事で行かなくちゃならないんだ、って方が、強く出られるからね。

なんだ、でもそれならかえって気が楽だ、と棚はため息をつく。やがて車が少し小高い丘に差し掛かったかと思ったら、「着いたよ」と言われ、ナカトと二人、後部座席から外へ出た。

この辺りはトロ王国の中心部にあたる。そのわりに「宮殿」は確かに拍子抜けのするような安っぽい建物だった。が、そこから見えるルウェンゾリの威容は素晴らしく、三原は珍しくはしゃぎ、「こんなに見えることは滅多にないんだ、ねえ?」と、近くにいた警備の兵に同意を求め、その兵がたまたま陽気な質だったらしく、熱烈に三原に賛同し、棚たちは「自分たちがいかに幸運であったのか」、説教されるかのように、「普段の陰鬱なルウェンゾリ」についてレクチャーを受けた。二人は、すっかり同じテンションで意気投合していたように見えた。三原が、ネイティヴの彼らとコミュニケーションをとっているところはごく自然で、いつものシニカルな部分が影をひそめ、心から楽しそうだった。こういう部分を私は知らなかった、と棚はそれを見ながら思った。これが彼の人間性全体の「地力」とでもいうものだろう。もっとも、このことを指摘したら、あっという間にまたシニカルな彼に戻るだろうとも、棚は予測したが。

心配された「めんどうなこと」も起こらず、帰りの車の中で、三原の携帯が鳴った。

千野からだった。しばらくやりとりしたあと、「分かった、訊いてみる」と三原は後ろを振り向き、

——イディリは今、夕食の下準備にかかっているんだそうだ。食事が終わった後の皿洗いまでやるそうだから、今日はちょっと遅くなるけど、明日の午後ならって言ってる。

——午前中は？

——ランチの準備。

じゃあ、明日の午後でいいよね、とナカトと頷き合い、三原にそう伝える。三原は千野にそう伝える。ナカトは、すでに緊張しているようだった。車がホテルの駐車場に入った。空気をほぐそうとしてか、三原が、

——ここ、シックス・コース・ディナーが出るよ。

——私、スリー・コースで十分だわ。

とても食べ切れない、と棚は尻込みした。

——私も。

ナカトも続けた。これまでしばしばあったことだが、このときも日本語に混じっているいくつかの英語で内容を理解したらしかった。棚はわざと目を丸くして、

——ナカトはもうだいぶ日本語が出来るようになったみたいね。

——チャンバほどじゃないですけど。

ナカトも冗談に乗って大仰に謙遜して見せ、チャンバはサイドブレーキを引きながら笑った。チャンバの日本語もきちんと習い覚えたものではなく、持ち前の勘の良さで耳から入ってくるいくつかの単語が使えるようになったらしいのは明らかで、自分でも、場を和ませるキーワードのように――大抵の日本人はチャンバの外見からは思いもかけない日本語が出てくると、嬉しそうに笑ってくれるので――使っていた。

――じゃあ、チャンバ以外はスリー・コースにしてくれ、って言っておこう。七時に、レストランで。もうすぐだけど。

三階の棚たちの部屋からは、フォート・ポータルの市街地が望めた。シャワーのお湯が出ることを確認し、棚は先にシャワーを浴びた。ナカトのシャワーが長くかかるということを、昨夜体験済みだったのだ。だからシャワーは寝る前に、というのがナカトの生活習慣なのだろう。棚はとにかくざっと埃を流したかった。シャワーヘッドは子どものじょうろのように、水の出る穴があちこち疎らについているような気がしたが、お湯が出るだけありがたかった。ごわごわしたバスタオルで体を拭くと、ドライヤーで髪を乾かした。スーツケースから自分のそれを取り出していたのだが、備えつけのドライヤーがあることに気づいた。素朴なものだがアメニティも揃っていた。スカートに着替え、準備をすませた。

――立派なホテルね。

――ここは昔から、白人の居留地みたいなところでしたから。

ナカトは葛藤も見せずに言った。棚を待っている間に、口紅を引き直したらしい。心もち、ドレスアップして、階下のレストランへ下りた。もう、三原もチャンバも席についていた。他には白人とインド人たちが数組、それぞれ食事をスタートさせていた。

――お待たせしました。

――僕らも、今来たところだから。もう、注文はすませたよ。

きちんと白い制服を着込んだボーイが、二人で、皿を運んでくる。カリフラワーのクリームスープだった。

――おいしい。

ひと口飲んで、棚は心からそう言った。

――ね。

メインディシュはステーキで、三原に言わせればそれがここでは一番定評のある料理なのだそうだ。確かに、柔らかいというほどでもなく適度に嚙み応えもあり、また嚙めば嚙むほど味わい深かった。ノートを忘れたことに気づき、後でメモしておかなければ、と棚は思った。三原は途中で水を頼み、テーブルの上にビニールに小分けされた薬を置いた。

――失礼。僕、ちゃんと薬を飲まなければいけない病気なんで……ＨＩＶ・キャリアーなんだ。

今ここでそれを言うのか、と、棚は内心ぎょっとしたが、ナカトはデザートのチーズタルトを食べながら、こともなげに軽く頷いた。同席の相手の、喫煙を承諾する程度の何気なさだった。

——何も、食事中に飲まなくても。

棚は、冗談めかしてうろたえた素振りをした。

——夕食のとき、飲むことにしてるんだ。箸休めとか、口直しみたいにね。じゃないと、すぐ忘れちゃうんだよ。この病気の特徴の一つは、こうやって、およそきちんとした生活習慣とか、同じことを繰り返す、とかいうことが一番苦手な人間に、アドヒアランスの維持……規則正しくあることを要求するところだね。しかも、死ぬまで、だぜ。生殺しだね。

チャンバが重々しい顔で、頷いた。棚はどう返していいものか分からない。けれど、何か言わなくてはならないような気がして、

——それは他の病気も同じじゃない？

——他の病気は、患者が自分で薬を飲み忘れたって、そんなに大したことにはならないだろう。

確かにそれがダイレクトに死に直結したりはしないだろう——たぶん。三原は続けて、

――……他の病気なら、それに罹ったからといって、社会的な制裁を受けることもないし。

――社会的な制裁。

棚は反芻するように繰り返した。三原の口調に悲憤慷慨《ひふんこうがい》といったものはなかったが、ただ、堰を切ったように言葉を重ねた。

――人の道を踏み外したやつら。軽蔑。生理的な嫌悪感。大体の社会において、そんな扱いを受ける。もしくはそんな扱いをしないように意識するあまり、わざとらしく親切。アフリカは例外的だけど。そんな余裕ないからね。

――日本は？

――日本？　日本はひどかった。今はそれほどではないのかもしれないけど。医療関係者ですら、病名がはっきりした途端、目つきが違った。あからさまに触りたがらない看護師もいた。群れ全体が、異物を弾き飛ばそうとするんだ。

三原は、抑揚もなく淡々と続けたが、その述懐の「止まらなさ」に、自身ではコントロールできない深い感情の存在を感じさせた。じゃあ、一度日本で治療しようとしたことがあるんだ、と棚は思った。胸が痛んだ。

――カタヤマの患者にも、エイズの人たちはいました。

ナカトがふと、食事の手を止めて言った。

——患者が、というより、患者と、患者のジンナジュが、本当に欲しがっているのは、ストーリーなんだって、カタヤマはよく言っていました。特に人の怖ろしがる病の場合は。なぜ、自分がその病気になったのか、納得できる物語が欲しい。患者が、いよいよ助からないとなると、カタヤマは、まるで依巫にでもなったかのように、その人の一生を謳い上げるようなストーリーをつくって、訥々と話して聞かせるんです。現地の言葉で。カタヤマの言葉は、拙《つたな》いものだったけど、力があった。そうすると、患者は本当に満ち足りた顔になる。見栄のためじゃない、死者には、それを抱いて眠るための物語が本当に必要なんだ、って、言ってました。

三原の目が、瞬きもせず、虚ろに一点を見つめていた。

死者には、それを抱いて眠るための物語が必要——死者は、物語を抱いて眠る——その言葉が、棚のなかのどこかを稼働させようとしている。その「どこか」は、ダンデュバラのところで、一度はっきりと覚醒した「どこか」だった。だが、それはここ一、二年ずっと、いつも静かに棚に働きかけ、棚が意識していた「どこか」ではなかったか。

——子ども兵のことは、お聞きになったことはあるでしょうけど。

翌日、イディリに会いに行く車の中で、千野はそう前置きしながら話し始めた。

——ゲリラは生え抜きの戦士を養成するために——まあ、他にも需要があったでしょうが――、村を襲って子どもを誘拐しました。年齢が低ければ低いほど、自分の価値観がまだ定まっておらず、簡単に洗脳できるからです。そのとき、強制されて、自分の親兄弟を手にかけざるをえなかった子もいる。最初にそういう衝撃的なことをやらせると、後はどんな残酷なことでも平気になる、精鋭の兵士が出来る、と、ゲリラたちは思っているんです。実際、その最初のすさまじいショックが子どもの感覚をすっかり麻痺させてしまい、人を殺すことや残虐な拷問などなんとも思わなくなる。でも、そのときは平気でも、悲惨なのは、解放され、世間に戻ってきて、自分のやってきたことの重みに気づくときです。

車は舗装路を外れ、ダウンタウンに入った。トタンや薄手の板で雨露をしのげるだけの造りの小屋から、もう少し洒落気を見せて、ペンキで塗りたてた家々もあった。

――ケアが必要なんです。たぶん、一生涯。スイッチが切り替わったように、自分の体験を赤裸々にしゃべる子もいれば、一切話さない子もいる。どっちもこれ以上踏み込んで欲しくない、っていう防衛とも言えるし、中には打算のある子もいる。生きていかないといけないから、しかたのないことです。イディリは素朴な子で、当時のことについて訊かれると今も動揺します。それでも、ナカトさんの事情を話したら、ぜひ会いたい、って彼女から言いました。だから、あまり、彼女の「やってきたこと」には触れないであげてください。

もちろん、そのつもりはない、と、棚もナカトも首を振った。車は歩道も何もない、道の脇を、建物に近すぎるくらいに寄ったかと思うと、すぐに停まった。

——ここです。降りるとき、足元、気をつけてください。

すぐ横の建物の、外れかけたドアを開け、千野が中に声をかけた。奥の方から返事があり、千野は一歩中に足を入れ、こちらを振り向いて、どうぞ、と声をかけた。棚はナカトを先に行かせ、自分もその後に続いた。乗りかかった船、で一緒についてきた三原とチャンバも入ってくる。

がらんとした土間だった。スチール製のテーブルが一つあったが、椅子は見当たらなかった。応接のためのスペースなのかと棚は思ったが、後で聞くとそこが主な生活の場らしかった。

——こちらがイディリ。

千野が奥にいた女性を紹介した。洗い晒しの濃いピンクのTシャツと、巻きスカートを着た、中肉中背の体が、緊張のためか棒のようになってピクリとも動かずにいた。イディリは、ナカト以上に緊張して見えた。

——イディリ、こちらが話した……。

千野の声に、ようやくこちらを向いたイディリの顔が、ナカトの上で止まって、明らかに一瞬、恐怖で引きつった。

――……ババイレ？

この奇跡のような偶然をどう考えたらいいのだろう。棚は慄然とする。いや、どこかでこうなることが、すでに分かっていたような気もした。背筋が寒くなるような衝撃はあるが、不思議に驚きはなかった。

イディリは自分の思い違いに、こちらが指摘する前に気づいたらしく、

――違う、ナカトだ。

ナカトはイディリに走り寄り、抱きついた。肩が激しく上下している。

――そう、ナカトよ。ババイレを知っているのね。ババイレといっしょだったのね。

イディリが頷くのを確認すると、ナカトはイディリから手を解き、

――ババイレは今、どこにいるのか、知ってる？

その質問に被せるように、千野が、

――ナカトの妹のババイレと、途中まで一緒だったんだね。じゃあ、別れたときのことを教えてくれる？

イディリは、まず、大きなため息をつき、目を伏せた。それから、

――私たちは、ルウェンゾリまで一緒にやってきた。私たちの仲間に、ベンベ族出身の子がいた。ベンベ族はもともと、コンゴ側の麓に住んでいる。ここからルウェンゾリの向を抜ける道を知っている、って言って、皆で脱走する計画を立てた。ルウェンゾリの向

こうへまでは誰も追ってこれない。ババイレは、おなかに赤ん坊がいた。ババイレは家に帰りたかった。

——家族は、皆死んでしまったの。

イディリは頷き、頷きながら、ナカトの肩を撫でた。

——ババイレは知っていた。私に話してくれた。目の前で、起こったことだったから。

ババイレはナカトに会いたかった。

——……私に、怒っていなかった？

イディリは涙を浮かべ、

——怒ってない。ババイレは、ナカトがババイレに怒っていると心配してた。けれどそれでもババイレはナカトに会いたかった。

ナカトは自分の頬を涙が流れるにまかせながら、

——で、脱走は成功したの？

この時点で、ナカトがこのことを訊くのはごく自然な流れだった。だから、一瞬の葛《かっ》藤《とう》はあったかもしれないにせよ、千野も止めなかったのだろう。

イディリは前方の一点を見つめ、眉間に皺を寄せた。何か話そうとして、首を振り、それから激しく顔を歪ませた。苦悩が実際の痛みとなって彼女を襲っているかのようだった。歪ませたままで、千野を見上げた。千野はその視線に、目の前で水に落ちた人を、

咄嗟に引き上げようとするかのように反応して、

——その先なら、僕が話せる。イディリ、代わりに僕が話そうか。それとも、もう皆、帰った方がいい？

イディリは突っ伏し、小さな声で、話してあげて、と呟いた。千野は、じゃあ、話すよ、正しくなかったら、教えてね、と声をかけると、顔を上げ、

——計画は実行されました。けれど実際に脱走したのは三人だけ。イディリは直前でやめました。すっかりゲリラになりきっていた子ども兵には計画は伝えられなかったし、イディリのようにすでに手のかかる赤ん坊が生まれていて、やっぱり無理だと判断してやめた者も多かったから。残った者は、計画は知らなかったことにしました。気づいたゲリラたちは、ほとんどが武器を手にして後を追った。イディリたちも連れていかれた。脱走したものがどういう目に遭うか、見せるために。そこへ政府軍がきて、後方にいたゲリラたちは応戦したが、散り散りになった。イディリたちはそのとき軍に身柄を確保されたんです。脱走した三人を追って先を行っていた隊は行方が分からなくなっていた。彼らが追いついて三人を処罰したのか、見つからず逃げられたのか分かっていない。脱走した子ども兵たちは、その後も見つかっていないんです。

では、彼らがルウェンゾリの向こう側へ逃げおおせた可能性もあるではないか、と棚が言おうとしたとき、

――コンゴ側ではまだ確認できていません。

それでも可能性はあるのだ。けれど、ナカトは嬉しそうな顔をしなかったし、イディリもまた、苦悩の表情を解かなかった。

千野は日本語に切り替え、

――イディリたちは形の上では解放されました。だが、生まれた村には簡単には帰れない。強いられてやったとはいえ、イディリたちは、村を襲い、近親者を殺した加害者として見られますから。それぞれのケースで対応していかないとならない。

それから現地の言葉に戻り、再びチャンバが通訳する。

――イディリはここで、子どもを育てていく道を選びました。そうだね？

イディリは、俯いたまま頷く。四肢が内側に向かって隠れようとしているかのような、微妙なニュアンスを見せて、「身の置き所のなさ」を表現していた。ボディランゲージと言ってもいいのだろうか、いやこれこそがボディランゲージなのだろう、なんて表現力の豊かな人たちなのだろう、と、棚は見惚れる。見惚れている自分に、違和感を感じる。

イディリやババイレたちの辿った悲惨が、こういう圧倒的な文化の違いに邪魔され、「自分の身に起こったとしたら」、というような、手元に引き寄せての想像力を働かせるところまで行きつかない。皮膚感覚でのダイレクトな痛みに到達しない。そのことにもどかしさを感じる。棚にはそもそも、自分自身の感覚で世界を測っていくタイプの「記録者」だという自己認識があった。それなのに、これほど決定的な現場に臨んで、そういう情動が発動しない。こんなことは初めての体験だった。棚は自分に起こっていることが摑み切れなくて、呆気にとられている。これは、自分の知っている自分ではなかった。むしろ、日本にいて想像をめぐらす方が、かえって親身に彼女たちの痛みを感じたような気がする。

自分の中の何か、自己防衛機能のようなものがそれを拒絶しているのだろうか。本当にそれを「共感」したら、イディリのように、息をし、立っているのも困難になる、そんな地獄に落ちることを、生体が予め阻止しようとして。

いや、何か、自分の役割があるはずなのだ、ことがこう運ぶということは。

棚は眠れぬ夜のベッドの中で、最後にはそう思うようになった。全体の成り行きが、最初から、それを目指しているのだから。

この仕事の本当のクライアントは誰なのか。

もうとうに察しがついているその答えを、棚は心の中で呟き、私は引き受けたわけじゃないのに、と今更のように不平を言う。けれどこの状況では、進んで引き受けた、とも言える。客観的に見ればどう見てもそうだろう。諦めて、自分にため息をつくと同時に、肩の力を抜いた。それからいつのまにか眠りについていた。

二十

棚が目を覚ますと、ナカトはすでに身支度をすまし、一人掛けの椅子に座って窓の外を見ていた。

——おはよう。

身を起こしながらそう言葉をかけると、ナカトは驚いたように瞬きした。それから棚に顔を向けて、おはよう、と返し、よく眠れたかと訊きながらも、どこか上の空の様子だった。昨日イディリの家を辞してから、部屋に戻ってベッドに入るまで、ナカトは一言もイディリやババイレのことについて話さなかった。が、頭の中はずっと妹のことでいっぱいのはずだ。生きているのか死んでいるのか。生きているにしても、死んでいるにしても、今どこにいるのか。棚はそのことには直接触れず、寝つきは悪かったが何とか眠れた、と答えた。

——もう朝食はすませた?

——何だか、食欲がなくて。

今日は強行軍になるから、少しでもお腹に入れておいた方がいい、と勧めた。

二人で階下へ向かうと、ちょうど携帯電話で誰かと話をしながらレストランを出てくるチャンバと出会った。互いに目だけで挨拶し、そのまますれ違って中に入ると、窓際の席で三原が紅茶を飲んでいた。こちらに気づいて顔を上げ、その視線が棚を通り越し、入口の方でとまった。棚も振り向くと、出て行ったはずのチャンバが小走りで引き返して来るところで、

——急ぎましょう。今発てば、彼らの最初の見回りに間に合います。

——もっと遅いのではなかった？

——急に彼らの予定が変わったようで。

是非もない。棚とナカトは慌てて部屋に引き返す。二人がバッグをとって再び下りてくると、チャンバが紙袋を二つ手渡した。

——とりあえず、パンとジュースとバナナ。行く途中で食べてください。

棚は礼を言いながら受け取り、車に乗り込む。良かった、朝食は諦めないといけないと思ってたのよ。ナカトは食欲がないと言ってたんだけど、無理に引っ張ってきたところだったの。そう言うと、チャンバはちらりとバックミラーでナカトを見、黙って頷いて見せた。表情に、同情といたわりのようなものが浮かんでいた。

赤道に近いというのに、涼しい、というよりうすら寒くすら感じる。朝靄が町全体を包んで、一つの生きもののように動いていた。時計を見ると、午前八時を過ぎたばかり

だ。車が緩やかな坂を上って町外れの幹線道路に入ると、どこへ向かうのか、その靄の中、道路脇を十数名ほどの人々が、群れになって歩いていた。少年少女のような年齢から、青年、老人と言っていいような年齢の人々。何かのイベントがあるような昂揚感はなく、かといって避難民のような悲壮感もなく、日常的な落ち着きを感じさせながら、けれど目的を持ってどこかへ向かっている様子だった。どこへ向かっているんだろう、と棚は漠然と興味を持ったが、口には出さなかった。が、それから数回、同じような集団を目撃し、とうとう、彼らは一体どこへ向かっているの、と前の座席へ向かって尋ねた。三原が即座に、茶畑に働きに行くんだよ、紅茶の、と答える。予想されていた質問だったのだろう。

——植民地時代は、ヨーロッパ人たちが政府から土地を借り受けて経営していたんだけど、今は有名な紅茶会社がほとんど占有している。労働力はウガンダの南西部から集めてきていて、これもまあ、いろんな問題があるらしいんだけど。

前方に三叉路が見えてきたところで、車はスピードを緩め、路肩に停まった。少し奥へ詰めてください、一人乗ります、と、チャンバが声をかけるのと同時に、ドアが開いた。見ると、千野が笑いながら立っていた。この、言わば反則のようなルウェンゾリ見学計画に、批判的だった当人であった。棚は、緊張を解いた反動で噴き出し、ナカトも微笑みながら席を少し移動した。千野は、どうもどうも、と頭を下げながら乗り込んで

きて、

――後学のために、僕も一応、見ておこうかな、と思って。

と、悪びれもせず言った。それはとてもいいことだね、と、三原がしたり顔で頷く。日本語ガイドがボランティアで飛び込んできたようなものだね。ガイドをお願いしていたマティライが、体調を悪くしてから、どうなることかと思ったけど、皆さんのおかげで百人力です、と棚も礼を言った。千野は、

――マティライ？　棚さん、マティライは、スワヒリ語でどういう意味か知っていますか。

――スワヒリ語で？　知りません。

――東の風。

へえ、そうなんだ、と棚は少しぼんやりする。東の風って、どういう意味だろう、と、小さく呟くと、千野はそれを聞きつけて、

――東風で有名なのは、貿易風ですね。風と言えば、比較的新しく発見された、赤道西風というのがあって、それがちょうど東風の貿易風の本流に対する対流のような流れなんです。まあ、言ってみれば逆走してるんですね。

――逆走。

――そう。川の流れでも、そういうのがある。カヌーで本流を下って来て、ちょっと

上流に戻るときはその流れを利用します。大気の流れと水の流れは、合わせ鏡のようにとてもよく似ている。

——ああ、聞いたことがある。それ、ルウェンゾリに関係のある風だろう。

三原が、助手席から振り返った。

——そうです。大西洋からやってきた赤道西風を、まっすぐルウェンゾリが引き受けて、おかげで年中あんな天気、だった、今までは。

——でも、もちろんまだ吹いてはいるんでしょう。質は変わってきたかもしれないけど。ここからも、西へ向かってるんですね。

——そうです。それが、季節によって北寄りになったり南寄りになったりして地球をぐるりと回っている。湿気が多くて冷たい風なんです。この辺りは、それほど高いところを流れているわけではないので、上昇気流に引き寄せられたり、ヒマラヤみたいな山脈にぶつかったりしながら、蛇のように蛇行して——日本の梅雨の頃、天気予報に、湿舌って出てくるでしょう。あれも、この赤道西風の一部です。

——私。

と、棚は思わず大きな声を出した。

——気圧の谷が通り過ぎるとき、ときどきアフリカを感じることがあったんです。

自分だけではない、マースだって、感じていたはず。三原は噴き出したが、千野は、

——それ、すごいセンサーかもしれませんよ。

と、真面目な声で言った。赤道西風、と棚は改めて呟いた。

——地球にまとわりついている蛇みたいですね。

——今の時代、蛇は無数にまとわりついているでしょうけど、太古からいる蛇の一つでしょうね。

千野の言葉を、繰り返しながら、棚は最後を少し変えて呟いてみる。

——蛇は無数にまとわりついて地球を一つに。

しばらく沈黙があって、三原が振り向き、

——すごくダンデュバラっぽいよ。

棚はそれを、英語でナカトに通訳し、実は朝からときどきぼんやりするのだ、乗り移られているのかもしれない、と、半分冗談っぽく告白した。するとナカトは、ああ、それはジンナジュのせいでしょう、とこちらを見ずに呟いた。棚は思わずナカトを見つめ直したが、そういうモードに入り込む気にはやはりなれず、訊き返すことはしなかった。ナカトには今、自分を周りに合わせて取り繕う余裕がないのだろう、と思う。

ダンデュバラは、片山が、ジンナジュを「解放」しようとしていたが、ジンナジュはそのことが分からないのだ、と言っていた。けれど、ジンナジュ「から」も、人々は解放されなければならないのではないか、けれどそうなったら、この世から「味わい深さ」が減ってしまうのではないか、と棚はとりとめもなく考え続けた。

チャンバは速度を落として検問所に車を寄せた。窓越しに簡単なやりとりがあって敷地内へ入る。辺りを見回しながら何か探している風だったが、歩いている兵士を見つけ、声をかける。兵士がその問いに応えて左方向を指さすと、チャンバはそちらへハンドルを切り、スピードを上げた。

そっけないコンクリート造りの建物の前に、護送車のような車が待機していた。いつもこんなタイプの車で巡回しているのだとはとても思えなかったが、急げ急げと急き立てられ、棚たちは後ろから乗りこんだ。内部は向かい合わせで腰掛けるような案配で、両側と後部に窓も付いていた。座り心地がいいとはとても言えなかったが、彼らなりにサファリバスに見立てた車の選択だったのだろう。運転席の横には二名、運転手も入れて計三名が、チャンバに声をかけられて笑いながら乗り込んだ。兵士と、森林局の監視員だということである。後部との間には仕切りがなく、声をかければ届く。チャンバが助手席の監視員の言葉を伝えた。

――これから、南の方へ向かいます。スタンレー山を大きく迂回して、コンゴとの国境付近まで見回ります。

車は敷地を出て、森の中を進む。木性のシダやワラビ類が林床を覆い、肉厚の葉をつけた木々や、時折竹林も見えた。全体に暗く、湿度も高い。

――この辺は熱帯雨林です。

千野が説明する。道が次第に急勾配になっていく。あちこちに、木々が伐採されたのか、疎らになって、明るくなっているところが目立つ。

――この近くまではよく木を植えに来ました。以前はもっと、鬱蒼《うっそう》としていたんですが。

木々はやがてなくなり、丈高い草のジャングルのようなところへ入り、視界が遮られた。

――エレファント・グラス。やはり、乾燥が進んでいますね。まあアフリカの乾燥は今に始まったことじゃなくて、三百万年前、熱帯雨林から出てきた動物たちが植物を食べたりして環境に大きな変化をもたらした、以来ずっと、乾燥し続けてるんですが。

――でも、それが最近になって、異様に加速されてるんですね。

車はしばらくそうやって、森と草原の間を縫うように登って行ったが、やがてある所で停まった。助手席の監視員が、道路脇を指し、チャンバに何ごとか話している。チャンバは三原に向かって、

――そこにある、枯れ草のハット、祠です。中に、キタサムバへのお供え物が入っている。

そう言われると、草の塊だとばかり思っていたものに、括って屋根部分を作るなど、人工的な造作が見えてくる。

——キタサムバっていうのは、ルウェンゾリの山の神のことです。バコンジョ族が作ったんです。

千野が説明を加える。

——バコンジョ族はルウェンゾリ一帯に昔から住んでいる部族です。バンツー族の系統で、バンツー語の原始的なフォームを持つ、バコンジョ語を使います。土地に精通しているので、ガイドやポーターとして雇われるのもこの部族の人々が多い。

——降りようか。降りてもいいか訊いて。

三原に言われて、チャンバが助手席に許可を得る。三原は、監視員が頷くが早いかすぐに車を降りた。他の乗員も後に続く。乾燥が続いているとはいえ、湿気はやはり相当なものだ。棚は目を閉じて深呼吸した。が、次の瞬間、ナカトの叫び声で目を開けた。

——だめです。

声の先の方を見ると、三原が祠の中に手を入れて、中の供物を取り出そうとしていたのだった。さすがに三原は一瞬手をとめたが、ナカトに、

——僕は大丈夫なんだ。

と言うと、そのまま手を引いて、彫りのあるへらのようなものと、小さな木彫りの動

物を取り出し、しげしげと見つめた。それで気がすんだと見え、また元に戻すと、

——ほらね。

と、おどけて見せた。ナカトは大きく首を振り、ため息をついた。棚は、

——そういうのって、ハラスメントの一種じゃないの。

と三原を責めた。

——でも、こういうものを確認しないと、この土地に来てるって実感がないじゃないか。

そう言われると、棚にはよく分からなくなる。こういうエッセンスの嗅ぎ取り方こそが、三原なのだとすれば、それは仕方がないのではないかという気もしてくる。

——その先に、滝があって、ダバの祠もあるそうです。

チャンバが監視員の言葉を通訳する。

——昔、この辺りはよく洪水で流されたりしたらしいです。

——だからダバ、なんだろうね。

棚は、三原がその祠のところまで行こうと言いだすのではないかと気が気ではなかったが、三原は、ありがとう、もういいよ、と自ら車へ戻った。棚たちも後に続き、車は再び走り出した。

木々の谷間から白いガスのような靄が湧き始めた。しかしその木々も、枯れているも

のが多かった。

——もう雲霧林へ入ったのではないかな。

千野が呟いた。こんなところまで、車で上がってこられるなんて。

ターナーの絵の風景のようだ、と棚は思った。やがて前方に幽かな薄い緑が現れてきた。ターナーにああいう緑は似合わない、と、棚はまるで全体の調和を壊すもののように、その明らかに周囲とは浮いて見える緑を、うさんくさく見遣った。監視員が、早口でチャンバに何か話し始めた。チャンバは頷き、

——この辺りは、数年前、豪雨の後、細い川が決壊して土砂崩れが起き、一旦全部埋まってしまったんだそうです。その後、異常な乾燥が続いて、以前生えていたような植物は全く出てこなくなった。唯一、あの植物が、あそこにだけ出てきて、何なのか、分からないでいたので、千野さんに教えてもらいたいんだそうです。

——僕に分かることだったら。ここからだとよく見えないな。停めてくれる？

車が停まるまで、千野はじっとその緑を見つめていたが、あれ？　でも、あれって……ピスタチオ、みたいな……と呟いた。チャンバの、「キジャニ」という呟きも聞こえた。キジャニ、って、葉っぱのこと？　確か葉っぱやその緑色のこと、そうだ、ピスタチオ・グリーンって、片山海里が、教えてくれた言葉だった、と棚はぼんやり思った。

その瞬間だった。

片山海里に纏《まつ》わる、様々なイメージの奔流が棚の脳内にすさまじい勢いで雪崩《なだれ》込み、同時にそれは、胸を刺し貫くほどの痛みを伴った、直感からとも霊感からともつかない「啓示」のようなものを棚にもたらした。今まで薄いベールのようなもので現実と隔てられていた、全ての感覚が初めて剝き出しになったような「痛み」だった。自分に何が起こったのか、全く分からなかったが、とにかくそれは一時でも、無言で保持していることに耐えられないほどの強烈さだった。片手で割れそうな額を支え、思わず大声で叫んだ。

——早く、早く行ってあげて。ババイレはあそこにいる。

棚の言葉に、ナカトは間髪をいれず——まるで今までずっと、棚と知り合ってからずっと、その合図だけを待っていたかのように——まだ動いている車のドアを開け、飛び降りて木に向かい走り出した。そして辿りつくとその根元を素手で掘り始めた。チャンバから促された兵士らがシャベルを持って来てそこへ加勢した。

皆が息を詰めて見守る中、やがて木の根の間から人骨が見え始めた。

千野とイディリの記憶や、遺体の状況から、推察された「当時の状況」は以下のようなものであった。

イディリやババイレたちのいたゲリラ部隊は、食糧を奪うために千野の事務所があった村を襲撃した。そのとき、事務所も襲われ、保管してあったピスタチオ・ナッツの入った麻袋も収奪された。それから数日後、ババイレたち三人は、ゲリラ部隊からの脱出行に際し、調理の必要のない、そのピスタチオ・ナッツをそれぞれ食糧として携え、脱走した。ほどなくそれはゲリラの知るところとなり、ババイレたちは必死で逃げたものの、最後に捕まり、銃殺された。政府軍がすぐそこまでやってきていたので、ゲリラたちは、遺体を検分することなくそのまま置き去りにして逃げた。やがて土砂崩れでピスタチオは遺体と共に埋まり、いつしか気候変動が、ピスタチオの生育できる条件を備えるようになっていった……。

突然現れた緑の木立は、まるでババイレたちが、自分はここにいると、手を挙げているようだった。ピスタチオの木を深く抱いたナカトは、そのまま木と一体化していくかに思われた。ナカイマ・ツリーの話は、こうしたリアリティの中で、神話になっていったのか。

棚は後でメモにそう記した。埋もれた骨には根が複雑に絡み合い、食い入っており、兵士たちは何度もピスタチオを切ろうとしたが、ナカトはそのたびにそれをやめさせた。結局、三人の頭蓋骨だけを掘り出すことにした。頭蓋骨は皆同じように見えたが、ナカトには迷いなく、ババイレが分かるようだった。

二十一

いよいよフォート・ポータルをあとにするとき、ナカトは何度も棚を抱きしめ、礼を言った。礼を言われることに、棚は複雑な気分だったが、あなたに会えて本当によかった、とナカトに囁いた。ナカトはババイレの眠るこの地を、すぐには去り難いらしく、しばらく千野の事務所を手伝いながら、イディリの子どもの面倒を見たりして過ごすことになったのだった。

——なんというか、もう一度ピスタチオ栽培に着手できる可能性を教えてもらった、という気もしています。ババイレのことや、乾燥化に向かう異常気象のおかげと考えるといろいろ複雑ですが。あの実は栄養価も、市場価値も高いから、この先、かなり期待できる。

別れ際の千野の言葉には、葛藤がありながらも彼なりの合理性とポジティヴな現実志向が感じられた。登美子さんに、千野さんはとてもいいお仕事をなさっているって伝えますね、と棚が言うと、照れ臭そうに笑った。

帰りの車の中で、三原は一連の出来事を総括するように、

——人の死も、文字通り、これで、実を結んだっていうわけか。
と呟き、棚の眉を顰《ひそ》めさせた。人の死、というのは、ババイレの？　片山海里の？　生理的な不快感はどうしようもなかった。三原の言うこともまた、真実ではあった。が、しかし、その括り方は違うと思う。起こった事態を掬い取れるだけの「つくり」になっていない、と棚は感じた。けれど、では、「起こった事態を掬い取れるつくり」とはどういうものなのか。

片山海里の言っていたという、死者の「物語」こそがそれなのだろう、と思う。人の世の現実的な営みなど、誰がどう生きたか、ということを直感的に語ろうとするとき、たいして重要なことではない。物語が真実なのだ。死者の納得できる物語こそが、きっと。その人の人生に降った雨滴や吹いた風を受け止めるだけの、深い襞を持った物語が。——そういうものが、けれど可能なのだろうか。片山海里はきっと、作り手として関わりながら、自分もその物語を生きたのだろう。ストーリーに、自らの半身を滑り込ませるようにして。

同じ道でありながら、行きとは全く違った風景のように感じられる車窓を見ながら、棚はそう確信した。

——あの葉っぱが、気味悪いぐらい艶々していたのは、やっぱり死体の上に宿ってたからだろうね。

三原にはそれが、とても胸を打つ光景だったようで、棚を送ってきた、エンテベ空港のロビーでもしみじみとまたその話題を持ち出すのだった。棚はそのイメージを大切に思っていたので、軽々に扱いたくなく、

——片山さんの最初のクライアントの問題はようやく解決されたのね。まさかこんな展開になるとは思っていなかったけど。

と、話を逸らした。ああ、そうだね、と、三原は気のなさそうに返事をし、それから、ふと思いついたように、

——知ってる？　海里は捨て子だったんだよ。

——え？

棚は三原を改めて見つめ、聞き直した。

——そう言ってたよ。えらく淡々としてたけど。捨てられていたとき身につけていたものに、中国のお守りがあったんだって。だから本当は中国人かもしれない。本人はそう信じてたね、どうやら。お守り付きっていうのが、まだちょっとましじゃないか。同じ捨てるにしてもさ。

では、ナカトが最初に片山に会ったとき、彼を中国人だと思ったというのは、あなが

ち見当外れのことではなかったのかもしれない、と棚は思った。

——自分は捨て子だった、っていう前提を抜きにして、物事を考えることができないんだって、何かのとき、言ってたなあ。育ててくれた母親は、とてもいい人だったらしいよ。彼のことを神童みたいに思ってたんだって。だから裏切れないって。でも、何で今、君にこんなこと話してるんだろう。何か、話した方がいいって気がしてるんだけど。やられてんのかな、俺も、やっぱり。

——何に？

棚の問いかけに三原は頤《おとがい》を上げ、憮然とした表情で、

——ジンナジュに決まってるじゃないか。

と若干苦々しげに言った。そう、と棚は呟いた。こういうスタイルで口にしてしまうのが、三原の「プロテクション」なのかもしれない。「プロテクション」の仕方は人それぞれ違う、と思った。

到着便の飛行機のアナウンスが流れ、空港スタッフたちの動きが目立ってきた。棚はそれをぼんやり見やりながら、

——ねえ。人って不思議なものね。生きている間は、ほとんど忘れていたのに、死んでから初めて始まる人間関係っていうものがあるのね。

——海里のこと？

――まあね。あなただから言うけど、その人が死んでくれて初めて、その人をトータルな「人間」として、全人的にかかわれるようになる気がする。生きているときより、死んでから、本当に始まる「何か」がある気がする。別の次元の「つきあい」が始まるのね、きっと。あなた風に言えば、「咀嚼《そしやく》」できるっていうか。

三原は初めて見るように棚をまじまじと見た。

――やっぱり獰猛《どうもう》なやつだな。俺が死んでも、そういうふうに「咀嚼」してくれる？

棚はしばらく考えて、慎重に答えた。

――……あなたが私に、本気でそれを依頼するのであれば。

ふうん、と、三原は視線をガラス張りの壁の外へ移した。

――死ぬ楽しみができたな。

――それはよかった。

――まだ依頼してないけどね。

――それもよかった。

仕事もまだ終わっていない。ドバイで乗り換えて、それから十二時間で日本だ。

ピスタチオ――死者の眠りのために

夜の間に降った雨は地面にしみ込み、地面が飽和状態になるや川へ集まり、川が飽和状態になると河畔林《かはんりん》へ押し寄せ、朝までには大きなうねりとなって川際の灌木《かんぼく》類をえぐり取るように押し流していった。

ピスタチオは双眼鏡でその灌木の茂みが流れてゆく様を見ていた。あそこにはカワガラスの巣があるはずだった。それから土手にはヒメカワセミの巣穴が。鳥たちは避難出来ただろうか。その可能性の低さにピスタチオはため息をついた。それでもこれは必要なことなのだ。ピスタチオは階下に降り、雨合羽を着込んだ。

「鳥たちどころではないよ、ピスタチオ。私たちの家も流されてしまうかもしれない。さあ、おまえはおまえの荷物をまとめるんだよ」。遺失物係の母が階段の踊り場からいつになく切迫した声を掛けた。ピスタチオはその声で一瞬逡巡《しゅんじゅん》したが、

「鳥たちどころでも、僕たちどころでもないんだ」と、降りしきる雨ですっかり意気消

沈している外界へ向け、ドアを開けた。風がごうと襲いかかり、ピスタチオの雨合羽を膨らませた。ピスタチオは、この洪水が近隣の丘の土砂崩れを起こすだろうこと、そして、自分が為すべきことが分かっていた。

ピスタチオという名前がもちろん仮のものだということは皆承知していたが、彼の本当の名前なんて覚えている者などなかったし、本人にすら、もしかしたら記憶の棚のどこかにしまい込んだまま、しまい込んだそのことをすでに忘れているのではないかと思われるふしがあった。ピスタチオと呼ばれれば返事をするのはもちろん、自身ピスタチオと名乗り、署名の必要のあるときはピスタチオと書いた。

十数年前、町の石畳の広場で、金曜の市が立ったその翌日土曜の朝、広場の真ん中で赤ん坊が泣いているのを清掃人が見つけた。明らかにゴミでない、価値のある物が落ちていた場合そうするように言われていたとおり、市の清掃係は遺失物係に赤ん坊を届けた。「ゴミでない価値のある物」が、清掃係から遺失物係に届けられたのは実はそのときが初めてだった。赤ん坊は貴金属とは違う、質屋に持ってゆくわけにはいくまい、と清掃係は諦めたのだろう。いろいろな憶測が飛び交った。市に毎回やってくる鋳掛《いか》け屋の幌馬車が発つときに置いていった赤ん坊だとか（「それが証拠にあの一群はあれ以来やってこないだろう?」)、ちょうどその朝、町外れの四つ辻で行き倒れになった巡礼の連れていた子だとか(「鋳掛け屋ってのは赤ん坊をさらいこそすれ、置いてゆくなんてもったいないことをするもんか。死期の近いことを悟った巡礼が人目の多い場所へあの子を置いていったのさ!」)、この間捕まった山賊の女房が山から下りてきて途方に暮れて置いていったのだ(「堅気として育ててもらいたいと思ったのさ。赤ん坊連れの巡礼なんてあるものか」)、等々。が、その日のうちには落とし主は現れず、結局とりあえず赤ん坊はその遺失物係が預かることになった。

遺失物係は独身だったが母親と住んでいた。母親は前の晩、空の星が自分の所に降ってくる夢を見ていたので、その日は何かがあると朝から待ち構えていた。それでその日息子が勤めから帰ってきて見知らぬ赤ん坊が自分に手渡されたその瞬間、ああ、このことだったのだと悟った。この赤ん坊、その世話、これが息子を通して天からもたらされた自分の仕事なのだと。それでその赤ん坊にそういう場合に活躍するに相応しい、大天使にちなんだ名前を付けたのだ。名前に印を付けておくようなものだ。それなら呼ばれるたび、自分の務めの厳かなることをいやがうえでも自覚するだろう。赤ん坊も自分も。が、ことはそううまくは運ばず、数日後、訪ねてきた遺失物係の叔父が茶色の油紙と薄いグリーンの毛布にくるまれている赤ん坊を見て、思わず「このちっぽけなピスタチオはどっから湧いてきたんだい」と言った、その瞬間、赤ん坊の呼び名はピスタチオに定まってしまった。実際、赤ん坊の頭の形はピスタチオそっくりだった。当初嫌な顔をした遺失物係の母親は、けれども結局一番その名を多く呼ぶ人になった。呼ぶたびに、これは違う、と叫びたい気がするのだが、その名のぴったり合った感じにはどうにも抗しきれないのだった。それ以後、誰かに初めて彼を紹介する際には必ず最初つけた名前を言い、それから、「通称として」ピスタチオと呼んでいるのだけれど、と仕方なさそうに付け足した。けれどその名を聞いた人間は、皆一瞬目を輝かし、なるほど、ピスタチオ！　と必ず嬉しそうにそう呼びかけるのだった。遺失物係一家のそれほど広くない交際範囲では、ピスタチオがよちよち歩きをする頃までに「初めて紹介する」相手もいなくなり、そうなると次第に「最初の名前」も口の端にのぼらなくなり、結局ピスタチオが物心つく頃にはそんな名前のことなど皆忘れてしまった。

　ピスタチオはしゃべるのが遅かった。最初にしゃべった言葉は「かんかんでろり」というものだった。これが何を意味するのか測りかねた遺失物係の母親は、町外れにある瞑想家《めいそう》の家まで出掛けた。何しろ「天から預かり受けた」赤ん坊だったので、いくら食事から排泄の世話までしていたとはいえ、自分の理解など到底及ばぬところがある、と信じていた。実際、ピスタチオには聖性とは言わないまでも、何かそういうようなものを想起させる気配があった。それは遺失物係の母親が彼をそういうものとして扱い育てていたせいだったかも知れない。

瞑想家は目を閉じて「かんかんでろり」という言葉を測った。そして目を開けると、「一週間後に来てくれ」と言った。一週間分の瞑想を要する言葉だと判断したのだ。これは瞑想家のところに持ち込まれる言葉としては比較的短いものだった。瞑想家はそうやって依頼された、幾つもの言葉を抱えて瞑想に入る。

一週間後、遺失物係の母親が瞑想家の家に行くと、やつれて憔悴《しょうすい》した瞑想家が出てきて、すまない、自分の測り間違いであった、これはどうやら長く掛かりそうな気がする。何か明らかになったら、自分から告げに行くからとにかく当分待っていてくれまいか、と言った。

さて、最初に何とか言葉は発したものの、ピスタチオの様子には聖性とは関係なく、どうも不審なところがあった。遺失物係の母の言葉には反応するのだが、遺失物係の声は無視する。ピスタチオには遺失物係の言葉が分からなかったのである。蛙の鳴くようにしか聞こえなかった。そして分からないのは遺失物係の言葉だけではなかった。

「誰の」言葉が分からないのか、男女の差か、年齢の差か、職業の差か、強面かそうでないか、人種か、声の強弱か。それが分かればなにかしようがあるものを。遺失物係の母はそれとなく原因を突き止めようとしたが終いには匙《さじ》を投げた。ピスタチオには言葉が通じる者と通じない者がいる。そしてそれは予測することが出来ない。この先、生きていくにこれは大変不便なことだろうと遺失物係の母は案じた。すべては瞑想家に預けた「かんかんでろり」の解読にかかっているような気がした。

遺失物係の母の親しい友人に、ペンナシという名の女性がいた。ピスタチオはペンナシの話す言葉も分からなかったが、ペンナシはピスタチオをかわいがり、ピスタチオもペンナシに懐いた。ピスタチオは十三歳になっていた。ペンナシは遺失物係の母に、ピスタチオを占い師のところへ連れて行ったほうがいいと勧めた。これから先、ピスタチオが聖性（ペンナシの言葉では「浮世離れした間の悪さ」）を持ちながら、日々の糧を得て行くためには、ペンナシの狭い「世間」から考えるに、占い師の弟子になればいいと思ったのと、弟子にならないまでも、半分耳の不自由なピスタチオの今後について占い師が何か意見をしてくれるだろうと思ったからである。

占い師は探し物など実用の役に立つ。丘の中腹の住宅群の一郭にすんでいるペンナシは、五年前大事な指輪をなくした。それは結婚のときから死ぬまで夫がはめていたもので、夫の死後、遺言でペンナシが人差し指にはめていたものだった。それでもゆるかったので、家事の最中にでもどこかに落としたのだろう、そのうちどこからか出てくるだろうと思っていたが、ある日突然その指輪のことが気になった。死んだ夫が夢に出てきたのだ。ただ出てきたというだけで死んだ夫は指輪のことは何も言わなかったし、その行方についてももちろん教えてくれなかった（黙っているだけで人を動かそうとするんだよ、あの人らしいじゃないか、とペンナシは遺失物係の母に嘆いたものだ）が、死んでから夫に会ったとき、あの指輪についてきちんとしたことが言えないのはどう考えても死後の夫との関係性において弱みを作ることになると思った。ペンナシは夫を愛してはいたが、彼の性格として、鬼の首でも取ったかのようにそのことを責め立てるだろう。それはもううんざりだ。何としてでも自分が死ぬ前にあの指輪の所在について――それがもう自分の手の届かないところにあったとしても――正確なところが知りたかった。それで占い師を訪ねたのだった。

占い師はペンナシを若い頃から知っていた。直接指輪とは関係なく思われる四方山話をしながら、煮立てたお茶を、綿布を敷いた大きな茶漉《こ》しに通した。これがこの占い師の占いのやり方で、そのとき綿布に落ちた茶葉の模様を読み取るのである。

「玄関ドアの前」

占い師は、しばらく茶葉を見つめた後、厳かにそう呟いた。ペンナシは礼を言うとそそくさと自宅に帰った。

道路から、ペンナシの家の玄関までは砂利が敷いてある。玄関ドアの前には煉瓦で出来た段が付いていて、砂利からその段が立ち上がるところの隙間に、なんと細かい枯葉などとともに指輪が挟まっていたのだ。たぶん、荷物を両手に持って、あたふたとドアを開けるとき、何かの加減で指輪を落としたのだろう。もともとはサイズの大きい夫の指輪だ。見つけたときペンナシは思わず両手に挟み込んで、それからそっとキスをした。

このように、占い師の所へは、日常の失くし物、探し当てたいものを見つけて貰うために行く。ペンナシの提案は、至極《しごく》妥当なものに思われた。それで、遺失物係の母は、ピスタチオに、どうだい、占い師のところへ行こうじゃないか、と誘った。ピスタチオはこの提案をうさんくさいものに思った。自分の抱えている不便は、占い師によって解消されるようなものには思われなかったのと、この二人の女性の熱意が重く感じられたからである。「行かない」とピスタチオは素っ気なく呟いた。遺失物係の母は傷ついた。それまでピスタチオが自分の言ったことに異を唱えたことなどなかった。帰宅した遺失物係にそのことを訴えると、成長したのだ、と答えた。相変わらず遺失物係の言葉はピスタチオには通じなかったし、ピスタチオの話す言葉も遺失物係にはよく分からなかったが、言葉が分からなくとも通じ合う程度の情愛は双方に育まれていた。

「あの子が遺失物であるということを忘れないように」と、遺失物係はその母に釘を刺した。自分は遺失物係であり、あの子は遺失物なのだ。遺失物係はこの十三年の間に、何度もそのことを口にして母に注意を促した。遺失物であるからには落とし主がいるのだ。故意であろうがなかろうが。今日にでも名乗り出る者が来るかもしれない。そのときは、ピスタチオは返さねばならないのだ。あまり愛情を注ぐとつらい思いをする。女とは大抵そういうものなのだが、遺失物係の母も、直面している現実の他は考えられない。そんな起こるかどうか分からない先のことまでわざわざ心配する必要があるだろうか。今現在抱えている心配だけでは足りないとでもいうように。口先では「分かってるよ」と言うものの、実際にはそんな「者」が現れるなどとは夢にも思っていなかった。

さて遺失物係は錠前屋を兼ねていた。もともと錠前屋の家系だったのだが、ある日突然錠前というものの売れ行きがぱったりと落ちたことがあった。錠前屋は、このさして広くもない町に必要なだけの錠前が行き渡ったということなのだろう、これからは古くなって新しい物が欲しいということはあるだろうが、それもたいした数ではあるまい、と踏み、さっさと市庁舎まで出掛けていって遺失物係の職を見つけてきたのだった。遺失物係はそのように、合理的に先を読み、行動に移すことのできる人間であった。「錠前屋を継がせてもいいじゃないか」遺失物係は言った。母はちらりと遺失物係を一瞥し、何も言わずにその場を去った。

ピスタチオには確かに人の言葉が分からないところがあったが、木々の言葉は聞こえた。林一つ分の中には、必ず一本は語り出す木がある。家の近くにある木立の中にも、そういう木があった。ある日、その閉じ込められた樹霊は、「お前は私のようになる」と呟き、それ以降口を閉ざした。樹霊が単に語ることをやめたのか、もうその中にはいないのか、ピスタチオには分からなかった。しかし樹霊の言葉は、ピスタチオの頭のどこかで響き続けた。木は、かつて人だったことがあるのだろうか。

ピスタチオに聞こえたのは、木の声だけではなかった。

金曜の市がたって、広場に週に一度の喧騒が戻ると、旅芸人たちの奏でる音楽が途切れ途切れにピスタチオの住む家まで流れてくる。そういうとき、ふと微かにピスタチオの耳が聞きとってしまう、調べとも呪文ともつかない旋律がある。ピスタチオはそれを意識するたび、無性に泣きたいような思いに駆られた。誰がそれを奏でているのか、あるいは呟いているのか、全く分からない。旅芸人の顔触れはほとんどいつも違うのだ。だから人が奏でているわけではないのかもしれない。喧騒に仕込まれた旋律。この旋律が、ピスタチオをがんじがらめにする。物心ついてから、ピスタチオはこの広場の喧騒が聞こえてくると急に動きを止め、全身を固くした。遺失物係の母は家事に忙しく、そのことに気づかなかった。遺失物係は勤めに出ていてそのことを知らなかった。自分以外の人間には、こういうことはないのだと気づいたとき、自分の中のひどく特殊な何かに、その調べが絡みつくのだとピスタチオは感じた。ピスタチオは解き放たれたいと願う。ピスタチオは解き放たれたく、そして解き放ちたかった。遺失物係の鬱屈も、遺失物係の母の意固地も。自分の出会ったすべての人や物が、在るべきように在るように。

それがピスタチオの数少ない願いのすべてだった。それにはまず、人々の声を自分がきちんと聞けるようにしなければならない。聴力には問題はないのだから、あとは気持ちの持ちようにも思えた。ピスタチオは自分には修行が必要だと思うようになった。しかし、それが占い師の力量で扱える問題なのか。ピスタチオにはそう思えなかった。が、遺失物係の母は、粘り強かった。顔を合わせさえすればそのことを訴え、ある日とうとうピスタチオが拒否した後、台所のテーブルに突っ伏して動かなくなった。思い込むと他のことが手につかなくなる遺失物係の母の性質を、今更ながらピスタチオは思い知った。占い師の所へ行くことで、彼女の気がすむならばそうしようと、ピスタチオはついに折れた。憔悴しきった遺失物係の母は、思ったほど狂喜しなかった。ただ、満足げにため息をついた。その数日間彼女なりに全力を尽くしたので、狂喜するほどのエネルギーは残っていなかったのだった。

ピスタチオは遺失物係の母に連れられ、占い師を訪ねた。占い師はさほどうさんくさい人間ではなかった。ピスタチオをごく普通に招き入れた。遺失物係の母は、占い師はピスタチオに会った途端、そのただものでないことを見抜き、顔色を変えるだろうと予想していたので、少し落胆した。占い師は二人を座らせると、ペンナシにしたようにゆっくりとお茶を淹れ、その茶葉を見た。占い師が顔色を変えたとすれば、このときであった。「鳥」と、占い師は呟いた。その言葉を聞いて、遺失物係の母は大きく目を見開いた。

鳥は、町の人々にとって境界を越えてやってくるものだった。それはあの世に属する何かで、その何かがこの世に現れるとき、鳥という形をとってやってくると思われていた。それはそもそも人の霊なのか、それとも全く違った存在であるのか。人の霊だとしたら、人は死んだら鳥になるのか、その霊が鳥に憑くのか、鳥がその霊を運ぶのか。その辺りは定かではなかったが、霊と鳥とが不可分の関係であることは、皆知っていた。人が死ぬとその近くに鳥が現れ、そしてどこかへ去っていく。毎年決まった季節に帰ってくる鳥もいれば、そのまま近くに住みつく鳥もいた。

鳥、と言ったきり、占い師が口をつぐんでしまったので、しかたなく遺失物係の母は、ピスタチオを連れて帰途についた。

「おまえ、鳥検番になるかい」遺失物係の母は、帰る道々、ふと思いついたその考えを、恐る恐るピスタチオにぶつけてみた。

鳥検番はペラル山脈にあるシシナン山のふもとに住んでいた。鳥はそのペラル山脈を越えてやってくる。鳥検番は、そういう鳥を動かし、気象を左右する力があると言われ、町の人々から怖れられていた。この世の人間として付き合うにはあまりにあの世に近づいていたからである。それでも鳥検番がいなければ鳥の統率がとれなくなる。鳥の統率がとれなくなるということは、あの世の魑魅魍魎《ちみもうりょう》が野放しになるようなものである。人々にとって、それ以上の恐怖はなかった。それで当番制を組み、鳥検番には定期的に食物が運ばれ、彼の仕事に滞《とどこお》りが起きないよう、協力する慣わしだった。鳥検番になるものは、捨て子の出自を持つ者と決まっていた。無名性が重要だったのだ。捨て子の資格なら、ピスタチオに勝るものはいなかった。

鳥検番という「職業」のことは、実は一度ならず、過去に遺失物係の母の頭をよぎっていた。ピスタチオの将来を考えるとき、しかしできることならそれは最後の可能性としてとっておきたかった。鳥検番はシシナン山で生涯を送る定めだった。赤ん坊の頃から育てたピスタチオにこれっきり会えないというのはつらいことだったのだ。しかし、占い師の綿布に「鳥」と出たからには、これはやはり運命だったのだ、と彼女は覚悟を決めた。

そのときピスタチオは、鳥検番のことについてそれほど詳しく知っているわけではなかった。生活に直接関係のある言葉ではなかったからである（実は密接な関係があったのだが）。遺失物係の母から改めて鳥検番の仕事について聞き――もちろん彼女の知っていることは噂の域を出ないことなのだが――そして、世の中の役に立つ仕事なのだ、もちろんそれなりの修行が必要だが、という彼女自身のその職業に対する意見も聞いた。

それはピスタチオにとって、自分の考えていた「修行」が初めて現実の何かと結びついた瞬間だった。「鳥検番」になるための修行。占い師はそれなりの働きをしたのである。ペンナシと遺失物係の母の直感は結局正しかった。ピスタチオは「鳥検番」のところへ修行に行くことにした。

当時の鳥検番は、パイパーと呼ばれる男だった。パイパーの実の父親は、ペラル山脈に住む、普通の人間の半分ほどしかない背丈の侏儒《しゆじゆ》で、その代わり肩や胸は厚く、首はなく、ちょうど一人前の人間を上からつぶしたような体型をしていた。目先の欲得に支配されやすく、始終そのための策略を練っていたせいで、体つきに見合った、瘤《こぶ》だらけでねじくれたダケカンバのような性質をもっていた。これが病弱で色の白い地主の娘に恋をした。忍び込んで娘を連れ去り、妻とした。この娘はもともと薄い霊の持ち主だったので、侏儒の吐く毒気にほどなく足が不自由になり、口も動かなくなり、パイパーを産み落として死んだ。パイパーは娘によく似た、色白のほっそりした赤ん坊だった。侏儒は赤ん坊を地主の屋敷の玄関前に届けた。

そういうわけで、パイパーも捨て子とみなされ、鳥検番になる資格を有していたというわけなのである。パイパーは連れ去られた娘の忘れ形見として（娘そっくりのパイパーを一目見れば、そのことは疑いようがなかった）、地主の家で大切に育てられたが、反社会的な侏儒の特性が彼の中でどのように作用したのか、あるいはしなかったのか、鳥検番への道を選ぶに至ったのであった。

侏儒は、時折シシナン山の鳥検番の住む小屋まで行き、そっと様子を窺《うかが》っては帰ってきた。侏儒の住む小屋からは山二つ越えねばならず、通うのに半日を要した。パイパーはそのことに気づいていたが、特に気持ちを動かされることはなかった。弟子の身として忙しかったこともある。パイパーは生涯侏儒について、つまり自分の出生のあれこれについて、口にしたことはなかった（地主の家のおせっかいな親戚や使用人が、物陰でパイパーにそのことを囁いた――使命感に駆られて、もしくは個人的な快感のために――可能性は大いにあるのだが、それもまた分からない）ので、パイパーがこのことについてどう思っていたかは誰も知らない。

そうこうしているうちに侏儒は一人寂しく小屋の中で身罷《みまか》り、小屋の存在自体知る者は少なかったので、遺体は自身の小屋と共に朽ちていった。パイパーは自分の身の回りに、太ったシメが現れるようになったことに気づいた。シメは悪相の鳥だった。やがてパイパーの師匠であった先代の鳥検番も亡くなった。パイパーの鳥検番としての最初の仕事は、シメをペラル山脈の向こうへ渡らせることだった。骨の折れる大変な仕事だったが――シメはパイパーに執着していたのである――パイパーはやり遂せた。それからは空を覆うほどの大群となってやってくるムクドリや、赤ん坊さえ咥えて飛ぶ大型のワシとも感応し、動かしていった。

そうやって数十年が過ぎ、パイパーは、自分の亡き後のことを考えるようになった。

鳥検番を途切れさせるわけにはいかず、継ぐものが必要だったのである。ピスタチオがパイパーのもとを訪ね、弟子にしてもらいたいと訴えたのはそういうときだった。パイパーはそれに対して直接返さず、小屋の裏手へ回り薪割りを済ませておくように、初対面のピスタチオに言った。長い間一人で暮らしていたので、鳥以外を相手に話すことが、苦手になっていたのだ。けれど、これからはそれもましになっていくだろう、と、パイパーは、彼に言われた通り薪割りに行ったピスタチオの後ろ姿を見ながら思った。それから彼は立ち上がり、鳥検番小屋へ続く小道にある、供え物を入れる小さな社のような食事入れに、「明日から二人分」と書いた紙を置きに行った。幸いなことに、ピスタチオには、パイパーの話す言葉が分かった。ピスタチオの鳥検番見習いとしての修行生活が始まった。

パイパーは、ピスタチオに、鳥というものはその種によって生態も性向も違うものだということを教え、鳥を知ろうと思えばまず観察することだと言った。そうするうちに、鳥の心に寄り添うことができるようになる。ピスタチオはその言葉を守り、鳥を観察し、そして鳥検番の仕事を観察した。

例えばカササギの群れが何日も町の中心に居着くようになると、人々の気持ちが次第に荒んでき、険悪なものになっていく。そうなる前に鳥検番は、カササギの群れを町の外れに移動させ、適当な場所に分散させる。カササギには人の気分を活性化させる力があるので、生命力が衰えていると思われる村々へ散らしていくのだ。ハクチョウの群れは、人の心を穏やかにするが、同時に勤労意欲を減じさせることも否めない。害をなさないぎりぎりの期間、町に留まらせ、それから他へ旅立ってもらう。パイパーはいつも鳥見台に立ち、鳥の往来を見つめていた。

次にパイパーは、鳥の本当の名前を、探し出すように言った。鳥には秘かに隠し持つ本当の名前が――それは「ヒヨドリ」というような群れの名前ではなく、その個体の持つ名前なのである――あり、それが見抜ければ、その鳥と鳥検番の間には見えない糸のような関係性が生じる。そうなれば、鳥の首に操り糸をかけたようなものだ。群れ全体を動かしたいと思うときは、群れの名前の向こうに、一羽一羽の鳥の名前が浮かび上がるように念じる。

パイパーの話す言葉数は、以前より多くなったとはいえ、こんな物言いでは、実際どうやって一羽一羽の鳥の名前など探り当てることができるのか、分かるはずもない。ピスタチオは途方に暮れた。

ピスタチオはある日、一羽のカワラヒワに出会った。カワラヒワは番《つがい》や小さな群れでいることが多い。なのにその鳥は、鳥検番の家の庭先に立つポプラの木に、一羽だけで止まっていた。目を合わせた瞬間、ピスタチオはその鳥の本当の名が、ペンナシであることを知った。遺失物係の母の友達のペンナシは、ピスタチオが遺失物係の家を出てしばらくしてから死んだのだった。不思議なことに、ペンナシが生きているとき、ピスタチオは彼女の話していることがさっぱり分からなかったが、鳥のペンナシには、言葉が通じた。鳥のペンナシは、最初、自分がペンナシであることに無自覚であったが、ピスタチオに話しかけられ、ペンナシとしての本性を覚醒させた。ピスタチオの今を言祝《ことほ》ぎ、夫を探しにペラル山脈を越えるつもりだと勇んで言った。ピスタチオは鳥検番に教わった通り、無事に渡りができるよう祈ってやった。

ペンナシの場合は、たまたま昔から知っている人間であったからうまくいったのであって、次回からはそういうわけにはいかないだろう、と思っていたが、これが不思議に分かるようになった。生前会ったことすらない人間の名前が、ふっと浮かんでくるのだ。ペンナシの一件が皮切りになったかのようだった。鳥と死んだ人間との間に、これほどの符合があるのにもかかわらず、パイパーはまだ、鳥が死後の人間の霊そのものであるとは言わなかった。

鳥が何者であろうとも、とにかくピスタチオは、自分が現実の人間よりも遥かに鳥の方に共感でき、言葉を交わすこともできるのに気づいた。

パイパーはピスタチオの能力を認めた。風の強いある夜、暖炉の前でパイパーはピスタチオに次のようなことを語った。

人が死んだら鳥になるというのは、半分真実で、半分間違っている。本来一つであるところの魂が二つに分かれ、人が生まれると、鳥の世界でも同時に一羽の雛が孵《かえ》る。この二人はふたごのようなもので、二人で一つなのだ。ふたごというのはそういうものなのだ。響き合い、共振し合う。もともとがよく似通ったふたごなのだから、性質や考えることもよく似ており、人が死ぬと、その片割れの鳥は、故人の霊を背負っているようにも見える。或いは本当に故人そのものと言えるかもしれない。この辺りは、自分でもよく分からない。パイパーは正直に言った。

それでは、自分にも片割れの鳥がいるのだろうか、とピスタチオはぼんやりと考えた。

パイパーは続けた。

その昔、最初の鳥検番は、地上の人心の荒み具合と、空を飛ぶ鳥の獰猛さ加減に相関関係があることを発見した。長い年月をかけて、鳥を操り、制御する術を会得した。その結果この町に平和と穏やかさがもたらされた。鳥は制御されることをむしろ待ち望んでいたようにも思えた。人々は鳥検番に感謝した。畏れつつではあったが、鳥検番の仕事が永続的なものになるように望んだのだった。鳥検番がいなければ、人の世は悪い方へ悪い方へと傾いていく。君が人よりも鳥の方と心が通い合うというのは、鳥検番としては望ましい資質なのだ。

黒白均等に入った毛模様の猫が、長く伸びた午後の日差しをベンチの陰で避けながら昼寝をしている。白に紫の混じったサフォロンの花が、土からいきなり生えた妖精のラッパのような具合で咲いている。町の外れ、高台にある庭だ。瞑想家は、ベンチに腰掛けてまどろんでいるように見えたが、実は瞑想しているのだった。

この町では、生まれた子が最初に叫んだ声を占う風習がある。どうしてもその意味を測りかねたときは、この場合、占い師でなく瞑想家に相談する慣わしであった。そればかりでなく、短期間で偶然同じ言葉を、それぞれ別の場面で耳にしたときも、やはり奇異なこととして瞑想家にその言葉を持ち込む。瞑想家と占い師、鳥検番との違いは、まず、この三者の中では瞑想家が一番実用の役に立たないということである。それでも瞑想家のところにやってくる人々が絶えないということは、実用の役に立たないこともまた、人に必要とされているということなのだろう。

そういう日常の傍ら、瞑想家はもう二十年近くも一つの言葉について瞑想を続けているが、それを瞑想と呼ぶべきなのか迷走と呼ぶべきなのかもう分からなくなってしまっていた。「かんかんでろり」。当初一週間ほどで何とかなると思っていた言葉だったが、これほどの時間がかかるとは、瞑想家にもまったく予測がつかないことだった。

「とぱんそあーとる」

瞑想家は目を閉じると小さく呟いた。これがその、ピスタチオの分の瞑想に入るときのまじないの言葉であった。

暗闇のあちこちで小さな花火が花開いて消える。一つ一つが闘いであり、一つ一つが和解である。男の子がいる。柔らかい革製の小さな靴を履いている。足先に太い毛糸で作った黒いボンボンが付いている。その子は、カタツムリしか食べない。なぜ？　瞑想家は瞑想の中でその子に訊く。その子は応えない。ここまでは今までと一緒だ。だが今回、男の子は後ろを向いて歩き始めた。歩いてゆく。やがて一本の木のところで止まった。その木にカタツムリが多くついているのだった。その子はゆっくり振り返り、傍らの木を指して言う。

「かんかんでろりの木」

瞑想家はゆっくりと目を開ける。それから遺失物係の家を目指して歩いた。

ある日、ピスタチオは所在なげに道を歩いているシラコバトに出会った。遺失物係であった（遺失物係が亡くなった、ということは、遺失物係の母からの報せで知っていた）。ピスタチオはシラコバトに、おじさん、と呼びかけた。シラコバトは戸惑ったように眼をしょぼしょぼさせたが、次の瞬間、一歩ピスタチオに近づき、目をじっと見て、彼の心に話しかけた。懐かしいな、ピスタチオ。けれど昔話をしている暇はない。お前に話しておかなければならんことがある。お前の「落とし主」が現れたんだよ。黒いマントを羽織った、影のような男だった。低いしゃがれた声で、「十五年前、そこの広場に赤ん坊が落ちておりませんでしたか」俺は一瞬ぞっとしたね。思わず、「ええ、確かに。だが、赤ん坊の場合、保管期間は十三年になっています。二年前、自ら保管場所を出て行きました。今では所在もはっきりしません」二年前出て行った、これはまちがっていないだろう。ただ、赤ん坊の保管期間が十三年というのは咄嗟に俺が作った規則だったがね。「今では所在もはっきりしません」これは嘘だ。俺はお前のいる場所を知っていた。しかし、俺の錠前屋としての血が——これに合う鍵をつくってくれと客が言ってきたとき、その持ち込んだ錠前が悪事に関わったものかどうか、直感てやつが働くようになっているんだ――お前の居場所を言っちゃいかん、と騒いだんだ。諦めてその男が出て行った後、外で大きな鳥が羽ばたく音がした。慌てて出てみると、見たこともない大鴉が西の空へ去って行くところだった。

遺失物係は、しみじみと言った。おまえと、こうやって会話が交わせるようになるなんて思わなかった。死んだ甲斐があるというものだ。

おじさん、おじさんが機転を利かせてくれて、助かりました。

錠前屋で遺失物係のシラコバトは、愛情深くピスタチオを見つめた。何にせよ、直感てやつは大事だ。うちの母親は、それだけで生きてるが。そう言うと、ピスタチオと二人でちょっと笑った。

遺失物係の直感は、結局は正しかったのかもしれない。だが当初それは全く外れたように見えた。まず、黒マントの大鴉は「悪事に」関わってはいなかった。少なくとも遺失物係の想像するような「悪事」には。そして、遺失物係が教えずとも、黒マントの大鴉は、すでにピスタチオの行き先には見当がついていたのだ。大鴉はピスタチオがいつか遺失物係のところから鳥検番のところへ行くことも知っていた。だがそれが「いつか」まではさすがに分からなかったのだろう。

シラコバトの遺失物係が山脈の向こうへ去ってしばらくすると、町に奇妙な疫病が流行り始めた。最初、耳の後ろからポツポツと湿疹《しっしん》ができ始め、しばらくすると、それが体中に回り、湿疹はいくつか塊のようになって膿をもち、目が見えなくなり、口がきけなくなり、やがて呼吸もできなくなって死んでしまう。

人々が不安に思い出した頃、この疫病に罹った人間は鳥を食べたのだ、という噂が立ち始めた。この町で、鳥を食うということは、最も忌み嫌われることだった。自分の親の肉を食べると同じように、もしかしたらそれ以上に浅ましいことととされていた。そういうことを口にするなどということすら、普段は考えられないことだった。だが、その噂はどうやら本当のようだった。市当局は、鳥を食べてはいけない、という条例を、改めて制定しなければならなかった。今まではまさかそんな禁忌を犯す人間がいようとは思いもしないことだったし、いたにしても、なぜ、それがいけないのだと開き直られたら、法的にはどうにもならなかったからである。しかし、それが命にかかわる病気を引き起こす、となったら別だ。

鳥は文字通り、禁断の味だった。最初に食べた人間は、仲間をつくらずにはいられなかった。結局、ただの肉ではないか、それもすこぶる美味な。最初尻込みしていた人々も、言葉巧みに誘われ、そして反社会的だということもまたその種の人々には魅力となったのか、仲間は少しずつ増えていき、それは静かに流行り出していた。

そういう連中の噂は、巷間《こうかん》秘かに伝えられたが、ほとんどが半信半疑で、信じないものや、自分とはかかわりのない遠い世界の話、と片付けてしまっていた。

それが事実であり、そしてそういう人々が現に存在するということが、文字通り白日のもとに晒されてしまったのであった。

「鳥を食べるということは、自分自身、鳥に近づくということである」そう言って、自らの鳥肉哲学を披露する患者まで現れた。一度鳥肉を食べるとそれは麻薬のようにその人を虜にし、もう鳥肉なしでは生きてはいけなくなるらしい、という噂や、この病の患者と言葉を交わしたり、接触したりしたら、それだけで病は伝播する、という噂まで立ち始めた。

患者たちは、身体的な苦しみとともに、道徳的な蔑みも受けなければならなかった。肉体的な死よりも前に、社会的に葬り去られた。

この病は、何より社会の衰弱を全体的に加速した。ピスタチオは満足な手当ても受けられないでいる患者たちのことが気がかりだった。彼らが倫理的な罪を犯したとは思えなかった。意識的にしろ無意識にしろ、彼らは鳥に近づきたいと思ったのである。むしろ彼らの抱えている「切実さ」の方にピスタチオは共感した。

パイパーは言った。鳥の魂が衰えてきている。このままでは、人もただ生きているだけの無気力な存在になっていく。疫病を治すために、鳥検番は、自らの力を社会に帯電させなければならない。そのために自分は、ペラル山脈の向こうへ行くのだ。パイパーがそう言ったとき、初めてピスタチオの胸に微かな疑問が生じた。それは、タダシイコト、なのだろうか。道はそれしかないのだろうか。

私は鳥検番としては完全ではないのだよ。

ピスタチオの表情に何かを読みとったのか、パイパーは一瞬、父の侏儒を彷彿とさせる複雑な笑みを浮かべた。

どうもそんな気がしてならないのだ。だがこうする以外にない。

ピスタチオは何も言葉がかけられなかった。そもそも、完全な鳥検番とは何だろう。

翌朝、パイパーは、テラスに置いた椅子に腰かけたまま眠るように死んでいた。辺りにはシメの群れが、神妙な顔をして歩き回っていた。

そのシメの群れが去ると、入れ替わるようにして、大鴉がピスタチオの元を訪れた。

大鴉は庭のモミの木に止まり、鳴き始めた。その鳴き声は、薪割りをしていたピスタチオの手を止めさせた。カラス一族は全般に物真似が得意であった。この大鴉は特にそうだと見え、楽器を奏でるような、呪文を呟くような調《しら》べで鳴くことができた。ピスタチオは、その調べが、あの、広場の喧騒から流れてきた、聞くたび自分をがんじがらめにした、あの旋律であることを知った。慌てて庭先へ出て、音源を確かめたとき、蛇のようにまとわりつく昔馴染みの旋律が、実は鳥によるものだったのだと知った。そして、この鳥が、遺失物係の言っていた大鴉であり、どうあがいても逃げられない、自分と深い結びつきのある「鳥」なのだということも。

あなたが僕の、ふたごの鳥ですか、とピスタチオは大鴉に訊いた。

いや違う。おまえにふたごの鳥などいない。大鴉の返事を聞いた瞬間、ピスタチオは、自分の存在はやはりそういう、完全ではない、欠損のあるものだったのだ、という確信を持った。泣きたい気持ちと、やはりやはり、そうだったのだ、という納得。しかし、大鴉は、そういうピスタチオの心情を見透かしたように、おまえにはふたごの鳥など必要ないのだ、と続けた。あなたはいったい誰なのですか。大鴉は、自分が最初の鳥検番であると名乗った。鳥を制御する術を生みだした方ですね。そうだ。世の中の混乱ぶりを見て、それがあのときの最良の方法だと思ったのだ。しかし、本当の最良の方法は、鳥自身の覚醒にあるのだ。鳥は、もっと高い霊性を獲得することができる。これからの鳥検番は、鳥を制御するのではなく、鳥の霊性を導いて、鳥が思うままにふるまって何の不都合もないようにしなければならない。鳥が自らの力を知り、それぞれ個として群れをなすことができ、不都合を起こさないようになれば、世の中のあらゆる力もほぼ均衡を保ち、日常は正しく巡る。鳥の飛ぶ空と人の暮らす地上は、望ましい相関関係を結んで運行されるだろう。鳥検番はもう、彼らの縛りを解いて解放してやらねばならない。人と鳥は高い次元で結びつき、人は空飛ぶ鳥の魂の視点を自分のものにするのだ。大鴉はそう言った。鳥が鳥の裁量で自由に空を行き来する。ピスタチオは感動した。だから、鳥と合体しようとして、鳥を食すものたちが現れたのは、言わば自然の流れなのだ。彼らがそのことを意識しようがしまいが。

大鴉の言葉にピスタチオは、驚きながらも、自分の中のどこかがひどく納得しているのを感じた。

地上は作り替えられる。血が流れるように、水が流れる。血のめぐりが体質を変えるように、水は自ら巡り巡ってときに洪水を起こし、風も巡り巡ってときに渦を巻き、新しい大地を目指しているのだ。細胞が入れ替わるように古いものたちは死んでいく。変化の初め、新しい細胞は、生まれては消えていく。この秘密を知るものが、その自覚を持って土に還ることが必要なのだ。新しい大地になるのだ。おまえはそういう新しい細胞の一つなのだよ。おまえは最後の鳥検番になるのだ。鳥検番は、いつの時代でも、病むものたちとともにあるのだ。なぜなら、病むものこそが、世界を牽引して行くのだから。おまえは、明日、この木に実るものを糧として食さなければならない。

大鴉はそう言い残して飛び去った。

だが、少なくとも夜明けまでには帰って来ていたらしい。翌朝、ピスタチオはそのモミの枝にぶら下がるようにして、大鴉が死んでいるのを見つけた。

ピスタチオがまだ幼く、遺失物係の家にいた頃、裏手の丘の上に立つとペラル山脈が見えた。稜線はいつも雪を頂いており真夏でもその白い線が完全に消えるということはなかった。夕陽が完全に落ちてしまって辺りが濃いブルーグレーになると、その白い線だけが虚空に浮かぶときがある。いくつかの気象的な偶然が重なってのことだろうが、ピスタチオはそれを見るといつも敬虔な思いにとらわれた。それは焦燥感にも似たものだった。何かに打たれたようにいてもたってもいられない、だからといって何をしたらいいのか分からない。幼い頃はどうしようもなくなってしくしくと泣いた。すると遺失物係の母が膝の上に載せて抱いてくれるのだった。遺失物係の母はそういうとき実に好ましくありがたい存在だった。

自分も疫病にかかったことを、ピスタチオは知った。

ピスタチオはシシナン山を降り、ペラル山脈を後にした。空には次第に黒雲が広がりつつあった。ピスタチオが半日かけて遺失物係の家に帰りつき、ドアを開けるのと同時に、雨が降り始めた。なんとまあ、ピスタチオじゃないか。遺失物係の母は、驚愕《きょうがく》し、夢幻ではないかと走り寄って彼の腕をさすった。本当におまえなんだね。どうしたんだい。おや、外はすごい雨だ。ピスタチオは、この雨が、自分がシシナン山を降りたゆえだと分かっていた。人は詳しくその術を知らないが、鳥検番が気象を動かすというのは事実だったのである。鳥検番が一生をシシナン山で過ごすようになったのは、一日たりとも雲の調整を怠ることができなかったからである。しかし、それももう終わった。

ピスタチオはテーブルにつき、遺失物係の母が淹れてくれたお茶を飲みながら、遺失物係が無事にペラル山脈を越えていった話をした。その際、自分と長く語らったとも。そうかい。お前たちもようやく話をすることができたんだね。遺失物係の母は、そっと涙をぬぐった。ああそうだ、瞑想家が来たよ。そしておまえの最初の言葉を置いていった。カタツムリが湧くように出てくる木があって、「かんかんでろり」というのは、その木の名前なのだと。どうもよく分からない話だね。二十年近くかかったわりには、要領を得ないじゃないか。ピスタチオは目を閉じてその言葉を聞いた。いや、よく分かるよ。これから洪水になる。けれど、一本の木が他の木に加勢して、水を吸い上げるんだ。遺失物係の母は不安そうにピスタチオを見つめた。実は瞑想家はこうも言っていた。「そしてその木はピスタチオの命の受け皿になる」。だが、そんな言葉は不吉過ぎて、本人に伝えられるものではなかった。立ち上がり、ピスタチオの好物をつくろうと台所へ向かったそのとき、遺失物係の母は、ピスタチオの耳の後ろに湿疹を見つけた。目を閉じ、ため息をついた。いつかこうなることは分かっていたよ。お前がこの家に来たときから。そう言って、聖なるものに触るように、その湿疹にそっと手を置いて目を閉じた。ピスタチオは泣いた。こんな雨はやがて止むよ。遺失物係の母は、そう言いながら、泣いているピスタチオの背を撫でた。

しかし雨は止まなかった。分かっていたこととはいえ、これから起きる事態はピスタチオにはつらいものだった。自分が出ていったら、雨具と家中の食糧を天窓のある屋根裏部屋へ運び、そこにいるように。いよいよ水が溢《あふ》れてきたら、天窓から屋根へ出て、助けを待つように。そう言い残して、ピスタチオは出ていった。そして帰ってこなかった。遺失物係の母は、ピスタチオに言われたとおり、三日間を屋根裏で過ごし、四日目に階段まで水が上がってきたのを見て、天窓へよじ登り、外へ出、傘をさして救援を待った。やがてボートがやって来て、遺失物係の母を乗せ、山へ避難した。

七日後、雨は止んだが、町は湖となり、二度と元に戻らないかと思われた。十日後、どこからか見たことのない鳥の群れが渡って来、しばらくその湖に浮かんで羽を休めた。すると水はみるみる引いてゆき、干上がった水底にはタニシに似たカタツムリが現れた。鳥たちは夢中になってそのカタツムリを食べると、またどこかへ飛んで行った。これは最後の鳥検番の仕事だったのだろうと、人々は後に噂し合った。洪水と一緒に、疫病も流れていったかのようだった。

遺失物係の母は元の家に戻り、片付け始めた。窓を開け、ペラル山脈が見える裏手の丘の上に、見慣れない木が生えているのに気づいた。

遺失物係の母は、その木が、昔ピスタチオがそこに立っていたときと同じような姿勢で生えているのに気づいた。これがあの、かんかんでろりの木なのだ。遺失物係の母は、そう直感した。彼女は直感の人だった。何がどう働いていたのか、誰にもよく分からなかったが、ピスタチオのささやかな生は、とにかく無駄でなかったのだ。遺失物係の母の直感では、ピスタチオは間違いなく「聖なる仕事」を成し遂げたのだった。

ピスタチオ。お前がこの世でなしたことは、人がこの世で出来ることの中で、一番ましなことだったよ。お前の命は、正しく巡っていく。

遺失物係の母親は、ピスタチオの木を撫でながら呟く。サイチョウがやって来て、木の枝に止まり、実を咥《くわ》え、首を傾けて飛び去って行った。その姿は、やがて緑の中に溶けて見えなくなった。カラス一族であるカケスは、毎日呟く遺失物係の母親の言葉を覚えた。そして彼女の死後も繰り返し囁き続けた。その言葉は調べのように風に乗り、広場の喧騒に紛れた。

ピスタチオ。

ピスタチオ。

いい一生を生きた。

安心してお休み。

二十二

書き上げて、気づけば夜が明けようとしていた。棚は、いつものように散歩に出かけようとマースに声をかけた。月は白く高く上がっていた。風は優しく、木々の梢から、棚の耳元までやってきて、何か囁いて消えた。

解説　すべてをつらぬく水、そして物語

管啓次郎

地球上の生命の鍵をにぎるのは水。菌類、植物、動物を問わず、生命は水によって生き、みずからを造型し、また再生産する。氷点になれば凍結し、沸点を超えれば蒸発するこの物質が、流動する不思議なものとしての相を保てるこの温度の幅は、われわれが暮らす宇宙の温度の全域からすれば、奇蹟のように狭い。あらゆる可能な音階の中で、まるでたったひとつの音を永遠に鳴らしているみたいだ。固体、液体、気体と、転身をくりかえしながらも、日本語がミズの名で呼べるのは零度からせいぜいヒトの体温あたりまで。そしてわれわれが水の体験として日常的に考えているものは、自然の水系であれ、その延長としての上下水道やさまざまなパッケージされた水であれ、地球という惑星がなぜか手に入れた複雑きわまりない自己制御の結果としての、この温度帯に収まっている。その理由を想像するだけで身ぶるいし、あるいは、そのスケールを前に途方に暮れるしかない事実だ。

そして水はすべてをつらぬく。生命そのものよりもはるかに昔からこの惑星に存在してきた水は、その長い転身の中で、地表のあらゆる地形を流れ、菌類を、植物を、動物を流れてきた。通過してきた。個体としてのわれわれだって、いわば水の流域であり、乗物だ。水に記憶があるとはいわないが（それでは神秘主義になる）、事実として、われわれを流れ過ぎてゆく水にはそれなりの来歴がある。それは記録のしようもなく、またあまりに多岐にわたっているけれども、確実にある。たまには立ち止まって、瞑想してみるべき主題だろう。

梨木香歩の特異な想像力の中で、たとえば水が、たとえば鳥が、大きな位置を占めていることに、ぼくは強い刺激を受けてきた。それは地球に暮らす生命のあり方を考えるときの、座標軸のようなものになるからだ。水の循環とバランスが、環境においても生体そのものにおいても、生命という現象を根底で担っていることには疑いの余地がない。そのとき、たとえば「植物は土地の言葉」というアメリカ先住民のどこかの部族の言い方が教えてくれるのは、ある土地の植生はそのまま土地の降水量、陽光、土壌の性質などの表現にほかならないということで、そのようなローカルな植生に依存して生きる動物たちは、いわば二次的な言葉、つまりは土地の修辞なのだといってもいいだろう。

その場に定着して生きることを選んだ植物に対して、動物たちは移動をライフスタイルとして採用した。その移動は当然、生存のための最適の途をめざす移動だ。そして動物たちの移動を極端なかたちで代表するのが鳥の渡りであり、地表にゆわえつけられたままのわれわれは鳥たちの飛行を見て何かを思い、また憧れる。肝心なのはこの「憧れ」の気持ちが、そのまま「知りたい」「わかりたい」という欲求に直結しているという点だ。物質世界で生起する生命という現象を自分自身生きながら、なおかつそれを言語を用いて観念的に鳥瞰しなくてはならないというヒトの立場が、そこに表れる。

言語とは「いま／ここ」には不在のものたちとの関係を調整するための装置だが、逆に言語を手に入れたとき、ヒトは不在のものが絶えずそこに臨在しようとすることに脅かされもする。まるで幽体離脱のように自分という存在を外から見て、そのあり方や身にふりかかる事件に納得できるような説明が、知識が、欲しくなるのだ。それでは、不在の要素を使って、知識と説明を一気に与えるのは何？　物語だ。「いま／ここ」につねに別の場所、別の時間が流れこんでくる、あるいは可能性という名の幽霊がひっきりなしにちらつくのが人の生で、放っておけばどんどんひどくなるこの混沌を制御するための方法が、物語なのだ。物語によって、生存環境を整え、生き延びるための力を得る。途を探す。そしてその「生き延びる」には、みずからの生の最後のフェーズとしての死を受け入れ、納得することも含まれている。この意味でいえば、物語はわれわれにとって、生を支え流す水であり、同時に、生存を求めての「渡り」そのものでもある。だがこれでは、先を急ぎすぎた。

梨木香歩の長編小説『ピスタチオ』は、途方もなく野心的な作品だ。スケールが大きい、といえばありきたりな決まり文句になってしまうが、本当にそう。それはこの作品が第一に、私たちのありきたりな日常生活がそっくり埋めこまれている物質世界の階梯を絶えず上り下りしようという意志をもっているからであり、第二に、鳥の遠い渡りにも似た距離をかかえこむ生存の追求を視野に収めようとしているからだ。物語の前半は東京で、後半はウガンダで展開する。最終的に収斂してゆくのは「死者が納得できる物語」という主題であり、その実例が最後にしめされるのだが、小説の構造は単純ではない。これでもか、というくらい多彩な材料が投げこまれ、目まぐるしいほどの符号がちりばめられ、解釈と内省にとりつかれたような主人公が、その中を動揺しつつ流れてゆく。冒頭から、おやっと思うほど目がつんだ組み方がされる。「翠」のペンネームが「棚」。その着想の背景にあるのはターナー。そしてターナーは、緑をまるで描かない人だった、と主人公により規定される。棚とは何かを整理する空間であり、棚上げにする場所でもあるだろう。いうまでもなく、神を祀ることもできる。アフリカも冒頭から組み込まれ、棚が「野生の感じ」を求めていることも知らされ、飼い犬が紹介され、また生命と水の本質的な関係も示唆される。そして前線の通過。

遠くからゴーッという音がし、それがあっというまに近づいて大きくなり、辺りを呑み込み、公園の木々が突風に悲鳴を上げた。それからは間断なく「ゴーッ」が続いている。

来たのだ。

棚のように前線の通過に反応することはぼくにはないが、この春一番の描写に、いきなり目が覚めたような気がした。多くの小説に対して「おもしろそうだけど……後で読もう」という程度の反応を見せがちなぼくが、この一節でいきなり窓が開き、作品の風にふれた思いがした。風に巻かれた、巻きこまれた。そしてそのまま、最後まで続けて読んだ。

種明かしをするつもりはない。だが、結局この作品を、どう捉えればいいのだろう。水のバランスの話？　それは大きなモチーフだ。アフリカの民話と呪術的世界観？　それはきわめて大きな役割を果たしているが（棚自身の持ち前のシンクロニシティ的世界観は呪術的世界観に深い親和性をもっている）、それ自体が主題ではない。動物行動学的ともいえる、個体と群れの関係をめぐる考察？　それはたしかに主人公にとって、発想の癖のようなものとしてつきまとっている。こうして小説自体は、「水」「アフリカ」「群れ」を三つの頂点とする三角形を出たり入ったりしながら、人にとっての物語の意味を問うことを、みずからの途として発見する。そう、小説自身によるその発見こそが、この小説の真の主題だといっていいのではないだろうか。生と死の意味を納得するために、人は物語を求めて旅をする。旅の後でつむがれる物語は、その物語を受け取る者によって、旅として経験される。物語とは本質的にポータブルなもので、しかもその受け渡しは突発的に、思いがけない時と場所で起こる。さらに受け取られた物語は、受け取った者がそれを再話することを強いる。このメカニズムにおいて、ふたたび、物語を接着剤とする個と群れの問題が浮上する。

このような布陣の中でこの小説を見てゆくと、改めて、片山海里が聞き書きした「アフリカの民話」として紹介されるお話の、おもしろさと意味がきわだってくる。それらの「民話」を作者がどこかから借りてきたのか、作者による創作なのかは、わからない。だがそもそもすべての民話は永遠の再話の過程にあり、オリジナルを云々してどうなるというものでもないのかもしれない。おしまいで提示されるピスタチオの物語は、もちろん棚によるアフリカ民話の再話だが、それのみならずスケールの取り方を変えるなら、この小説の全体が作者による民話（群）の再話なのだ。

受け取る者の気分を全面的に変える、前線の通過のような小説。そういうものとして、ぼくはこの作品を読んだ。

（すが・けいじろう　詩人、明治大学教授）

本書は二〇一〇年一〇月、筑摩書房より刊行されました。

こちらあみ子　今村夏子

太宰治賞と三島由紀夫賞、ダブル受賞を果たした異才、衝撃のデビュー作。3年半ぶりの書き下ろし「チズさん」を収録。（町田康／穂村弘）

つむじ風食堂の夜　吉田篤弘

それは、笑いのこぼれる夜。――食堂は、十字路の角にぽつんとひとつ灯をともしていた。クラフト・エヴィング商會の物語作家による長編小説。

百鼠　吉田篤弘

僕らは空の上から物語を始める、神様でも天使でもないけれど。笑いと悲しみをくぐりぬける三つの小さな冒険が、この世ならぬ喜びを届けます。

ねにもつタイプ　岸本佐知子

何となく気になることにこだわる、ねにもつ。思索、奇想、妄想とはばたく脳内ワールドをリズミカルな名文でつづるショートショート。

全身翻訳家　鴻巣友季子

何をやっても翻訳的思考から逃れられない。妙に言葉が気になり妙な連想にはまる。翻訳というメガネで世界を見た貴重な記録（エッセイ）。（穂村弘）

とりつくしま　東直子

死んだ人に「とりつくしま係」が言う。モノになってこの世に戻れますよ。妻は夫のカップに弟子は先生の扇子になった。連作短篇集。（大竹昭子）

なんたってドーナツ　早川茉莉編

貧しかった時代の手作りおやつ、日曜学校で出合った素敵なお菓子、毎朝宿泊客にドーナツを配るホテル、哲学させる穴……。文庫オリジナル。

玉子ふわふわ　早川茉莉編

国民的な食材の玉子、むきむきで抱きしめたい！森茉莉、武田百合子、吉田健一、山本精一、宇江佐真理ら37人が綴る玉子にまつわる悲喜こもごも。

ラピスラズリ　山尾悠子

言葉の海が紡ぎだす、〈冬眠者〉と人形と、春の目覚めの物語。不世出の幻想小説家が20年の沈黙を破り発表した連作長篇。補筆改訂版。（千野帽子）

るきさん　高野文子

のんびりしていてマイペース、だけどどっかヘンテコな、るきさんの日常生活って？独特な色使いが光るオールカラー。ポケットに一冊どうぞ。

一本の茎の上に　茨木のり子

「人間の顔は一本の茎の上に咲き出た一瞬の花である」表題作をはじめ、敬愛する山之口貘等について綴った香気漂うエッセイ集。（金裕鴻）

茨木のり子集　言の葉（全3冊）　茨木のり子

しなやかに凜と生きた詩人の歩みの跡を、詩とエッセイで編んだ自選作品集。単行本未収録の作品なども収め、魅力の全貌をコンパクトに纏める。

私の猫たち許してほしい　佐野洋子

少女時代を過ごした北京。リトグラフを学んだベルリン。猫との奇妙なふれあい。著者のおいたちと日常をオムニバス風につづる。（高橋直子）

私はそうは思わない　佐野洋子

佐野洋子は過激だ。ふつうの人が思うようには思わない。大胆で意表をついたまっすぐな発言をする。だから読後が気持ちいい。（群ようこ）

神も仏もありませぬ　佐野洋子

還暦……もう人生おりたかった。でも春のきざしの蕗の薹に感動する自分がいる。意味なく生きても人は幸せなのだ。第3回小林秀雄賞受賞。（長嶋康郎）

問題があります　佐野洋子

中国で迎えた終戦の記憶から極貧の美大生時代、読まずにいられない本の話など。単行本未収録作品を追加した、愛と笑いのエッセイ集。（長嶋有）

わたしの脇役人生　沢村貞子

脇役女優として生きてきた著者が、歯に衣着せぬ、それでいて人情味あふれる感性で綴ったエッセイ集。一つの魅力的な老後の生き方。（寺田農）

老いの楽しみ　沢村貞子

八十歳を過ぎ、女優引退を決めた著者が、日々の思いを綴る。齢にさからわず、「なみ」に、気楽に、と過ごす時間に楽しみを見出す。（山崎洋子）

うつくしく、やさしく、おろかなり　杉浦日向子

生きることを楽しもうとしていた江戸人たち。彼らの紡ぎ出した文化にとことん惚れ込んだ著者がその思いの丈を綴った最後のラブレター。（松田哲夫）

江戸へようこそ　杉浦日向子

江戸人と遊ぼう！　北斎も、源内もみ〜んな江戸のワタシラだ。江戸人に共鳴する現代の浮世絵師が、イキイキ語る江戸の楽しみ方。（泉麻人）

大江戸観光　杉浦日向子
はとバスにでも乗った気分で江戸旅行に出かけてみましょう。歌舞伎、浮世絵、狐狸妖怪、かげま……。名ガイドがご案内します。（井上章一）

百日紅《さるすべり》（上・下）　杉浦日向子
北斎、お栄、英泉、国直……絵師たちが闊歩する文化文政期の江戸の街を多彩な手法で描き出す代表作の完全版、初の文庫化。（夢枕獏）

つらい時、いつも古典に救われた　清川妙　早川茉莉編
万葉集、枕草子、徒然草、百人一首などに学ぶ、前向きにしなやかに生きていくためのヒント。古典講座の人気講師による古典エッセイ。（早川茉莉）

清川妙が少女小説を読む「なりたい自分」を夢みて　清川妙
『赤毛のアン』『大草原の小さな家』などの名作には、生き方のヒントが詰まっている。経験豊富な著者が読み解く、新たな発見。（江國香織）

遠い朝の本たち　須賀敦子
一人の少女が成長する過程で出会い、愛しんだ文学作品の数々を、記憶に深く残る人びとの想い出とともに描くエッセイ。（末盛千枝子）

わたしは驢馬に乗って下着をうりにゆきたい　鴨居羊子
新聞記者から下着デザイナーへ。斬新で夢のある下着を世に送り出し、下着ブームを巻き起こした女性起業家の悲喜こもごも。（近代ナリコ）

ないもの、あります　クラフト・エヴィング商會
堪忍袋の緒、舌鼓、大風呂敷……よく耳にするが、一度として現物を見たことがない物たちを取り寄せてお届けする。文庫化にあたり新商品を追加。

らくだこぶ書房21世紀古書目録　クラフト・エヴィング商會　坂本真典写真
ある日、未来の古書目録が届いた。注文してみると摩訶不思議な本が次々と目の前に現れた。想像力と創造力を駆使した奇書、待望の文庫版。

クラウド・コレクター〈手帖版〉　クラフト・エヴィング商會
得体の知れない機械、奇妙な譜面や小箱、酒の空壜……。不思議な国アゾットへの驚くべき旅行記。単行本版に加筆、イラスト満載の〈手帖版〉。

すぐそこの遠い場所　クラフト・エヴィング商會　坂本真典・写真
遊星オペラ劇場、星屑膏薬、夕方だけに走る小列車、雲母の本……。茫洋とした霧の中にあるような、懐かしい国アゾットの、永遠に未完の事典。

ムーミン谷のひみつ
冨原眞弓

子どもにも大人にも熱烈なファンが多いムーミン。その魅力の源泉を登場人物に即して丹念に掘り起こす、とっておきのガイドブック。イラスト多数。

ムーミンのふたつの顔
冨原眞弓

児童文学の他に漫画もアニメもあるムーミン。媒体や時期で少しずつ違うその顔を丁寧に分析し、本質に迫る。トリビア情報も満載。（梨木香歩）

ムーミンを読む
冨原眞弓

ムーミンの第一人者が一巻ごとに丁寧に語る、ムーミン物語の魅力！　徐々に明らかになるムーミン一家の過去や仲間たち。ファン必読の入門書。

トーベ・ヤンソン短篇集
トーベ・ヤンソン　冨原眞弓編訳

ムーミンの作家にとどまらないヤンソンの作品の奥行きと背景を伝える短篇のベスト・セレクション。「愛の物語」「時間の感覚」「雨」など、全20篇。

誠実な詐欺師
トーベ・ヤンソン　冨原眞弓訳

〈兎屋敷〉に住む、ヤンソンを思わせる老女性作家。彼女に対し、風変わりな娘がめぐらす長いたくらみとは？　傑作長編がほとんど新訳で登場。

トーベ・ヤンソン短篇集　黒と白
トーベ・ヤンソン　冨原眞弓編訳

ムーミンの作家ヤンソンは優れた短篇小説作家でもある。フィンランドの暗く長い冬とオーロラさながら、孤独と苦悩とユーモアに溢れた17篇を集める。

イギリスだより
カレル・チャペック旅行記コレクション
カレル・チャペック　飯島周編訳

風俗を描かせたら文章も絵もピカ一のチャペック。イングランド各地をまわった楽しいスケッチ満載で、今も変わらぬイギリス人の愛らしさが冴える。

スペイン旅行記
カレル・チャペック旅行記コレクション
カレル・チャペック　飯島周編訳

描きたいものに事欠かないスペイン。酒場だファサードだ闘牛だフラメンコだ、興奮気味にその楽しさを語りスケッチを描く、旅エッセイの真骨頂。

北欧の旅
カレル・チャペック旅行記コレクション
カレル・チャペック　飯島周編訳

そこには森とフィヨルドと牛と素朴な人々の暮らしがあった。デンマーク、ノルウェー、スウェーデンを鉄道と船でゆったりと旅した記録。本邦初訳。

オランダ絵図
カレル・チャペック旅行記コレクション
カレル・チャペック　飯島周編訳

そこにあるのは、水車、吊り橋、ボート、牛、そして自転車。ヨーロッパの中の小さな小さな国に、チャペックが大きな世界と民族を見る見聞記。

ケルトの神話 井村君江

古代ヨーロッパの先住民族ケルト人が伝え残した幻想的な神話の数々。目に見えない世界を信じ、妖精たちと交流するふしぎな民族の源をたどる。

オーランドー ヴァージニア・ウルフ 杉山洋子訳

エリザベス女王お気に入りの美少年オーランドー、ある日目をさますと女になっていた――4世紀を駆ける万華鏡ファンタジー。（小谷真理）

不思議の国のアリス ルイス・キャロル 柳瀬尚紀訳

おなじみキャロルの傑作。子どもむけにおもねらず、ことば遊びを含んだ、透明感のある物語を原作の香気そのままに日本語に翻訳。（楠田枝里子）

猫語の教科書 ポール・ギャリコ 灰島かり訳

ある日、編集者の許に不思議な原稿が届けられた。それはなんと、猫が書いた猫のための「人間のしつけ方」の教科書だった……!?（大島弓子）

ほんものの魔法使 ポール・ギャリコ 矢川澄子訳

世界の魔術師がつどう町マジェイアに、ある日、犬をつれた一人の男が現れた。どうも彼は〝本物〟らしい。ユーモア溢れる物語。（井辻朱美）

ケルトの白馬／ケルトとローマの息子 ローズマリー・サトクリフ 灰島かり訳

ブリテン・ケルトもの歴史ファンタジーの第一人者による珠玉の少年譚。実在の白馬の遺跡をモチーフにした代表作ほか一作。（荻原規子）

炎の戦士クーフリン／黄金の騎士フィン・マックール ローズマリー・サトクリフ 灰島かり／金原瑞人／久慈美貴訳

神々と妖精が生きていた時代の物語。かつてエリンと言われた古アイルランドを舞台に、ケルト神話に名高いふたりの英雄譚を1冊に。（井辻朱美）

リリス G・マクドナルド 荒俣宏訳

闇の女王とは？ 幻の土地とは？ 夢に夢が重なる不思議な冒険。キャロルやトールキンも影響を受けた英国のファンタジーの傑作。（矢川澄子）

クマのプーさんエチケット・ブック A・A・ミルン 高橋早苗訳

『クマのプーさん』の名場面とともに、プーが教えるマナーとは？ 思わず吹き出してしまいそうな可愛らしい教えたっぷりの本。（浅生ハルミン）

ファンタジーの文法 G・ロダーリ 窪田富男訳

「どんなものにも物語はある」。ことばの使い方、物語のつくり方を通し、子どもの想像力を培い、創造力を育む方法を語る。（角野栄子）

記憶の絵　森茉莉

父鷗外と母の想い出、パリでの生活、日常のことなど、趣味嗜好をないまぜて語る、輝くばかりの感性と滋味あふれるエッセイ集。（中野翠）

ベスト・オブ・ドッキリチャンネル　森茉莉　中野翠編

週刊新潮に連載（79〜85年）し好評を博したテレビ評。一種独特の好悪感を持つ著者ならではのユーモアと毒舌をじっくりご堪能あれ。（中野翠）

甘い蜜の部屋　森茉莉

天使の美貌、無意識の媚態。薔薇の蜜で男たちを溺れ死なせていく少女モイラと父親の濃密な愛の部屋。稀有なロマネスク。（矢川澄子）

貧乏サヴァラン　森茉莉　早川暢子編

オムレット、ボルドオ風茸料理、野菜の牛酪煮……。食いしん坊茉莉は料理自慢。香り豊かな〝茉莉ことば〟で綴られる垂涎の食エッセイ。文庫オリジナル。

マリアの空想旅行　森茉莉　小島千加子編

旅行嫌いの著者が写真を見つつ、空想を自由に羽ばたかせ、こころの古都をおもむくままに綴った「芸術新潮」連載の「ひともする古都巡礼を」他。

魔利のひとりごと　森茉莉・文　佐野洋子・画

茉莉の作品に触発されエッチングに取り組んだ佐野洋子、豪華な紙上コラボ全開。全集未収録作品の文庫化、カラー図版多数。（小島千加子）

遊覧日記　武田百合子　武田花・写真

行きたい所へ行きたい時に、つれづれに出かけてゆく。一人で。または二人で。あちらこちらを遊覧しながら綴ったエッセイ集。（巖谷國士）

ことばの食卓　武田百合子　野中ユリ・画

なにげない日常の光景やキャラメル、枇杷など、食べものに関する昔の記憶と思い出を感性豊かな文章で綴ったエッセイ集。（種村季弘）

世間のドクダミ　群ようこ

老後は友達と長屋生活をしようか。しかし世間はそう甘くはない、腹立つことやあきれることが押し寄せる。怒りと諦観の可笑しなエッセイ。

それなりに生きている　群ようこ

日当たりの良い場所を目指して仲間を蹴落とすカメ、迷子札をつけているネコ、自己管理している犬。文庫化に際し、二篇を追加して贈る動物エッセイ。

買えない味　平松洋子
一晩寝かしたお芋の煮っころがし、土瓶で淹れた番茶、風にあてた干し豚の滋味……日常の中にこそある、おいしさを綴ったエッセイ集。（中島京子）

買えない味2
はっとする味　平松洋子
刻みパセリをたっぷり入れたオムレツの味わいの豊かさ、ペンチで砕いた胡椒の華麗な破壊力……身近なものたちの隠された味を発見！（室井滋）

味覚日乗　辰巳芳子
春夏秋冬、季節ごとの恵み香り立つ料理歳時記。日々のあたりまえの食事を、自らの手で生み出す喜びと呼吸を、名文章で綴る。（藤田千恵子）

味覚旬月　辰巳芳子
料理研究家の母・辰巳浜子から受け継いだ教えと生命への深い洞察に基づいた「食」への提言を続ける著者がつづる、料理随筆。（藤田千恵子）

諸国空想料理店　高山なおみ
注目の料理人の第一エッセイ集。世界各地で出会った料理をもとに空想力を発揮して作ったレシピ。よしもとばなな氏も絶賛。（南椌椌）

くいしんぼう　高橋みどり
高望みはしない。ゆでた野菜を盛るくらい。でもごはんはちゃんと炊く。料理する、食べる、それを繰り返す、読んでおいしい生活の基本。（高山なおみ）

整体入門　野口晴哉
日本の東洋医学を代表する著者による初心者向け野口整体のポイント。体の偏りを正す基本の「活元運動」から目的別の運動まで。（伊藤桂一）

風邪の効用　野口晴哉
風邪は自然の健康法である。風邪をうまく経過すれば体の偏りを修復できる。風邪を通して人間の心と体を見つめた、著者代表作。（伊藤桂一）

東洋医学セルフケア365日　長谷川淨潤
風邪、肩凝り、腹痛など体の不調を自分でケアできる方法満載。整体、ヨガ、自然療法等に基づく呼吸法、運動等で心身が変わる。索引付。必携！

大和なでしこ整体読本　三枝誠
体が変われば、心も変わる。「野口整体」「養神館合気道」などをベースに多くの身体を観てきた著者が、簡単に行える効果抜群の健康法を解説。

屋上がえり　石田千

屋上があるととりあえずのぼってみたくなる。百貨店、病院、古書店、母校……広い視界の中で想いを紡ぐ不思議な味のエッセイ集。（大竹聡）

もの食う本　木村衣有子
武藤良子・絵

四十冊の「もの食う」本たち。文学からノンフィクション、生活書、漫画まで、白眉たる文章を抜き出し咀嚼し味わう一冊。

色を奏でる　志村ふくみ・文
井上隆雄・写真

色と糸と織――それぞれに思いを深めて織り続ける染織家にして人間国宝の著者の、エッセイと鮮かな写真が織りなす豊醇な世界。オールカラー。

語りかける花　志村ふくみ

染織の道を歩む中で、ものに触れ、ものの奥に入って見届けようという意志と、志を同じくする表現者たちへの思いを綴る。（藤田千恵子）

性分でんねん　田辺聖子

あわれにもおかしい人生のさまざま、また書物の愉しみのあれこれ。硬軟自在の名手、お聖さんの切口がますます冴えるエッセー。（氷室冴子）

恋する伊勢物語　俵万智

恋愛のパターンは今も昔も変わらない。恋がいっぱいの歌物語の世界に案内する、ロマンチックでユーモラスな古典エッセイ。（武藤康史）

本を読むわたし　華恵

いつも隣りに本があった。ほの甘く、おだやかで、ちょっぴり切なく、途方にも暮れた少女の日々を、本を手がかりに瑞々しく描き出す。（松岡正剛）

谷中スケッチブック　森まゆみ

昔かたぎの職人が腕をふるう煎餅屋、豆腐屋。子供たちでにぎわう路地、広大な墓地に眠る人々。取材を重ねて捉えた谷中の姿。（小沢信男）

不思議の町　根津　森まゆみ

一本の小路を入ると表通りとはうって変って不思議な空間を見せる根津。江戸から明治期への名残りを留める町の姿と歴史を描く。（松山巖）

大阪不案内　森まゆみ・文
太田順一・写真

目を凝らし、耳を傾けて見つけた大阪の奥深い魅力。大阪には不案内の森まゆみ、知り尽くした写真家太田順一、二人の視線が捉えた大阪とは？

パンツの面目ふんどしの沽券　米原万里

キリストの下着はパンツか腰巻か？　幼い日にめばえた疑問を手がかりに、人類史上の謎に挑んだ、抱腹絶倒&禁断のエッセイ。（井上章一）

言葉を育てる　米原万里対談集　米原万里

この毒舌が、もう聞けない……類い稀なる言葉の遣い手、米原万里さんの最初で最後の対談集。VS.林真理子、児玉清、田丸公美子、糸井重里ほか。

湯ぶねに落ちた猫　吉行理恵　小島千加子編

「猫を看取ってやれて良かった」。愛する猫たちを題材にした随筆、小説、詩で編む、猫と詩人の優しい空間。文庫オリジナル。（浅生ハルミン）

あんな作家　こんな作家　どんな作家　阿川佐和子

聞き上手の著者が松本清張、吉行淳之介、田辺聖子、藤沢周平ら57人に取材した。その鮮やかな手口に思わず作家は胸の内を吐露。（清水義範）

間取りの手帖　remix　佐藤和歌子

世の中にこんな奇妙な部屋が存在するとは！　間取りと一言コメント。文庫化に当たり、間取りとコラムを追加し著者自身が再編集。（南伸坊）

これでもかーちゃんやってます　上大岡トメ

少々家が散らかってても、晩御飯が手抜きになってもいいじゃない？　完璧を目指してヘトヘトになるより等身大で子育てを！（あさのあつこ）

今日の小幸せ　上大岡トメ

忙しくてくたくたな日も、お天気が悪くて気分が上がらない日も、アンテナを張っていればごきげんになれます！　小さな幸せを見つけて元気をだそう。

セ・シ・ボン　平安寿子

生き迷っていたタイコが留学先のパリで出会った風変わりな人たちとおかしな出来事。笑えて呆れる若き日の「そりゃもう、素敵」な留学エッセイ。

「赤毛のアン」ノート　高柳佐知子

アンの部屋の様子、グリーン・ゲイブルズの自然、アヴォンリーの地図など、アン心酔の著者がカラー絵と文章で紹介。書き下ろしを増補しての文庫化。

おいしいおはなし　高峰秀子編

向田邦子、幸田文、山田風太郎……著名人23人の美味な思い出。文学や芸術にも造詣が深かった往年の大女優・高峰秀子が厳選した珠玉のアンソロジー。

ちくま文庫

ピスタチオ

二〇一四年十一月十日　第一刷発行
二〇二二年七月五日　第三刷発行

著　者　梨木香歩（なしき・かほ）
発行者　喜入冬子
発行所　株式会社　筑摩書房
東京都台東区蔵前二―五―三　〒一一一―八七五五
電話番号　〇三―五六八七―二六〇一（代表）

装幀者　安野光雅
印刷所　株式会社精興社
製本所　株式会社積信堂

ISBN978-4-480-43224-7　C0193